거기, 여우
발자국

조선희 장편소설

거기, 여우 발자국

네오픽션

차례

본 대로 믿을래? 들은 대로 믿을래?
보이는 대로 볼래? 아는 대로 볼래?
자, 이제 어느 쪽이 현실이고 어느 쪽이 허구인지 골라봐.

1

　네, 어서 오세요, 책 읽어주는 목소리를 대여해드려요. 회원 가입하시면 인터넷으로 다운로드 가능하시고요, CD나 카세트테이프로 가져가실 수도 있어요. 둘러보시면서 듣고 싶은 책이나 목소리를 직접 골라 저에게 가져오시면 돼요. 책 제목이나 녹음자 성함을 아시면 말씀해주세요. 번개같이 찾아드릴게요.

　홍우필 씨요? 어디서 무슨 말씀을 듣고 오셨는지 모르겠지만 그분 목소리는 가급적 권하고 싶지 않네요. 그분 것을 듣고 나면 머리가 좀 이상해지는 것 같다고 다들 한마디씩 하시더라고요. 물론 대여가 금지되어 있지는 않아요. 다만 차후 발생할 수 있는 정신적 후유증에 대한 책임 동의서를 작성하셔야 해요. 어떤 후유증이냐고요? 일종의 중독 증상 같은 건데요. 심각한 건 아니고 그저 일상 생활에 조금, 아주 조금 지장을 줄 정도예요. 물론 사람마다 개인차가 있겠지만요.

홍우필 씨의 목소리를 들어본 적이 있느냐고요? 당연히 들어봤죠. 그러니까 제가 지금 이렇게 경험자처럼 잘 설명드릴 수 있는 게 아니겠어요? 하도 말들이 많아서 저도 들어보지 않고는 못 배기겠더라고요. 압니다. 회원님도 저처럼 궁금하시겠죠. 하지만 신중히 생각하셔야 해요. 네? 방금 제가 경험자로서가 아니라 경험자처럼이라고 말씀드렸나요?

죄송합니다. 그냥 말하는 습관일 뿐이에요. 다들 자신이 겪은 일임에도 그런 식으로 말하잖아요. 좋아요가 아니라 좋은 것 같아요, 슬퍼요가 아니라 슬픈 것 같아요. 그런 표현에 너무 집착하면 세상에 믿을 만한 이야기는 하나도 남지 않을걸요.

제가 말씀드리는 중독의 의미는 일종의 그리움 같은 건데요, 왜 그런 거 있잖아요. 길을 걷고 있는데 어디선가 노래가 들려와요. 오래전에 즐겨 듣던 노래였는데 이젠 추억 속의 노래가 되어버린 노래죠. 저도 모르게 걸음을 멈추고 노래에 귀를 기울이다가 갑자기 사무침 같은 것이 밀려들어 울컥해져요. 뜬금없이 뒤통수가 시려지며 눈물이 차오르고 늘 보던 하늘이 오늘따라 유난히 파랗고 망망하게 느껴져 심장이 아릿해지죠. 그러다가 자기 안에 묻어두고 있었던 어떤 감정에 끌려 들어가게 되고 말아요.

홍우필 씨의 목소리는 바로 그런 노래 같은 자극을 줘요. 그 자극에 좀 심하게 반응하셨던 분들은 홍우필 씨의 목소리가 환각이나 환영을 일으키는 것 같다고 말씀하시기도 했어요. 아뇨, 무섭거나 불쾌한 감정은 아니라고들 하시더군요.

하지만 제가 분명 후유증이라고 말씀드렸다시피 현실을 망각하게 만드는 몽환적인 경험이에요. 봄날의 볕처럼 따뜻하게 보듬어지며 심장에 커다란 구멍이 뚫리는 상실감을 동시에 주니까요.

저도 홍우필 씨의 목소리를 끊기까지 애 좀 먹었어요. 병원에서 상담 치료까지 받았거든요. 어떤 면에서는 팍팍한 제 삶에 달달한 위안이 되기도 했지만 어쨌든 정상적인 현상은 아니잖아요. 그러니 그냥 다른 분 목소리로 하세요. 다양하게 많은 목소리가 준비되어 있어요.

네? 바로 그런 경험을 원한다고요? 이것 참, 아니에요, 이해해요. 누구나 재미난 이야기를 듣는 동안만큼은 그 이야기 속에 빠져들고 싶어 하죠. 홍우필 씨의 목소리가 사실 그런 점에서 굉장한 마력을 갖고 있긴 해요.

가만, 제가 지금 무슨 이야길 하고 있는 거죠? 말려야 하는데 결국 권하는 셈이 됐군요. 알겠습니다. 몰입이야 뭐 홍우필 씨의 목소리가 최고죠. 삼십 년 전 음질이긴 하지만 요즘은 워낙 복원 기술이 좋잖아요. 재녹음은 완벽하고 깨끗해요. 동그란 모양은 싫다고요? 그럼 시디는 안 되겠고 카세트테이프로 대여해 가셔야겠네요.

일단 여기에 먼저 서명해주세요. 홍우필과 관련된 음성 제품들을 듣는 동안, 혹은 듣고 난 후 발생하는 후유증에 대해 본 센터는 책임지지 않습니다. 그래요, 거기 그 난에 서명해주시면 됩니다.

2

차는 마지막 숨을 내뱉더니 기어코 주저앉았다. 느릿느릿 기어가던 다른 차들도 서서히 멈춰 섰다. 끔찍한 정체였다. 내 차가 고장 난 탓이 아니었다. 정체는 이미 두어 시간 전부터 풀릴 기미가 보이지 않았다. 목적지까지 남은 거리는 대략 3킬로미터. 초등학교 때 그 정도 거리를 걸어서 봄 소풍을 갔었으니 걷자고 들면 그럭저럭 못 걸어갈 것도 없었다. 다만 날씨가 야행 산보를 즐길 만한 다정한 상황이 아니었다.

눈발이 점점 거세졌다. 차 안에 앉아 가만히 내다보고 있자니 차창 밖 풍경이 살벌했다. 강풍이 비명을 질러대는 어둠 속의 고립. 그야말로 눈의 여왕이 강림하셨군. 이대로 내가 담긴 차를 통째로 휘감아 라플란드로 데려갈 기세였다. 한술 더 떠 차창에 하얗게 들러붙는 흰 설풍 자국이 유혹하는 여왕의 자태로 보여 흠칫 놀라기까지 했다. 여왕은 먹구름 속을 날아다니다 겨울밤이면 거리의 창문 안을 몰래 들여다보는데 그 얼굴이 마치 유리창이 얼어붙어 활짝 핀 꽃처럼 보인다고 했다. 바로 그 이야기처럼 온통 하얗기만 한 여자의 실루엣이 차창에 희고 가는 핏줄처럼 퍼져나가며 오묘한 눈짓으로 나를 들여다보는데……. 그러나 여자는 곧 몸을 일으키더니 흰 눈보라로 흩어졌다. 이제 내 눈앞에 보이는 것은 띄엄띄엄 줄지어 앉아 있는 다른 차들의 꽁무니뿐이었다.

어릴 때부터 나는 눈의 여왕이 데려간 소년 카이의 처지를 부러워했다. 나는 온전히 여왕의 고독을 이해했다. 그러므로 여왕에게 어울리는 남자가 있다면 그건 오로지 나뿐이라고 생각했다. 여왕은 너무 외로워서 카이를 데려갈 수밖에 없었다. 게르다는 흰 눈 아래 감추어진 카이의 발자국을 쫓아 깊고 깊은 고독 속에 갇힌 카이를 다시 세상으로 데려왔다. 홀로 남겨진 여왕은 차고 외로운 바람에 몸을 싣고 또 다른 누군가를 찾아 나섰으리라. 그 누군가가 나이기를 바라며 기다렸다. 여왕이 키스할 때마다 내 심장이 뾰족한 얼음 조각으로 변해도 좋으니 날 납치해 데려가줬으면. 그럼 평생 눈물 같은 건 흘리지 않고 애써 시니컬한 표정을 지을 필요도 없이 진정 바위처럼 담담하게 살아갈 수 있을 텐데.

그러나 이제 나는 더는 그런 꿈을 꾸지 않는다. 여왕의 정체는 강추위와 한랭 공기임을 알기 때문이다. 그저 매서운 자연의 힘에 몽환적 이름을 붙여 복종하지 않을 수 없는 아름다움을 찾으려 했을 뿐.

이번 겨울은 지난해부터 유달리 잦은 폭설과 한파에 시달리는 중이다. 지구 온난화, 북극진동, 북극 기온의 상승, 결국 여왕은 공기의 소용돌이를 빠져나와 남하했다.

한가하게 눈의 여왕 타령이나 하고 있는 내게 라디오 뉴스 앵커가 차분한 목소리로 지금 처한 상황의 원인을 알려주고 있었다. 우리나라 5킬로미터 상공에 영하 30도 안팎의 찬 공기가 머물고 있고, 동해의 해수면 온도는 13도에서 15도로 높습니다. 상하층의 큰 온도 차로 인해 대기가 매우 불안정해져 원활한 수증기 공급이 이뤄지면서 눈구름이 크게 발달했습니다. 현재 기상청은 동해안 일대에 폭설 경보를, 중부지역에는 폭설 주의보를 발령했습니다.

듣고 있자니 더더욱 차 밖으로 나설 엄두가 나지 않았다. 이대로 나섰다간 눈보라가 나를 패대기칠 테고 얼굴은 북풍에 쩍쩍 찢어질 테지. 그래도 시도는 해보았다. 차 문을 열자마자 미친 곰의 발바닥 같은 힘이 나를 밀어 눌렀다. 반사적으로 힘을 줘보았지만 차 문은 순식간에 탁 소리를 내며 도로 닫혔다.

사방팔방에서 광풍이 휘이잉, 휘이잉 메아리치고, 바람 소리가 필름처럼 좍좍 풀려나가며 내 머릿속에 중계방송 영상을 돌리기 시작했다. 소리에 민감한 사람들이 대개 그렇듯 나도 비슷한 증상을 갖고 있었다. 소리에 수반되는 장면들이 본의 아니게 저절로 머릿속에 그려지는 것이다. 떠올리고 싶지 않아도 늘 제멋대로 펼쳐졌다.

눈과 어둠이 뒤섞여 천지가 혼몽한 곳, 눌어붙은 냄비처럼 생긴 차 한 대가 도로에 줄지어 서 있는 자동차 행렬 속에 끼어 있다. 바퀴의 삼분의 일이 눈에 파묻혀 있는 낡은 중고 엑센트, 늘씬하게 얻어맞고 뻗어버린 고철 좀비 같다. 차체도 때 묻은 회색이라 썩다 만 상태로 냉동된 듯 보이는 칙칙한 좀비 피부색하고 잘 매치된다.

이 차는 원래 예전에 다니던 직장 동료의 것이었다. 얼마 전 폐차시키려고 하던 걸 사정해서 얻었다. 내 차는 수명이 다해 그보다 더 얼마 전에 폐차시켰다. 외관 색만 다를 뿐 내 차와 같은 종인데다 같은 사고를 당했는지 같은 자리가 긁히고 찌그러져 있어 다른 차라는 느낌이 거의 들지 않았다. 사실 내 차는 흰색이었지만 타다 보니 늘 회색 톤을 유지해 다르다고 하기도 뭣하다. 폐차시킨 차 대신 폐차 직전의 차를 얻어 타고 있지만 그래도 그 똥이 그 똥은 아니다. 조금이라도 상태가 낫다면 없는 것보단 낫다. 당장은 새 차를 구입할 여력도 없었고 보험료를 납부할 능력도 되지 않았다.

뭐에 홀렸는지 덥석 직장을 그만두고 똥값에 나온 이 층짜리 작은 건물을 샀다. 건물 보수와 리모델링 공사에 돈이 수월찮게 들었다. 그 건물에 그토록 공을 들이면서 한편으로는 매매 계약서를 차에 두고 폐차시키는 어이없는 실수를 하는 바람에 한바탕 소동이 났다. 정리를 한다고 했는데 워낙 차 안에 처박아둔 문서와 봉투들이 많아서 일일이 열어볼 엄두가 나지 않았다. 몇 개 뒤적여보고 다 그런 거겠지 싶어 신경 쓰지 않았다. 중요한 문서들이야 당연히 집 안 서랍 속에 잘 있겠지 하고 여기면서. 애초에 서랍에 가져다 넣은 기억도 없으면서 잘도 마땅히 그래야만 하는 쪽에 기억이 맞춰져 있다.

누구나 가끔은 자신이 한 행동과 기억이 일치하지 않을 때가 있다. 나는 잊어버렸거나 잘 생각이 나지 않는 기억은 대개 보편적인 쪽에 맞춰두곤 했다. 잘 기억나지 않지만 다른 사람들이 그렇게 했다면 나도 그렇게 했겠지 하는 식으로.

찌그러진 회색 깡통 안에 갇힌 남자, 산자락을 낀 커브길 도로에서 그리 멀지 않은 전방에 오밀조밀 모여 있는 시내 불빛들, 남자의 눈은 거기까지 보이지 않는다. 원래 사람의 눈은 그렇게 적당히 가까운 미래는 잘 보지 못한다. 바로 코앞 아니면 먼 미래에 몰두하는 경향이 있기 때문이기도 하지만 적당히 가까운 미래 앞에는 꼭 눈을 가리는 장애물이 있기 때문이다.

밤새 이렇게 차 안에 앉아 있을 수는 없는 노릇이었다. 일단 보험 회사에 전화를 걸었다.

"차 시동이 꺼졌어요. 차에 대해선 전혀 몰라요. 여기가 어디냐고요? 여기가 어디냐면요…… 네? 폭설 때문에 당장은 못 온다고요? ……뭐요? 내려서 걸어가라고요? 차 문도 제대로 열 수 없을 정도로 강풍인 데다 눈이 발목까지 쌓였다고요, ……내일 아침에요? 알았어요. 할 수 없죠."

보험사 직원에게 차량 위치를 알려주고 전화를 끊었다. 둘러보니 차를 버리고 산길을 내려가는 사람들이 하나둘 눈에 들어왔다. 뜨거운 커피 생각이 간절해졌다. 그러자 머릿속에서 김이 모락모락 오르는 따끈한 커피 잔이 공기 방울처럼 폭 하고 튀어나와 둥둥 떠다니기 시작했다. 아냐, 잠자리. 나는 의도적으로 지시를 했다. 상상 속의 베개가 커피 잔을 슬그머니 밀어내고 잠자리를 세팅했다. 좋아, 다른 건 몰라도 잠은 편하게 자야지.

점퍼에 달려 있는 털모자를 당겨 쓰고 턱 아래에서 끈을 바짝 조였다. 목도리로 얼굴을 칭칭 삼고 눈만 내놨다. 이럴 줄 알았으면 장갑도 끼고 나오는 건데. 옷깃을 단단히 여민 후, 다시 한 번 강풍에 저항하며 차 문을 열고 밖으로 나왔다. 냉동고 속에 막 던져진 둔한 조개 발처럼 꿈지럭거리며 트렁크에서 배낭을 끄집어내 짊어졌다. 겨울 옷가지와 책, 음반, 주방 살림과 덤벨 같은 운동 기구들까지 아직 옮기지 못한 물건들을 쑤셔 넣은 내 마지막 이삿짐이었다.

좀비 차에서 내린 좀비 한 마리. 다른 사람들의 뒤를 따라 푹푹 빠지는 눈길을 엉금엉금 비칠비칠 걸어 내려가며 나는 한 가지만 생각했다. 집에 가야지.

*

그 건물은 삼각지 모양으로 툭 튀어나온 블록 끝에 자리 잡고 있었는데 그 지점만 주변보다 지대가 두드러지게 높았다. 그래서 바로 아래쪽에서 올려다보면 건물은 벼랑 끝에 지어진 투박한 옛 고성처럼 까마득하게 보였다. 수년간 버려져 있던 낡은 건물이었지만 그렇다고 낮이면 까마귀들이, 밤이면 박쥐들이 지붕 위를 맴돌 정도의 음산한 분위기를 자아내지는 않았다. 실은 그렇다고 말하는 이들이 대다수였지만 적어도 내 눈에는 그렇게 보이지 않았다.

건물 입구는 경사가 가파른 옆길을 따라 반 바퀴 정도 돌아 올라가면 나왔다. 입구가 보도 쪽에 면해 있지 않다는 것 외에 이 건물은 밖에서 보면 삼 층 벽돌 건물처럼 보이지만 내부는 이 층 구조라는 특징이 있었다. 일 층과 이 층이 한 층으로 이루어진 실내 공간은 천장이 높은 데다 마주보는 양 벽에 크기가 제각각인 수십 개의 구멍창이 뚫려 있어 어딘가 굴속 같은 분위기를 자아냈다. 구멍창의 숫자는 서른두 개, 공교롭게도 내 나이와 같았다.

두꺼운 벽을 뚫어 낸 깊은 구멍창들을 통해 어둠을 직시하는 빛의 산란이 장관을 이루었다. 빛과 그림자가 때론 선명하게 갈라서고, 때론 모호하게 뒤섞이고, 때론 교묘하게 교차하고 교대하며 명암과 농도를 연출해 신비스러운 자연광의 효과를 드러냈다. 건축설계자가 빛의 운영 방식을 제대로 터득한 전문가였던 모양이다.

"어떠세요? 멋지죠? 지은 지 30년이 넘었지만 보다시피 아주 튼튼한 건물이에요. 아쉽게도 창문을 이런 식으로 음산하게 낸 것이 흠이라면 흠인데, 요즘은 시대가 많이 달라져서 오히려 이런 타입의 개성 있는 복고풍 건물을 찾는 고객들이 느는 추세예요."

부동산 중개인 안 사장은 눈치가 빠른 여자였다. 사람 상대를 오래하다 보면 자연 터득하기 마련이겠지만 그녀는 내가 그 건물에 홀딱 반한 것을 단박에 알아챘다. 건물을 둘러보고 사무실로 돌아와 엉덩이를 붙이기 무섭게 안 사장은 본격적으로 나를 구슬리기 시작했다.

"아무래도 그 물건이 딱 임자를 만난 것 같은데요."

나는 못 들은 척 물었다.

"그 구멍창들 말인데요. 듣자니 건축 당시 건물주의 요구였다던데요?"

"네? 아, 네. 뭐 그랬다네요."

안 사장이 내 눈치를 살폈다. 내가 그 건물에 대해 미리 알아봤으리라고는 예상치 못한 것이다. 내가 어디까지 알고 있는지, 내게 어디까지 털어놓으면 될지 고민 중인 얼굴이었다. 그럴 거 없이 내가 먼저 입을 뗐다.

"건물주가 먼저 있던 가옥을 헐고 난 후, 그 터에서 수십 년 전에 죽은 아들을 보았다면서요? 그 아들을 다시 만나고픈 마음에 아들이 사망했을 당시 나이만큼 창을 내달라고 했다던데, 그럼 죽은 이가 자기 나이 숫자만큼 난 창을 통해 이쪽 세계로 넘어올 수 있다고 말입니다. 말하자면 그 구멍창은 아들 귀신을 부르는 용도였다는 건데……."

"아니에요. 무슨 그런 말씀을."

안 사장이 난색을 표하며 손을 내저었다.

"그 건물이 무슨 흉가도 아니고, 어디서 들으셨는지 모르겠지만 잘못 알고 계시는 거예요. 건물이 오래 팔리지 않으니까 별 이상한 소문이 다 떠도는데, 그 집 아들은 그보다 나중에 죽었어요."

"죽긴 죽었네요."

"제 말씀은 서른두 개의 구멍창과 건물주의 아들 나이는 아무 상관이 없다는 거예요. 구멍창은 서른두 개고 아들은 서른셋에 죽었거든요. 그리고 만난 이가 실은 아들이 아니라 건물주가 젊었을 때 좋아했던 첫사랑의 여자였대요."

"그럼 그 여자가 서른두 살에 죽은 여자겠네요."

"그 구멍창들이 서른두 살에 죽은 여자의 나이를 기리는 것인지 건물주가 서른두 살에 만났던 여자라 서른두 개의 창을 낸 건지는 모르겠지만 좋은 쪽으로 생각하세요. 의미 있는 건축물들은 대개 사연이 있기 마련이잖아요. 타지마할처럼요."

안 사장은 나를 쳐다보며 웃었다. 전혀 엉뚱하게 들리지는 않았다. 타지마할은 무굴 제국의 황제 샤 자한이 자신이 총애했던 부인 뭄타즈 마할로 알려진 아르주만드 바누 베굼을 위하여 만든 무덤

건축물이었다.

"그럼 흉가가 아니라 무덤이었군요."

"타지마할이 무덤이었어요? 궁전이 아니고요?"

안 사장은 몰랐다는 듯 눈이 동그래지며 반문했다.

"네, 무덤이에요. 게다가 마지막으로 그 건물에서 살던 사람이 거기 구멍창들 중 한 곳에서 헛것을 보았다던데요. 또 이상한 발자국을 남기는 사람들이 그 건물을 들락거린다는 소문도 있고요."

"발자국요? 무슨 발자국요?"

안 사장은 눈을 끔벅였다.

"사람이 남겼지만 사람의 것이 아닌 발자국요. 저도 봤습니다. 그러니 그냥 솔직하게 말씀하셔도 됩니다. 제가 그 건물에 흥미가 생긴 것은 바로 그 때문이니까요."

안 사장의 웃음이 쏙 들어갔다.

그해 봄 이 지방으로 출장을 왔다가 멀리 누워 있는 산등성이의 느긋한 자태에 어쩐지 마음이 동해 차를 몰았더니 바로 이 동네였다. 작정하고 등산을 하려던 건 아니었던지라 차를 산어귀에 세우고 근처 카페로 들어가 커피 한 잔을 앞에 두고 하염없이 산만 바라보았다.

살면서 특별히 산에 흥미를 느껴본 적도 없던 주제에 문득, 그야말로 문득 눈에 들어온 산의 존재를 통해 내가 놓친 인연을 감지했다고나 할까, 뭐 그런 기묘한 기분에 휩싸여 얼이 빠져 있는데 어디선가 내 이름을 부르는 여자 목소리가 들렸다.

이런 낯선 곳에서 나를 알 만한 이가 없을 텐데 누군가 싶어 두리번거리다가 카페 창 아래에서 내 쪽을 올려다보고 있는 젊은 여자를 발견했다. 내 이름을 부른 게 당신이야? 나와 눈이 마주친 여자가 슬금슬금 뒷걸음질을 치더니 눈앞에서 빠르게 멀어졌다. 내게 시선을 고정한 채 뒷걸음질 치는 여자의 모습도 해괴하거니와 멀어지는 속도도 비현실적이었다. 목덜미가 쭈뼛해졌다. 게다가 나뭇잎을 찍어놓은 것처럼 보이는 검은 얼룩이 여자를 종종 따라가기까지 하고 있었다. 여자는 맨발이었다. 멀어져가는 여자의 걸음이 땅에서 떨어지기 무섭게 기묘한 자국이 남았다.

뭐지? 내가 뭘 또 착각하고 있는 게 아닐까? 아니었다. 그런데 아니라고 하기엔 너무 이상한 광경이었다. 사람의 발자국은 저렇게 동그란 나뭇잎 모양을 남기지 않는다. 더욱이 매번 잉크병에 발을 담갔다 빼는 것도 아닌데 어떻게 저렇게 선명한 검은 자국을 남길 수 있나.

여자가 갑자기 뒷걸음질을 멈췄다. 마치 얼른 따라오지 않고 왜 그러고 있냐고 묻고 있는 것처럼 보였다. 여자는 잠깐 그러고 서 있더니 다시 뒷걸음질을 시작했고 몇 걸음 후에 멈춰 섰다. 그러기를 몇 번 반복하자 나는 뭐에 홀린 것처럼 자리에서 발딱 일어났고 서둘러 그곳을 빠져나와 여자를 쫓을 수밖에 없었다. 카페에서 나왔을 때 여자는 이미 보이지 않았지만 발자국은 남아 있었다.

나뭇잎을 닮은 여자의 발자국은 그 건물 앞에서 끊겼다. 출입문은 잠겨 있었고 되돌아 나온 발자국도 없었다. 하늘로 솟았는지 땅으로 꺼졌는지 마치 꿈을 꾸는 것 같았다. 어디로 갔지? 어떻게 생긴 여자였더라? 그제야 나는 여자의 얼굴을 보았음에도 그 생김이 전혀 기억나지 않는다는 것을 깨달았다.

여자를 놓치고 어리벙벙해진 내 앞에 서른두 개의 눈을 가진 커다란 무엇이 서 있었다. 정신이 번쩍 들었다. 잘 왔어. 기다리고 있었지. 건물은 내가 모르는 언어로 그런 식의 말을 건네는 듯 감정적 신호를 보냈고 나는 거기에 끌렸다. 여자에게 끌린 것인지 건물에게 끌린 것인지 모호했지만 어차피 그 둘은 불가분의 관계처럼 느껴졌다.

서울에서의 직장 생활을 접는 것은 큰 결심이 필요한 일이었고 경제적인 여력도 감안해야 했다. 다행히 건물은 괴상망측한 소문으로 자신의 몸값을 잔뜩 낮춘 채 오로지 나만을 기다리고 있었다는 듯, 행여나 내가 자기를 알아보지 못하고 그냥 떠나버릴까 조급한 나머지 이렇듯 예쁜 여자로 둔갑해 나를 데리러 오기까지 했다. 생김이 기억나지 않는데도 예쁜 여자였다는 확신은 들었다. 그런데 그 여자는, 아니 그 건물은 흉흉한 소문을 입은 자기를 사줄 사람이 나라는 걸 어찌 알았을까. 무덤과 집은 그 터에 맞는 주인이 따로 있다는데 아무래도 건물이 직접 나서서 나를 주인으로 고른

듯싶었다.

"사람들 말이 그 발자국을 따라 건물로 들어간 사람 중에 다시 나온 사람이 없었다고 하더군요. 그래서 다들 그 건물에 들어가기를 꺼려한다던데요."

안 사장은 이맛살을 찌푸리며 말했다.

"참, 사람들 하곤, 건물주한테 무슨 앙심이라도 있는 건지 다들 왜 그러나 몰라, 아까 저랑 그 건물에 직접 들어갔다 나와놓고선 그러신다."

"그러니까 발자국을 따라 들어가면이라고 했잖습니까. 그 이상한 발자국을 남기는 사람들의 정체가 도대체 뭐죠? 다들 귀신이라고 떠들던데요."

"아유, 귀신이 무슨 발자국을 남겨요? 귀신은 발도 안 달렸다는데. 그게 어떻게 된 거냐면요, 몇 년 전 인근 중학교에 다니는 여학생 하나가 실종된 적이 있었어요. 마지막으로 그 앨 본 사람이, 요 아래 상가에서 미용실을 하는 여잔데, 애가 그 건물로 들어가는 것을 봤다고 했죠. 이후로 아무도 그 애를 본 사람이 없어요. 그때부터 그런 소문이 돌기 시작했죠. 하지만 그 애가 정말 발자국을 보고 따라 들어갔는지, 들어갔다가 다시 나왔는데 아무도 본 사람이 없었던 건지 누가 알겠어요. 도대체 말이 안 돼요. 알다시피 건물 출입구는 늘 잠겨 있거든요. 걘 그냥 가출한 거예요. 그 집 부모가 좀 엉망이었거든요."

"하지만 제가 발자국을 처음 봤을 때 말입니다. 만약 건물 입구가 잠겨 있지 않아 그 발자국을 따라 들어갔다면 전 어떻게 됐을까요?"

안 사장은 살짝 당황스럽다는 얼굴로 입을 열었다.

"뭘 어떻게 돼요? 제가 뭐라고 말씀을 드려야 믿어주실지 모르겠는데요, 솔직히 전 이 동네에서 십 년 넘게 부동산 일을 했지만 아직까지 그런 발자국은 본 적도 없어요. 게다가 여자를 봤다는 사람도 있고 남자를 봤다는 사람도 있는데 뻔하죠. 필시 노숙자나 뭐 그런 사람들이 찾아든 걸 보고 그러는 거예요. 하여간 그런 가당찮은 소문들 때문에 건물주도 속이 타들어가요. 오죽하면 그쪽으로 용하다는 전문가들까지 동원시켰겠어요."

언젠가 본 케이블 다큐 프로그램에서는 여러 명의 퇴마사들이 각기 따로 흉가를 방문한 후 나중에 각자 목격한 것을 그림으로 그려 맞춰보는데 동일한 형상의 귀신이 등장했다. 안 사장의 말에 따르면 이 건물의 경우에는 일치하지 않았다고 한다. 살펴본 한 사람은 아무도 없다고 말했고, 다른 한 사람은 들락거리는 누군가가 있다고 말했다. 그런데 그 누군가를 건물에서 내보낼 방법이 없다고 하는 바람에 영 꺼림칙하게 된 것이다.

건물주는 전자를 용하다고 치켜세워 건물을 결백하게 만들고자 했지만 상황은 뜻대로 흘러가지 않았다. 애매한 결과와 상관없이 건물에 대한 입소문이 조곤조곤 퍼져 결국 방송국에서 취재 요청

이 들어오기 시작했다. 건물주는 무조건 거절했지만 방송국 취재 소문 때문에 '설마?' 하는 소문에 '진짜!'라는 근거를 더하는 꼴이 되고 말았다. 건물은 수년째 버려져 있었고 건물주는 얼른 팔아 치우고 싶어 안달이었다.

"입지도 좋고 무엇보다 이런 건물을 이 가격에 매입할 수 있는 기회는 흔치 않을 정도가 아니라 전무하죠. 당시 건물주가 사망해 지금의 건물주에게 상속되지 않았더라면 절대 매물로 나오지 않았을 물건이에요."

내가 이렇다 할 반응을 내보이지 않자 안 사장은 능란한 표정으로 고개를 끄덕이며 말했다.

"소문 때문에 영 내키지 않으시나 봐요. 그럼 찬찬히 생각해보시고 연락 주세요. 어차피 물건마다 임자는 따로 있는 법이니까요. 사장님 말고 지금 그 건물을 탐내는 분이 두어 분 더 계신데요. 그분들도 사장님처럼 결정을 내리기가 어려우신가 봐요."

나는 그 건물을 세 번째 다시 보러 왔을 때 매매 계약서에 사인했다. 대개는 뭘 할지 업종부터 정하고 이에 맞춰 점포를 구하지만 나는 건물을 먼저 손에 넣고 뭘 할지 생각하기로 했다. 어차피 소문 같은 건 내게 별 문제가 되지 않았다. 소문은 오히려 내게 건물을 갖고 싶다는 욕구만 부채질했을 뿐이었다. 사실 나는 앞뒤 문맥이 맞아 떨어지는 전개를 따르기보다는 순간적으로 머리를 두들기는 운명적인 예감을 선택하는 쪽이었다.

나는 서른두 개의 구멍창이 달린 그 건물에 카페를 열기로 했다. 건물의 생긴 모습을 따서 카페 이름은 '거기 구멍 눈 뒤에'. 창을 눈으로 둔갑시킨 것은 전적으로 내 주관적인 첫인상 때문이었다. 안 사장의 말마따나 입지 조건은 나쁘지 않았다. 대학교 후문과 가깝고 주말에는 등산객들로 북적였으며 근처 아파트 단지에는 삼삼오오 어울려 다니는 젊은 주부 무리들이 꽤 많았다.

싸늘한 관 짝처럼 휑뎅그렁하고 음산스러웠던 건물은 깔끔한 완두콩 색을 입고 산장 같은 외관으로 바뀌었다. 리모델링 시공업자는 내 마음속에 이런 식이면 좋겠는데 하고 막연히 그리고 있던 이미지를 붙잡아내 보란 듯 눈앞에 펼쳐놓았다.

내가 살 주거지는 이 층에 있었다. 이 층 건물 면적은 일 층의 절반 정도로 나머지 면적은 일 층 지붕 위에 만들어진 테라스 형식의 마당이었다. 이 층은 나중에 따로 축조해 얹은 거라 아래층과 달리 일반 창이었다.

안 사장은 소문이 딸린 건물을 내게 팔고 일말의 가책을 느꼈는지 건물을 반으로 나눠 세를 놓으라고 권했다. 다른 사람들도 금전적인 면을 고려해 그렇게 할 것을 충고했지만 빛이 드나드는 서른두 개의 창을 모두 살리려면 벽도 공간도 반으로 나눌 수 없었다. 안 사장은 내 결정을 걱정했다.

"손님으로도 입장을 꺼릴지 모르는데 세입자로는 들어올까요?"

내가 반문하자 안 사장도 모순을 깨닫고 고개를 끄덕였다.

"그것도 그렇네요. 그래도……."

"걱정 마세요. 제가 알아서 할 테니."

영국에는 유령이 나온다는 고성만 골라 체험하는 관광 상품이 있다. 놀이공원에 가서는 돈 내고 유령의 집에도 들어간다. 매년 여름이면 공동묘지 코스가 들어간 담력 테스트에 참가하는 사람들도 있다. '거기 구멍 눈 뒤에'도 언젠가 그런 명물이 될지 누가 알겠는가.

'사람의 것이 아닌 발자국이 보이는지 먼저 살펴주세요. 절대 발자국을 따라 들어오시면 안 됩니다. 발자국이 보이지 않을 때만 들어오세요. 손님뿐 아니라 카페 직원 관계자분들도 주의해주세요. 예외는 없습니다.' 이렇게 붙인 경고 표지 덕분에(홍보문구가 아니라 진심 어린 경고였다. 나는 내 가게에서 정말 어떤 사고도 일어나길 원하지 않았다) 실제로 영업 실적은 나쁘지 않았다.

*

걸어가면서 두 번이나 미끄러졌다. 첫 번째는 뒤집힌 거북이처럼 배낭 위에 누워 버둥거리다가 지나는 행인이 내미는 손을 잡고 일어났고 두 번째는 자력으로 일어섰다. 예상대로 만만한 행보가 아니었다. 얼굴을 찢어발기려는 듯 덤벼드는 칼날 같은 바람, 어깨가 쩍 떨어져 나갈 것 같은 무거운 배낭, 평지를 걷고 있음에도 에베레스트 등정 중이라는 착각이 들 정도로 호흡이 가빠졌다.

십여 미터 앞에 후리후리한 두 여자가 걸어가고 있는 것이 보였다. 긴 머리카락을 말총처럼 묶은 여자와 수초처럼 풀어헤친 여자. 바람에 흐트러진 머리칼을 쓸어 올리며 고개를 트는 수초머리 여자의 턱에 거뭇한 수염이 보였다. 머리를 기른 남자였군. 몇 걸음 가다가 말총머리 여자가 다리를 쩍 벌리고 눈길에 미끄러졌다. 수초머리 남자는 일으켜줄 생각은 하지 않고 마냥 웃어댔다. 말총머리 여자가 엉거주춤한 자세로 일어나며 수초머리 남자를 돌아보는데 영락없는 남자 얼굴이었다. 둘 다 남자임을 알고 다시 보니 확실히 뒤태가 남자였다. 떡 벌어진 어깨하며 건들거리는 걸음걸이까지. 똑같은 대상을 두고 결과를 알고 보는 것과 모르고 보는 것의 간격이 이렇게 크다니.

눈보라로 하얗게 풀린 세계, 잿빛 어둠, 불그레한 하늘, 오렌지색 가로등 불빛으로 번진 아른아른한 거리, 두 시간의 사투 끝에 나는 서른두 개의 창이 꾹 다문 숨구멍처럼 침묵하고 있는 내 집으로 돌아왔다. 왜 도착했다가 아니라 돌아왔다는 기분이 들었는지는 나도 모르겠다. 내가 이곳을 내 마음속의 무엇과 동일시하고 있는지 나도 알 수 없었다.

내가 나를 너무 잘 아는 것도 때론 진저리 나는 일이다. 때문에 나는 오히려 내가 모르던 내가 불쑥 튀어나와 내 삶을 알 수 없는 쪽으로 끌고 가는 것에 기대감을 갖는다.

건물 입구의 유리문에 열쇠를 꽂고 안으로 들어섰다. 미뤄두었던 피곤이 한꺼번에 몰려들었지만 내 발걸음은 먼저 일 층 가게로 향했다. 나는 일부러 불을 켜지 않았다. 서른두 개의 창을 통해 새어든 몽환적인 눈보라의 그림자가 공간 가득 너울거렸다. 어둠이 뱉어놓은 아련한 빛, 설경에 반사된 차가운 빛, 실내를 떠도는 오묘한 무색채의 조화가 내 눈을 어지럽혔다. 이 시간이면 이렇게 근사한 장면이 될 것을 나는 이미 알고 있었다. 꺾인 모퉁이마다 수천억 개의 반사 거울이 설치된 구불구불한 망원경을 통해 먼 우주가 나를 들여다보는 듯, 관찰자의 하염없는 침묵 속에 던져진 나는 오롯이 이 조화 속의 일부였다.

배낭을 던져놓고 주방으로 들어가 커피를 끓였다. 여기에 오기까지 나는 도착하자마자 보일러를 틀고 뜨거운 물에 샤워를 하고 훈훈해진 새 잠자리에서 곰처럼 자고 싶다고 간절히 열망했다. 그런데 서른두 개의 창을 통과한 달빛과 접촉한 순간 갑자기 그 모든 피곤과 잠이 달아나버렸다. 싱크대의 작은 조명 아래 구부정하게 서 있는 내 꼴이라니. 겨울잠을 자다가 깨어난 야생 곰 한마리가 산을 떠나 인가로 캠핑을 온 것 같다.

원형 소파에 몸을 묻고 뜨거운 커피를 홀짝이며 요요마의 첼로 연주곡을 듣다가 그대로 잠이 들었다. 이 음악이 뭐더라? 그래, 엔니오 모리꼬네가 만든 영화 〈레이디 칼리프〉의 음악. 새 보금자리가 대지에서 지붕 꼭대기까지 창자처럼 부드럽게 내 안에 자리 잡았다. 이 층 침실로 올라가 자야 하는데, 샤워도 해야 하고 이도 닦아야 하는데. 뭐, 아무렴 어때. 푸근하고 행복했다.

그날 밤, 나는 근사한 꿈을 꾸었다. 연락도 없이 그 밤에 나를 찾아온 소정이 소파에 아무렇게나 널브러져 잠이 든 내게 토끼털이 달린 자기 외투를 벗어 덮어주었다. 소정이 날 물끄러미 들여다보며 뺨을 쓰다듬었다. 소정의 따뜻하고 향긋한 숨소리가 끊임없이 내 이마 언저리를 오락가락했다. 달콤했다. 소정의 손목을 확 낚아채 품에 안고 싶었지만 이건 꿈이었기 때문에 그리고 싶다는 욕망뿐이었다.

소정이 내 귓가에 대고 속삭였다.

"내가 자주 들러서 도와줄게."

기분 좋은 간지러움에 잠든 내 얼굴이 절로 미소를 지었다.

"너처럼 늘 바쁜 척하는 여자 말고 작정하고 내 곁에 눌러 있어줄 사람이 필요해."

"뭐야? 나 말고 딴 여자를 원한단 말이야?"

소정이 토라졌다.

"아냐, 카페에서 일할 사람은 진득한 가구 같은 남자로 구할 거야. 여자는 너 말고 누구도 필요 없어. 나한텐 너만 있으면 돼. 너만……."

소정은 내 잠꼬대를 들으며 웃었다. 소정의 벌어진 셔츠 앞자락 사이로 살쾡이 발자국 모양의 타투가 신비롭게 움직였다. 이건 누가 봐도 발자국이 맺어준 인연이었다. 그날 내가 쫓던 그 맨발의 여자가 소정일까. 소정은 아니라고 말했고 나도 아니라는 것을 알고 있었다. 그 맨발의 여자가 남긴 발자국은 나뭇잎 모양이었다. 하지만 나는 그날 내가 본 것이 지금 일어나고 있는 일의 예감임을 믿어 의심치 않았다. 적어도 그때까지는 철석같이 그렇게 믿었다.

발자국은 에너지를 끌어들이는 상징적 표식으로 전해진다. 그러므로 발자국을 따라가면 우리는 어떤 깨달음에 도달한다나. 나는 소정이 내게 무엇을 깨닫게 해줄지 설렜다.

*

나는 소정을 안 사장의 사무실에서 처음 만났다. 그 건물을 두 번째 다시 보러 가려고 사무실에 들어섰을 때 나는 짙은 오렌지색 바지 정장을 입고 있던 펑퍼짐한 몸매의 안 사장을 커다란 플라스틱 드럼통으로 착각해 움찔 놀랐다. 첫 착각은 아니었다. 처음 안 사장을 보았을 때는 회색 코트를 입고 있어서 양철 드럼통으로 착각했다.

안 사장은 내게 등을 돌린 채 벽에 걸린 둥그런 해님 얼굴 시계를 흘끗흘끗 쳐다보며 투덜거리고 있었는데 그때도 나는 계속 플라스틱 드럼통이 혼자 중얼거린다고 여겼다. 그러다 안 사장이 고개를 돌리고 "아, 오셨어요?"라고 말했다. 그때서야 나는 커다란 플라스틱 드럼통이 말을 한다는 착각에서 간신히 벗어났다.

"그렇게 당부했는데 애가 또 늦네. 일단 나가시죠."

"누가 또 옵니까?"

"아, 지난번에 못 보셨던가요? 여직원이 하나 있어요. 오늘 사장님하고 건물 보러 갈 거니까 일찍 나와서 사무실 좀 지키라고 했는데 또 지각이네요. 그나저나 사무실을 이렇게 비워두면 손님 다 놓치는데."

안 사장은 사무실 문을 잠그면서 계속 말했다.

"사실 지각하는 거 말고는 나무랄 데 없이 똑 부러지는 애예요."

안 사장과 함께 다시 사무실로 돌아왔을 때, 소정은 커다란 고무나무 화분 옆에 서서 커피를 마시고 있었다. 나는 유리벽 안에 서서 내 쪽을 바라보고 있는 소정을 처음 본 순간 아름답고 매혹적인 그리스의 헤타이라들을 떠올렸다. 그녀들은 당시 육체적 욕구와 정신적 욕구를 동시에 만족시키는 완벽하고 이상적인 상대였다. 여자는 열등한 존재라는 편견을 지닌, 여자는 목재고 남자는 목수라 비유한 아리스토텔레스조차 헤타이라 필리스의 매력에 빠져 죽을 때까지 그녀에게서 헤어나지 못했다고 하지 않던가.

상대를 무력하게 만드는 치명적인 무기, 내가 이해하지 못하는 방식으로 작용하는 정체불명의 무기, 그러므로 나는 꼼짝없이 당할 수밖에 없었다. 소정 때문에 내 안에 숨겨져 있던 어떤 것이, 어쩌면 내가 알고 싶었던 나의 본질 정도쯤 되는 그것이 불끈하고 움직였다. 무엇보다 처음 만나는 사람을 온갖 사물이나 동물 따위로 착각하기 일쑤인 내 눈이 비록 고전 창녀의 탈을 입히긴 했지만 소정을 정상적인 사람으로 보여줬다는 사실에 안도감을 느꼈다.

"제가 아끼는 직원이에요. 하소정이라고 해요. 소정아, 인사드려. 이쪽은 우태주 사장님."

"그 사장님이란 호칭은 좀⋯⋯."

내가 무안해하자 안 사장이 높은 톤으로 웃음을 터뜨리며 말했다.

"소정아, 여기 차 좀 가져와."

"믹스 커피랑 녹차 중 어떤 걸로 하실래요? 다이어트엔 보이차가 미네랄 보급엔 루이보스차가 좋긴 한데 여긴 없어요."

소정이 나를 똑바로 쳐다보며 물었다. 어디에 눈을 둬야 할지 잠깐 난처했지만 나는 그녀의 시선을 피하지 않았다.

"녹차로 주세요."

때마침 안 사장의 휴대전화가 울렸다. 그녀는 응, 그래? 지금 갈게. 세 마디 만에 전화를 끊고 가방을 챙겨 자리에서 일어났다.

"미안해요. 갑자기 다른 볼일이 생겨서요. 혹시 오늘 계약하실 거면 우리 소정이가 다 알아서 해드릴 테니 걱정하지 마세요."

안 사장이 사무실을 나가고 난 후 소정은 녹차 티백이 담긴 일회용 종이컵에 뜨거운 물을 담아 내게 내밀었다. 마치 대학 로비의 자판기에서 뽑은 종이컵을 내밀 듯이. 그냥 탁자에 놔도 되는데 굳이 왜 저렇게 들고 있나 싶어 멀뚱히 쳐다보았다.

"걱정 말아요. 안 뜨거워요. 제가 잡은 위쪽을 잡으세요."

나는 시키는 대로 종이컵을 받아 들었다. 그녀와 손가락이 스쳤다. 짜릿한 전율이 팔을 타고 심장까지 전해졌다. 심장이 두근대며 알쏭한 마음이 제멋대로 구름을 밟은 듯 둥둥 떠오르기 시작했다.

"건물은 맘에 들어요?"

소정이 그렇게 물으며 다시 고무나무 화분 옆 원래 서 있던 자리로 돌아갔다.

"아, 네. 뭐 그럭저럭……."

"소문 같은 건 신경 쓰지 말아요. 당사자 마음에만 들면 그만이죠. 안 그래요?"

소정이 눈을 깜빡였다. 요즘 유행하는 활짝 벌어진 인조 속눈썹이 아니라 진짜였다. 이런 여자가 갑자기 어디서 뚝 떨어졌지? 정신 못 차리고 허우적거리던 심장이 기어코 나를 의혹과 열락의 틈바구니로 밀어 넣었다. 나는 엄벙덤벙한 정신머리로 대답했다.

"뭐 그렇죠."

갑자기 목이 탔다. 나는 뜨거운 녹차를 벌컥벌컥 마셨다. 목구멍이 뜨끔뜨끔했지만 꾹 참았다. 소정이 소리 내어 웃으며 말했다.

"거기 그 건물로 이사 오시면 우리 자주 볼 수 있겠네요."

소정은 여전히 고무나무 옆에 서 있었다. 유리벽을 통해 산란되는 고요한 햇살을 등지고 소정의 실루엣이 흔들리면서 빛을 뿜었다. 눈이 먹먹해졌다. 나는 실내의 어두침침한 구석을 찾아 시선을 돌렸다.

소정의 말이 장삿속인지 개인적인 호감을 표한 것인지 얼른 구분할 수 없었지만 어느 쪽이건 결국 내가 그 건물을 매입하게 될 거라는 암시를 받았다. 안 사장이 소정의 태만함을 불평하면서도 똑 부러지는 애라며 놓지 않는 이유도 짐작할 수 있었다.

세월에 별수 없이 닳아버린 표정밖에 지을 수 없는 늙은 안 사장이 일부러 자리를 피하고 종잡을 수 없는 화사한 매력을 지닌 예측 불허의 당돌한 젊은 아가씨를 내세운다. 꼬리치는 그녀에게 홀려 넋을 놓고 있다가 정신을 차리고 보니 나는 이미 서명을 끝낸 계약서를 손에 쥐고 있다? 본능적인 경계심이 발동해 나는 서둘러 사무실을 나왔다. 뭐 결국 그것이 끝이 될 수 없을 거라는 예감대로 나는 소정에게 구애를 하고 말았지만.

"지금 사귀는 사람 있어요?"

어쩌다 보니 이런 통상적인 질문부터 하게 됐는데 소정은 이미 대답을 준비하고 있었다.

"그 사람에게 설레는 사람이 생겼다고 벌써 말했어요."

"네?"

"이렇게 될 줄 예감했거든요."

예감이 좀 심하게 앞서 통한 나머지 소정과 나의 연애는 그렇게 어처구니없이 시작됐다. 우리는 순식간에 가까워졌고 나는 자연스럽게 내 약점을 고백했다.

"심각한 건 아니고 그냥 착각을 좀 자주 하는 편이야."

"예를 들면?"

"그러니까 솥뚜껑을 자라로 착각하는 것처럼 자주 사물을 사람으로 착각해. 혹은 그 반대로 사람을 사물로 착각할 때도 있고."

"그게 뭘? 나도 가끔 그러는걸."

"난 좀 증상이 심해."

"그래? 혹시 나도 다른 걸로 착각한 적 있어?"

"처음엔 아니었는데 요즘엔 가끔 착각하기도 해. 방금 전에는 노란 튤립 화분을 머리에 쓴 열대어로 보였어."

소정이 웃느라 어깨가 들썩거렸다.

"자기는 화가가 됐으면 근사했을 거야."

처음엔 아마 소정에게 첫눈에 반하느라 긴장한 나머지 잠시 착각의 감각이 둔해졌던 모양이다. 이후부터는 이따금씩 소정도 다른 무엇으로 착각하곤 했다. 소정에 대한 내 마음이 처음과 같지 않아서가 아니라 소정도 다른 이들처럼 일상적인 대상이 된 탓일 것이다. 그건 그만큼 소정이 내 삶에 더 밀착되었다는 뜻이니 지극히 자연스러운 현상으로 받아들였다.

나는 소정과 함께할 달콤한 결말과 미래를 계획했다. 나는 내 안락한 완두콩 빛 보금자리에서 소정과 알콩달콩 콩알들을 낳고 품으며 살 꿈에 젖어 마냥 즐거웠다. 이 신통한 사건이 이토록 짧은 시간 안에 내 삶에 담겨들 수 있었던 것은 순전히 이 건물 덕이었다. 그러므로 우리는 이 건물에 얽힌 기이한 소문을 문제 삼을 이유가 없었다. 또한 그런 의미에서 나와 소정은 완벽하게 잘 맞는 커플이었다. 그러나 돌이켜보면 이후 내가 내린 모든 결정에 일단 반대부터 하고 보는 소정이 유일하게 처음부터 찬성해준 건 오직 이 건물뿐이었다. 그 외는 하나부터 열까지 어긋나기만 했다.

3

어디서 왔는지 모르는 아이는 어디서 왔는지 모르는 목소리를 가지고 태어나 어디서 왔는지 모를 것들을 불러낸다고 한다. 어디가 어디인지 모르는 사람들은 그렇게 이야기했다. 어디가 어디인지 아는 이들은 긴가민가했다. 이 이야기는 어디서 왔는지 모를 수상한 발자국을 가진 사람들과 그들을 처음 목격한 홍우필이란 사람에게서부터 시작됐다. 홍우필에게 벌어졌던 모든 일의 자초지종은 여우 발자국 때문이었다. 만약 홍우필이 그 여우 발자국을 따라가지 않았다면 어떻게 됐을까.

이 이야기가 어떻게 진행될지는 아무도 모른다. 상자 속에서 상자가 끝없이 튀어나오는 중국 상자처럼 이야기 속에서 다른 이야기가 그 다른 이야기 속에서 또 다른 이야기가 끝없이 튀어나오게 될지, 혹은 아프리카풍 패치 스커트처럼 이야기 조각과 이야기 조각과 이야기 조각이 이리저리 붙어 한 장의 옷이 되고 그렇게 만들어진 또 다른 조각 옷과 맞춰 한 벌의 이야기가 될지 그건 아직 알 수 없다.

일단 홍우필로부터 시작된 이야기니 홍우필에 대한 이야기부터 꺼내보자. 1979년 5월, 우필은 이런저런 일자리를 전전하다가 잘리고 또 잘리고, 관두고 또 관두고, 드디어 새 일자리를 구했다.

서대문구 충정로의 한적한 골목길 안쪽에 자리 잡은 이 층 양옥 건물, 외관은 일반 가정집처럼 보이지만 실은 집주인이 자신의 사유 주거지를 개조해 봉사단체 사무실로 내놓은 것이다. 단체의 설립자이자 단체장인 그의 아들은 아버지가 돌아가시자 물려받은 개인 자산과 간간이 들어오는 기부금으로 계속 단체를 운영해나갔다.

우필은 대추나무와 감나무가 있는 작은 안마당으로 들어섰다. 우필은 며칠 전 바로 이 단체의 대표인 박현의로부터 전화 한 통을 받았다. 문맹자와 시각장애자를 위한 도서 녹음 작업에 참여해달라는 내용이었다. 무료 봉사를 해달라는 건 절대 아닙니다. 시간제 일당직도 아니고요. 홍우필 씨를 저희 단체의 정식 직원으로 채용하고 싶습니다. 사실 저희 단체가 개인의 이익을 좇는 단체가 아닌지라 월급이 많지는 않아요. 대신 보람 있는 일이 될 겁니다.

우필은 당장 일자리가 필요했지만 목소리를 쓰는 일이 영 내키지 않았다. 그렇다고 이 일에 전혀 관심이 없지는 않았는데 도무지 용기가 나질 않았다. 우필이 얼른 결정을 내리지 못하자 박현의가 일단 만나서 이야기할 것을 청했다. 단체의 대표가 직접 전화해 지나치게 적극적으로 나오는 통에 우필은 결국 마다하지 못하고 그의 일방적인 약속을 수락했다.

"안녕하세요. 지재곤입니다."

개인집 거실을 개조한 사무실로 들어서자 아나운서 지재곤의 목소리가 우필을 반갑게 맞았다. 라디오 방송 프로그램을 시작하는 인사말이라는 것을 알면서도 우필은 흠칫 놀랐다.

두 번 다시 듣고 싶지 않은 진저리 나는 목소리, 오래전에 이미 볼 장 다 본 목소리, 그럼에도 여전히 귀 기울이지 않을 수 없는 목소리, 모른 척할 수도 마다할 수도 없는 목소리, 그렇게 죽자고 우필을 잡아끄는 옛 친구의 목소리, 깻잎 가르마, 느끼한 혓바닥, 거지 깽깽이 같은 도둑놈, 우필은 멋대로 귓구멍을 통과해 기억의 대뇌피질을 꼭꼭 찍어대는 지재곤의 목소리를 애써 무시하며 사무실 입구에서 가장 가까운 책상을 향해 걸어갔다.

"홍우필이라고 합니다. 오늘 대표님과 만날 약속이 되어 있는데요."

도무지 특징이라곤 없어 기억하려고 해도 이내 이목구비가 희끄무레해지는 생김의 젊은 여자가 고개를 들었다. 여자는 길고 갸름한 눈을 최대한 크게 뜨고 재빨리 우필을 훑어본 후 말했다.

"아, 네, 홍우필 씨, 녹음 작업 때문에 오셨죠?"

"네."

"따라와요. 기다리고 계세요."

여자가 개조 전에는 안방이었음직한 방문을 두드린 후 열었다.

"홍우필 씨 오셨는데요."

"들어오시라고 해요."

박현의가 앉아 있던 책상에서 일어나며 말했다. 여자는 옆으로 비켜서며 우필에게 들어가라는 손짓을 했다. 우필이 방 안으로 들어서자 여자가 뒤에서 탁 소리가 나도록 문을 닫았다. 그러자 병 주고 약 준다는 옛말처럼 미움과 그리움을 동시에 끓어오르게 만들던 지재곤의 목소리도 산등성이 뒤로 물러난 어둠처럼 성큼 멀어졌다. 박현의가 손을 내밀며 말했다.

"안녕하세요, 전화 드렸던 박현의입니다."

박현의는 서른 중반 즈음 되어 보였다. 회사원으로도 장사꾼으로도 어울릴 것 같지 않은, 일을 해야 한다면 딱 이런 사회봉사단체가 아니면 안 될 것 같은 생김과 표정을 지녔다. 검정 웨이브를 어깨까지 풀어 내린 장발의 예수와 살짝 살이 찐 석가모니를 적당히 섞어놓은 것 같은 얼굴. 그러나 완벽한 인상끼리 더해져 더욱 완벽해진 게 아니라 오히려 우그러지고 만, 덕분에 다정한 인상에도 불구하고 깊은 슬픔이 배고 말았다.

"앉으세요."

박현의가 자리를 권했다. 우필은 시키는 대로 앉았다.

"학교 다닐 때 방송반 활동을 하셨다면서요?"

"네, 고등학교 일 학년 때 잠깐요. 그게 끝이었어요."

"그랬군요. 뭐 아무려면 어때요? 결국 재능은 모든 것을 뛰어넘으니까요."

모든 것? 저 사람은 모든 것이 어느 범위까지인지 알고 말하는 걸까? 우필은 자신이 어디까지 뛰어넘을 수 있을지, 또 저렇게 말하는 박현의는 어디까지 뛰어넘어봤는지 궁금해졌다. 우필의 눈에 비친 박현의의 인상은 세상에 온몸을 던지기에는 살짝 부족하고 세상의 부조리를 모른 척하기엔 또 다시 살짝 넘치는 양심의 소유자처럼 보였다.

아까 그 볼품없는 여자가 커피를 내왔다. 여자는 찻잔을 내려놓으며 우필을 흘깃 쳐다보았다. 박현의가 말했다.

"아, 소개시켜드릴게요. 이쪽은 저희 단체의 재무 전반을 맡아보는 방미자 씨예요. 이쪽은 내가 말했던 홍우필 씨. 미자 네가 우필 씨보다 두 살 많으니까 동생처럼 잘 살펴주면 되겠네."

"그러죠."

미자가 방을 나가자 박현의가 말했다.

"전화로도 그렇게 생각했지만 실제로 들어보니 역시 제 생각이 맞았네요. 홍우필 씨 같은 목소리가 바로 저희가 원하는 목소리예요."

"그게 어떤 목소린데요?"

"청자의 귀를 잡고 놓아주지 않는 그런 목소리요."

"제 목소리가 청자를 잠들 수 없게 하는 줄은 몰랐네요."

"아뇨, 그런 뜻이 아니라 듣고 있노라면 도저히 거부할 수 없는 어떤 힘이 느껴진다고요."

뭘 모르면 그렇게 말할 수 있지. 우필은 피식 웃으며 입을 열었다.

"그 어떤 힘에 대해 드릴 말씀이 있는데요. 실은 제 목소리에 심각한 문제가 있어요. 그래서……."

"아, 그 점이라면 염려하지 말아요. 이미 알고 있습니다."

우필은 입술을 깨물었다. 이미 나에 대해 알아봤단 말이지. 그렇잖아도 듣도 보도 못한 낯선 이에게 이런 제의가 들어와 의아해하던 참이었다. 그렇다면 이 사람은 내 목소리 때문에 벌어졌던 그 불가사의한 사건들에 대해 터부시하지 않는다는 건가?

"한 이 년 전에 청계천 봉제 공장에서 일한 적 있죠?"

우필은 움찔했다.

"어떻게 아셨죠?"

"거기 강 주임과 좀 아는 사이예요."

우필은 씁쓸해졌다. 강 주임이 박현의에게 결코 좋은 소릴 했을 리가 없었다. 당시 누구보다 우필을 좋게 봐주던 강 주임은 하룻밤 사이에 무슨 일을 겪었는지 거무죽죽한 얼굴로 나타나 우필이 재수 없다며 공장에서 내쫓았다. 우필이 잘못한 거라곤 그 전날 강 주임이 부탁한 책을 읽었을 뿐이었다. 자신의 목소리가 강 주임에게 무슨 짓을 한 것이 틀림없었지만 강 주임은 말해주지 않았다.

"그날 강 주임을 만나러 잠깐 공장에 들렀는데 하필 그날이었어요. 우필 씨가 공장을 그만둔 날요. 사무실을 나가는 우필 씨를 봤어요. 그렇게 스치는 인연일 수도 있었지만."

박현의는 어색하게 웃었다.

"그날 우필 씨의 목소리를 처음 들었는데 저한텐 굉장한 충격이었어요. 영 잊히지가 않더라고요. 이 도서 녹음 작업을 기획한 후 제일 먼저 우필 씨가 떠오르더군요. 돌이켜보면 애초에 우필 씨 때문에 제가 이 일을 기획했던 건지도 모르겠어요."

"강 주임이 저에 대해 전부 이야기했을 텐데요."

"네, 하지만 사람마다 이야기를 받아들이는 입장이 다르니까요."

박현의는 다 식어버린 커피 잔을 잡았다.

"제 말은 우필 씨의 목소리를 어디에 쓰느냐에 따라 좋은 결과를 얻을 수도 있다는 겁니다. 특별한 재능이잖아요."

우필의 표정이 굳어졌다. "재능이 아니라 저주였어요. 저에 대해 어디까지 알고 계시는지 모르겠지만 제 목소리는 늘 이상한 현상을 불러오거나 좋지 않은 사고를 일으켰어요. 때문에 전 고등학교도 졸업하지 못했고요."

"자의가 아니었잖아요. 누구든 학교 다닐 때는 좋지 않은 일에 한 번쯤 휘말릴 수 있다고 봐요. 전 대학교 4학년 때 학교에서 제적

됐어요. 졸업 못 했죠. 아버지 충격이 이만저만이 아니었어요. 제 죄명은 이 사회 기반과 다수 구성원에게 해를 끼친다는 건데 전 아직도 제가 무슨 해를 끼쳤는지 잘 모르겠어요. 전 그냥 제가 살고 싶은 세상은 이렇다는 것을 몸소 보여주려고 했을 뿐인데 그게 보는 사람 입장에서는 좀 골치 아팠나 봐요."

그렇게 말해놓고 박현의는 본인이야말로 그 때문에 진정 골치 아팠다는 듯 복잡한 표정을 지었다.

"볼 수 있는 사람들은 보이는 것보다 더 많은 것을 보면 피곤해지죠. 하지만 보이지 않는 사람들은 상상으로라도 보고 싶어 해요. 보고 싶은 세상이 보이지 않는 저 같은 사람도 포함해서요. 전 우필 씨의 목소리가 그런 사람들에게 놀라운 자극을 줄 거라고 확신합니다."

"하지만 제 목소리는 어떤 초자연적인 현상을 불러일으켜요. 제 목소리가 누군가를 또 사라지게 만들 수도 있어요."

"걱정 마세요. 그런 일은 한 번뿐이었잖아요. 그러니까 그렇게 나쁜 쪽으로만 생각하지 마세요. 이 작업을 위해 지하에 녹음실도 새로 갖췄어요. 그만큼 저희가 작정하고 공을 들이고 있다는 뜻이에요. 또 앞으로 제가 이 자리에 있지 않더라도 이 작업만은 계속해나가게 할 작정이고요. 어때요? 매일 두 시간 정도면 목에 무리가 가지 않을 것 같은데요?"

우필은 곰곰 생각했다. 모두가 두려워하고 꺼려했던 목소리였다. 하지만 이 사람은 우필의 목소리가 가져올 수 있는 좋은 결과에 대해 말해주고 있었다. 까짓 못할 게 뭐란 말인가. 요즘은 책갈피를 아무리 털어봐도 비상금 지폐가 더는 나오지 않았다. 물론 생활비를 벌기 위해 다른 일을 찾을 수도 있었다. 그러나 우필은 자기 목소리에게 다시 한 번 기회를 주고 싶었다. 그건 그냥 우연한 사고였을 뿐이다. 그렇게 여기려면 우필 스스로 인정할 수 있는 증거가 필요했다.

"어떤 책을 읽죠?"

"일단은 저희가 준비한 책들부터 시작하죠. 나중에 우필 씨가 다른 좋은 책들을 권해주신다면 그것도 고려해보겠습니다. 녹음 작업은 다음 주 월요일부터 시작하는 걸로 하고, 시간은 오후 두시 정도면 괜찮을까요?"

우필은 선뜻 대답하지 못하고 망설였다.

"무슨 생각이 그렇게 많아요? 마침내 우필 씨의 재능이 제대로 쓰일 곳을 찾았는데요. 모든 재능은 반드시 어딘가에 필요한 것이라고 했어요. 어디에 필요한 것이겠어요? 바로 자기가 사는 세상을 만드는 데죠. 기껏 주어진 우필 씨의 재능이 필요한 곳을 찾지 못하고 그대로 폐기된다고 생각해보세요. 슬프잖아요."

우필은 박현의가 아주 감상적인 사람이라는 것을 깨달았다.

"그냥 오후에 출근하셔서 책만 읽으시면 돼요. 어려운 일도 아니잖아요."

우필이 그 방에서 나왔을 때 지재곤은 자신의 프로그램을 마무리하는 마지막 멘트를 내보내는 중이었다.

"……예전 저의 광고 공모전 수상 작품을 보고 느낀 감상을 적어 보내주셨네요. 작품에 등장한 여우 발자국이 굉장히 몽환적이고 아름다웠다고요. 감사합니다. 불미스러운 일이 있었던지라 제 작품이지만 그동안 저도 잊고 있었네요. 수년이 지난 지금까지도 제 작품이 이렇듯 여러분에게 감동을 주고 있다니 기쁩니다. 그렇습니다. 누군가의 마음을 사로잡는 건 진실뿐이죠. 전 다른 사람의 재능을 훔치지 않았습니다. 결백합니다. 제가 뻔뻔한 건지 떳떳한 건지는 언젠가 시간이 말해주겠죠. 『삼국사기』를 쓴 김부식 아시죠? 김부식은 시작에 뛰어난 재능을 가졌던 정지상의 시구가 탐난 나머지 그를 묘청의 난에 연루시켜 죽입니다. 억울하게 죽은 정지상은 귀신이 되어 돌아와 결국 김부식의 목숨을 가져가지요. 제가 정말 남의 작품을 훔쳤다면 그 고사대로 될 겁니다. 아, 너무 심각해졌나요? 하하하, 그럼 오늘도 좋은 하루 보내시고요, 지재곤은 물러갑니다. 내일 이 시간에 다시 찾아뵙겠습니다."

감춰도 모자랄 판에 자진해서 온 세상에 떠벌리고 있군. 우필은 코웃음을 치며 당시 재곤의 수상작에 붙었던 광고 카피를 떠올렸다. '오늘 나는 그 사람을 만나기 위해 여우 발자국을 따라간다.'

재곤은 대학 재학 중 모 기업체에서 공모한 광고 대상을 받은 적이 있었다. 이후 방송국에 입사했고 지금은 아나운서로 활동 중이다. 그는 심장에 지병이 있어 군대를 면제받았는데 덕분에 또래들에 비해 일찍 직장 생활을 시작했고 앞서 안정 가도를 달렸다.

우필은 재곤의 출품작이 옛 추억을 더듬는 콘셉트의 화장품 광고 포스터로 만들어져 잡지에 실린 것을 뒤늦게 보았다. 그제야 그가 자신의 스케치를 훔쳤다는 것을 알았다. 우필이 따지자 재곤은 아니라고 하다가 되레 우필에게 불같이 화를 냈다. 재곤의 거짓말에 우필 역시 화가 났다.

"그냥 그렇다고 해. 인정하면 여기서 덮을게. 이제 와서 뭘 어쩌자는 게 아니야. 난 단지 네가 내 스케치를 가져갔는지 그게 알고 싶은 거야."

그러나 재곤의 자존심은 우필의 말을 받아들이지 못했다.

"훔친 적 없어. 아니라니까."

재곤의 적반하장에 우필은 결국 공모전을 개최했던 모 기업체에 자신의 억울한 입장을 알렸고 재곤은 우필에게 실망을 고했다. 물론 그런 재곤의 태도에 우필은 더욱 실망했다. 서로가 서로에게 실망했던 고통스런 시간이었다.

"너 쓸데없는 짓 했더라. 굳이 그럴 필요 없었잖아. 우리 사이가 그것밖에 안 돼? 내가 잘되면 너도 좋잖아."

"말했다시피 난 그저 진실을 알고 싶었을 뿐이야. 내 스케치나 돌려줘."

"스케치 돌려받는 게 뭐가 그렇게 중요해? 그걸 네가 갖고 있었다 한들 뭘 할 수 있었겠냐고? 너 설마 질투하는 거야?"

"네가 날 질투했던 건 아니고?"

우필이 담담하게 되물었다. 재곤은 어이가 없다는 듯 따졌다.

"그게 말이 돼? 너랑 내가 비교가 되는 입장이냐고."

누가 봐도 유복한 환경의 재곤이 불우한 환경의 우필을 질투한다는 건 말이 되지 않았다. 하지만 우필은 자신을 대하는 재곤의 이중적인 태도에서 늘 그 비슷한 감정을 느끼곤 했다.

"잘 생각해봐. 어차피 넌 공모전 출품 자격이 안 됐잖아. 대학생 공모전이었어. 내가 너 대신 그 예쁜 발자국을 세상에 자랑했다고 여기면 되는 거였는데."

"그러니까 네가 내 여우 발자국 스케치를 훔쳤다는 거네."

"그런 말 한 적 없어. 난 훔치지 않았다니까."

이 문제가 사회적으로 이슈가 되자 두 사람에 대한 이야기들이 신나게 까발려졌다. 우필과 재곤의 학창 시절, 비교되는 집안 환경. 경쟁과 시샘이 오가던 미묘한 관계 등이 낱낱이, 과장되게 부풀려졌다. 결국 우필이 고등학교를 그만둘 수밖에 없었던 수학 여행지에서의 그 괴이했던 사건도 다시 끄집어내졌다. 우필은 큰 충격을 받았다. 사람들이 수군덕거렸고 우필은 점점 고립되었다. 당사자들을 제쳐두고 제삼자들끼리 인신공격이 오가는 와중에 우필은 조용히 입을 다물었다.

패자는 우필이었다. 재곤은 친구의 스케치를 훔친 적이 없다고 일관되게 주장했고 우필은 그 스케치가 자신의 것임을 증명할 어떤 자료도 제시할 수 없었다. 우필이 스케치하는 것을 직접 목격한 사람이 딱 한 사람 있긴 했는데 찾아가보니 살던 집을 이미 다른 사람에게 팔고 어디로 이사했는지 알 수가 없었다. 설사 그를 찾았다 한들 여전히 원본 스케치가 없기 때문에 확인하기 어려웠을 것이다.

　박현의를 만나고 돌아온 그날 밤 우필은 녹음 일에 대한 부담과 설렘, 재곤에 대한 이런저런 기억으로 잠을 이루지 못하고 뒤척이다가 이상한 광경을 목격하고 말았다.

4

　전화벨 소리에 화들짝 놀라 깨며 소파에서 굴러 떨어졌다. 눈을 뜨자 펼쳐진 광경에 나는 넋이 나갔다. 네모진 구멍창의 가장 낮은 바닥에서부터 겨울 끝자락 아침의 희디흰 햇빛이 은은하게 차오르는 중이었다. 침묵과 생기로 가득한 생명의 미립자가 오가는 공간. 여기가 어디지? 나는 잠시 내가 있는 곳이 어딘지 망각했다.

　찰나의 정적을 깨고 다시금 먼 곳으로부터 일상의 소리가 찾아들었다. 휴대전화에서 울려 퍼지는 건조한 기계 음악 소리. 손을 뻗어 소파 구석에 처박혀 있던 휴대전화를 집어 들었다. 모르는 번호였다. 면접 보려는 사람인가? 액정 오른편 끄트머리에 박혀 있는 시각은 9시 32분.

　지역 정보지 구인란을 이용하지 않고 건물 입구에 '남자 직원 구함'이라고 단정하게 인쇄해서 붙였다. 괜히 모르고 찾아왔다가 발길을 돌리느니 처음부터 일하게 될 장소가 이 건물이라는 것을 미리 알리려는 의도였다. 건물 공사 기간 내내 그 인쇄물을 붙여놓았는데 연락해온 사람이 없었다. 하긴 웬만큼 사정이 급하지 않다면 굳이 이런저런 소문으로 흉흉한 건물에서 일을 하려 들까 싶기도 했다.

통화 버튼을 누르자 앳된 여자 목소리가 말했다.

"여보세요? 면접 보러 왔는데요. 문 좀 열어주세요."

전화기를 귀에 댄 채 부스스해진 머리를 한 손으로 부지런히 매만지며 창가로 다가가 밖을 내다보았다. 털실 뜨개 모자를 쓴 교복 입은 여학생이 출입구 앞에 서서 내가 직접 휴먼엑스포체로 확대 인쇄해 붙인 '남자 직원 구함'이란 문구를 주시하고 있었다. 뜨개 모자의 양쪽 귀 언저리에서 가슴께로 늘어진 털실 끝에는 복슬복슬한 파란색 털 방울이 달랑거렸다. 동그마니 뭉뚝한 게 토끼 꼬리를 연상시켰다.

"학교에 있어야 할 시간 아닌가?"

만나보지도 않고 학생이라는 것을 들킨 여학생은 내가 어디선가 자신을 보고 있다는 사실을 깨닫고 고개를 돌렸다. 두리번거리던 여학생의 시선은 이내 창문으로 내다보고 있던 나와 마주쳤다. 여학생이 배시시 웃어 보였다. 무방비였던 내게 돌연 열어 보인 웃음이라 나도 모르게 반사적으로 화답 웃음을 내보이고 말았다.

그 애가 이 시간에 학교에 가지 않고 여기서 어슬렁거리는 이유는 궁금하지 않았다. 그럴 만한 사연이 있겠지. 그렇다고 내 집을 사연 있는 사람들의 쉼터로 제공하고픈 마음은 없었다. 그런데 아이의 눈이 갈망했다. 내가 어서 문을 열어주기를, 어젯밤 내가 몸을 묻고 잔, 아직 사람의 체온이 남아 있는 따뜻하고 안락한 소파에서 몸을 녹일 수 있도록 허락해주기를, 거기에 기왕이면 내 손으로 직접 끓인 달고 뜨거운 차를 대접해주기를.

꽃샘바람이 기승을 부리는 3월의 어느 아침, 완두콩 빛깔로 막 새 단장을 끝낸 그림 같은 건물 앞에 한 소녀가 서 있다. 소녀는 높고 낮은 서른두 개의 구멍창 중에서 토끼꼬리풀 화분이 놓여 있는 창 뒤에 교묘하게 얼굴을 숨긴 한 남자를 발견한다. 만약 소녀가 이 풀의 이름을 모른다 해도 상관없다. 남자가 소녀의 뜨개 모자에 달린 털 방울을 보고 토끼 꼬리를 연상했듯 소녀도 이 풀을 보면 토끼 꼬리를 연상할 테니까.

그런데 이 그림에는 묘한 기시감이 있다. 지금 내 눈앞에서 벌어지고 있는 상황이어서가 아니다. 내가 어디서 이 비슷한 그림을 본 적이 있었던가? 혹은 소설을 읽으며 이 비슷한 장면을 연상했던 적이 있었을까?

"너, 몇 살이냐?"

"열여섯 살요."

아이가 대답했다.

"중학생?"

"아마 그럴걸요."

"아마라니? 자기가 입고 있는 교복이 중학교 교복인지 고등학교 교복인지 모른다는 게 말이 돼?"

아이가 자기 옷차림새를 재빨리 훑더니 대답했다.

"내 나이로 미뤄봤을 때 중학교 교복일 것 같은데요."

"너, 어느 학교 다녀?"

"글쎄요."

아이는 진심으로 고개를 갸웃거렸다.

"지금 입고 있는 교복이 네가 다니는 학교의 교복일 기 아냐."

이 동네에 중학교가 어디 있더라? 나는 안 사장의 부동산 사무실 벽에 붙어 있던 특대 교자상 크기의 이 지역 지도를 머리에 떠올렸지만 깜깜했다. 애초에 중학교의 위치 따위는 관심도 없었다. 원래 관심이 없는 것은 눈앞에 있어도 보이지 않는 법이다.

"아마 그렇겠죠?"

진실한 얼굴로 본의 아니게 상대를 오리무중으로 만드는 4차원 정신세계의 소유자인 거야, 아니면 지나가다가 직원 구함이란 문구를 보고 갑자기 장난기가 발동해 이 짓거리 중인 거야? 거기 남자 직원 모집이라고 쓰인 거 안 보여?

"됐다. 아침 댓바람부터 모르는 학생과 말장난하고 싶지 않으니까 그만 학교나 가라."

"자꾸 쫓아내려고 하지 말아요. 아직 확실하지 않아서 그래요. 빨리 적응하려면 같은 옷을 입어야 하거든요. 그래서 좀 서둘렀죠. 그냥 그런 거예요. 왜 영화에서 못 봤어요? 적의 아지트에 잠입하면 유니폼부터 뺏어 입잖아요. 그러면 모르는 얼굴이어도 같은 편으로 여기고 무심히 지나치거든요. 일단 껍데기부터 같은 걸로 쓰고 위장하는 편이 좋을 것 같아서요."

"무슨 소린지 모르겠다만."

아무래도 4차원 정신세계 쪽이로군. 나는 그렇게 판단했다.

"위장이란 게 그렇게 만만한 줄 알아? 아무리 교묘한 속임수를 써도 미묘한 차이가 있기 마련이지. 그 그림 속에 원래 녹아들어 있던 색이 아니라면 말이야."

아이는 기겁한 얼굴로 물었다.

"나, 표 나요?"

"그런 건 학교 가서 네 친구들에게 물어봐. 네가 친구들과 뭐가 다른지 말이야."

확실히 이 아이는 뭔가 다른 아이들과 달라 보이는 구석이 있었다. 그게 구체적으로 어떤 것이라고 설명하기는 어렵지만 아마 또래 아이들과 다른 짓거리를 하고 있기 때문이 아닐까. 남들 학교 갈 때 저는 카페를 기웃거리며 일자리를 구하고 있다거나, 남들 우유 마실 때 저는 막걸리를 마신다거나…… 뉘 집 딸인지 잘 좀 건사하면 좋으련만. 어쨌거나 내가 간섭할 바는 아니다.

"내가 궁금한 건 뭐가 다른지가 아니라 그 다른 게 심하게 도드라져 보이느냐는 거예요. 그건 그렇고 문부터 열어주세요. 추워요."

멋대로 전화를 끊어버리고 손짓하는 아이의 얼굴이 얼음 꽃처럼 차가워 보였다. 결국 나는 그 아이에게 문을 열어주고 말았다. 내가 이렇게 어이없이 무너진 건 순전히 당신의 친절에 감사해요라는 토끼꼬리풀 말 때문이 아닐까 싶다.

아이의 입이 떡 벌어졌다. 나처럼 이 공간을 보고 한눈에 반한 것이다.

서른두 개의 창은 태양이 떠 있는 동안 양광을 양껏 받을 수 있도록 설계된 구조가 아니었다. 각 창을 통해 들어오는 빛들은 실내에 교대로 머물렀다. 한쪽에서 새로운 빛들이 차오르면 다른 한쪽의 빛들은 서서히 물러났다. 그사이 독특한 형태의 그림자가 만들어지고 사라졌다.

창들이 빛을 받아들이는 시간을 세심하게 쪼개고 절제했기에 저녁 시간에 부득불 켜야 하는 간접 조명도 이에 따랐다. 때문에 강렬하고 눈부신 화사함과는 애초에 거리가 멀었다. 이곳은 빛보다는 빛이 만들어주는 그림자가 더 매력적인 공간이었다. 특히 불투명한 격자무늬 한지를 활용한 테이블 등이 흔들흔들 움직일 때면 사방에 너울거리는 등불 그림자 때문에 마치 배를 타고 밤바다의 한복판을 지나는 착각이 들었다.

"이 위층에는 뭐가 있어요? 밖에서 보니까 지붕 위에 마당 같은 게 있던데."

은근슬쩍 반말이 끼어드는 것을 나무라지 않은 채 나는 고개를 끄덕이며 말했다.

"거긴 내가 사는 집이야."

"이 건물 주인이에요? 부자구나."

"그게 아니라 이 건물이 괴소문을 달고 있는 바람에 똥값에 살 수 있었던 거야."

"괴소문?"

"몰라? 너 이 동네에 살지 않아?"

"아직은요. 곧 이사 올 거예요. 그런데 무슨 소문인데요?"

나는 아이를 놀려주고픈 마음이 들었다.

"이 건물에는 이상한 발자국을 남기는 귀신들이 살아."

"봤어요?"

"맨발의 여자를 한 번 봤지."

"우와, 대단하네. 나도 보고 싶다. 나 그런 이야기 굉장히 좋아하는데."

아이는 탄성을 내지르며 신혼 가구 매장에 납신 예비 신부처럼 이 의자, 저 소파로 엉덩이를 옮겨가며 착석감을 즐겼다. 토끼꼬리 풀 화분이 놓여 있는 창 앞에 서서 나와 똑같은 각도로 밖을 내다보았고 스툴 위에 폴짝 올라앉기도 했다. 나는 재주넘는 여우라도 만난 듯 아이에게서 도무지 시선을 떼지 못했다. 이 아이에게는 바라보는 이의 정신을 휘두르는 무엇인가가 있었다.

"어디든 좀 앉아주면 좋겠는데."

"알았어요. 여기 앉을게요. 여기가 제일 맘에 들어요."

아이는 홀 가운데 자리 잡은 기둥 책장 옆 원형 소파에 털썩 앉았다. 내가 방금 자고 일어난 자리였다. 소파 주변은 힘없이 입을 쩍 벌리고 있는 배낭과 배낭이 토해놓은 내용물로 어수선했다. 하필 저 자리를 고르다니, 묘한 예감이 엄습했다.

"아침은 먹었어?"

"아뇨. 아침 주려고요?"

"아니."

"그럼 왜 그렇게 물어요?"

"그냥 인사야. 우리나라 인사는 표준어로는 안녕하세요지만 가끔은 밥 먹었어라고 묻기도 하거든."

"놀리는 거죠?"

"놀리는 게 아니라 네가 뭘 모르는 거지."

창을 통해 봤을 때부터 아이의 생김이 조금 다르다 싶었는데 가까이에서 보니 확연히 드러났다. 아이의 눈동자는 회색빛이 도는 갈색이었고 콧날은 깎은 듯 우뚝했으며 피부는 뽀얀 핑크빛이었다. 위장에 대한 아이의 발언은 아마 이처럼 다른 생김새 때문에 시작된 고민이 아닐까.

"그래도 손님인데 뭘 주긴 줄 거잖아요. 아직 아침 먹기 전이죠? 차려 와요. 같이 먹어줄 테니까."

"난 원래 아침 안 먹어."

"그럼 습관대로 하시고, 전 뜨거운 초콜릿 차를 주세요."

어찌 된 영문인지 나는 아이의 뻔뻔한 요구가 밉기는커녕 달갑게 들려 기꺼이 주방으로 들어가 뜨거운 초콜릿 차와 커피를 끓였다. 테이블을 마주하고 앉은 우리 머리 위로 구멍창에서 쏟아지는 햇살이 담뿍 떨어졌다. 나는 아이가 두 손으로 머그잔을 감싸 쥐고 후후 불어가며 마시는 것을 물끄러미 바라보았다. 짙은 갈색 머리칼 사이로 귓불에 밀착된 은 귀걸이가 반짝였다. 잘 손질된 손톱은 핑크빛 펄 매니큐어를 칠해 마치 물고기 비늘을 붙이고 있는 것처럼 보였다.

"너, 다문화 가정 출신이냐?"

"네."

아이는 순순히 고개를 끄덕였다.

러시아? 아이슬란드? 스칸디나비아반도? 한 번도 가본 적 없는 북구의 땅들이 부지런히 머릿속에 떠올랐다. 아마 요즘 인테리어와 가구, 식기에 이르기까지 북유럽 스타일이 유행이라서 그런 게 아닐까. 모던과 기능주의, 인간 중심, 자연 음미, 문명에 자연의 영혼을 박고자 하는 일방적 욕구와 치우친 소통.

"핀란드."

아이의 발음이 굴러갔다. 핀란드라니? 정말 생뚱맞게 들렸다. 마림바라는 악기, 핀란드가 자신을 부르는 이름인 수오미와 알렉산테린 거리, 독립 운동*, 1899년 시벨리우스의 핀란디아, 자작나무, 자일리톨, 그리고 또 뭐가 있더라. 그래, 별의 눈동자, 별의 눈동자가 핀란드인이었다.

"교복 벗으면 스무 살로 보일걸요. 따로 사람 구할 것 없이 저를 쓰세요. 잘할 수 있어요. 경험 많아요."

"경험 많아요? 무슨 경험? 학교 빼먹은 경험? 남의 영업소를 휘젓고 다니던 경험? 아니면 면접 경험? 도대체 뭘 잘할 수 있는데? 목적어가 모조리 빠졌잖아. 내가 보기엔 일단 국어부터 제대로 배워야 될 것 같다. 그러려면 네가 있을 곳은 여기가 아니라 학교야."

"에이, 트집 잡지 말아요. 이렇게 생겨서 이 정도면 한국말 엄청 잘하는 거잖아요."

"널 누가 외국인이라고 하겠냐? 말하는 것만 보면 완전히 여기서 나고 자란 사람인데."

"나, 멀리서 온 거 맞아요. 월급 많이 안 받을게요. 많이 주면 받기야 하겠지만. 내가 싫은 건 아니죠?"

아이가 빙그레 웃어 보이곤 초콜릿 차를 입으로 가져갔다.

물론 네가 싫은 건 아니야. 하지만 내가 원하는 건 어른이야. 그

---

* 핀란드는 13세기부터 스웨덴의 공국이었고 1917년 독립하기 직전 백 년간은 러시아에 할양되어 있었다.

러니 돌아가서 열심히 공부나 하라는 식의 말로 아이를 설득하고 싶진 않았다. 학생이어서 불가하다는 불평등 조건을 말하는 것이 내키지 않았다. 나 역시 학교 다닐 때 해보고 싶었던 수많은 꿈들 앞에서 단지 학생이어서 안 된다는 제재를 받았다. 덕분에 빨리 어른이 되기를 꿈꿨고 막상 어른이 되자 이게 무슨 청개구리 심보인지 학생은 되고 어른은 안 되는 것들이 해보고 싶어졌다. 이럴 줄 알았으면 학생 때 학생이어서 할 수 있는 것들부터 해보는 건데 후회했다. 누구나 그렇듯 시간이 거꾸로 흐르지 않는다는 것은 시간이 흐른 뒤에야 깨닫는다.

"근데 지금 이거 면접 보는 거죠? 나이랑 출신이랑 다 물었으니까. 어때요? 합격이에요?"

"불합격이야."

아이는 입에 머금은 초콜릿 차를 꿀꺽 삼키고 찻잔을 내려놓으며 물었다.

"몇 점인데요?"

아이는 왜 불합격이냐고 묻지 않았다. 이유를 듣지 않아도 그게 당연하다는 듯, 전혀 실망하는 기색이 아니어서 오히려 내 쪽에서 김이 새고 말았다.

"빵점."

아이는 웃음을 터뜨렸다.

"그렇지 뭐, 내 점수가. 됐어요. 꼭 찻잔 나르는 일을 하고 싶었던 건 아니었어요. 단지 싫어도 일하게 되지 않을까 싶어서 미리 말을 꺼내본 거예요. 어차피 우린 운명이니까."

"운명이라니?"

"운명 몰라요? 내 힘으로는 어쩔 수 없는 초월적인 힘요. 내가 안배하고 조정한 것이 아닌 어떤 법칙에 걸려들어 있는 거요."

"그래서 우리가 무슨 운명인데?"

"함께할 수밖에 없는 운명요."

"누구 맘대로."

나는 어이가 없었다.

"누구의 의지도 작용하지 않아요. 그냥 운명이라니까요."

"너 혹시 나한테 반한 거야? 근데 어쩌지, 아저씬 벌써 애인 있거든."

"나하고 애인 하고 싶어요?"

아이의 직접적이고 당돌한 물음에 당황했지만 내가 먼저 뱉은 농담이었다.

"맹랑하긴."

"양심 없긴."

아이는 샐쭉 웃었다. 볼수록 예쁜 아이였다.

"뭐?"

"나한테 들이대기엔 좀 늙었잖아요."

"내가 늙어? 서른두 살이면 남자 나이로는 한창이야."

"젊고 늙고는 상대에 따라 달라지는 거죠. 일단 오늘은 얼굴이나 익힐까 하고 온 거예요. 초콜릿 차 맛있었어요. 그럼 나 가요."

아이는 영 알다가도 모를 소리만 늘어놓고 자리에서 일어났다. 아이가 운명이 어쩌고 하는 허튼 단어를 내뱉을 때부터 나는 이미 엮여들고 있다는 것을 직감했다. 그런데도 뿌리칠 수 없었다. 아이의 말하는 품새가 내가 아는 누군가를 연상시켰다. 아이의 용모는 낯설었지만 말투가 익숙했다. 갑작스런 아이의 등장이 버튼이 되어 내 기억의 은밀한 어떤 지점을 꾹 눌렀다. 가슴 밑바닥이 뭉근하게 데워졌다.

아이의 목소리, 아이가 했던 말들이 내 머릿속을 흔들었다. 예전에도 그랬던 적이 있었다. 내게 가만가만 이야기해주던 그 목소리, 그 이야기에 홀려서 밥 먹는 것도 잊고 잠자는 것도 성가셔 했던……

출입문 방울 소리가 딸랑거렸다. 정신을 차리고 보니 아이는 벌써 문을 나서고 없었다. 얼떨떨했다. 아이가 내게 간다고 인사를 했던가? 인사를 했는데 내가 못 들었을까? 창문 너머 먼 곳까지 살펴봤지만 아이의 자취를 찾을 수 없었다. 눈발이 흩날리기 시작했다.

*

'거기 구멍 눈 뒤에'서 열심히 일해보겠다는 용감한 면접자가 몇

명 나타났지만 불행히도 내 마음에 들지 않았다. 소정은 내가 사람을 까다롭게 고른다고 말했다. 꼭 그런 건 아니었다. 단지 나도 내가 어떤 사람을 원하는지 알 수 없었을 뿐이었다.

마침내 착해 보이지는 않지만 나쁜 사람처럼은 보이지 않는, 무례하게 보이지는 않지만 예의 바르게 보이지도 않는 교묘한 인상의 남자가 나타났다.

이름 김윤원, 나이 스물아홉 살, 모필에 먹물을 흠뻑 적셔 휘갈긴 듯 날카로우면서 굵은 선을 가진 눈매, 가무잡잡한 피부, 웃으면 통통한 뺨이 볼록해지며 유난히 큰 앞니가 드러났다. 그럴 때는 천진하고 귀여운 어린애의 얼굴이었지만 표정을 다무는 어느 순간에는 인생고락에 통달한 영감 같은 얼굴로 변해버렸다. 나는 시시각각 종잡을 수 없이 변화하는 그의 광대탈 같은 표정에 유쾌함을 느꼈다. 거기에는 사기꾼적인 음모 대신 장난기가 다분했다. 세상을 쿡쿡 찔러가며 맛보는 즐거움이 뭔지 아는 얼굴이랄까.

"이력서를 보니 졸업 학교들만 나열되어 있고 취업한 적이 없네요."

"네."

"제과 제빵사 자격증을 갖고 계신데 왜 취업을 하지 않으셨죠?"

"그냥 마음이 동하지 않아서요. 판에 박힌 직장 생활이 지루하고 시시해 보인 건 아니고요, 그냥 즐거운 일을 하고 싶었습니다. 그런 일을 기다리고 있었다고나 할까요. 이력서에는 기재하지 않았지만 먹고살아야 했기 때문에 아르바이트는 죽 했습니다."

"뭘 했는데요?"

"뭐 이것저것 했을 거예요. 아르바이트가 다 거기서 거기잖습니까. 뭐 남들 했던 비슷한 것들을 했겠죠."

남의 이야기 하듯 말하는 것이 냉소적으로 들리는 대신 호기심을 불렀다.

"본인이 무슨 일을 했었는지 구체적으로 기억이 잘 나지 않는다는 건가요? 아니면 말하고 싶지 않다는 뜻인가요?"

"기억해내려고 들면 대강 읊을 수야 있겠죠. 그냥 하도 이것저것 다양한 종목을 뛰어서 저도 좀 헛갈리거든요. 그래서 꼭 기억해야 하는 것들이 아니면 귀찮게 내가 기억하고 있느니 남들 기억에 맞춰버립니다."

그는 멋쩍게 웃었다. 이 사람도 나처럼 뒤죽박죽 모호해진 기억은 편한 대로 일반적인 쪽에 맞춰버리는 습성이 있는 것이다. 묘한 동질감이 내 마음을 움직였다.

"그러니까 내내 프리터로 살았단 말씀이시군요. 이번에도 그런 식의 아르바이트를 생각하시는 거라면 곤란한데요. 저는 꾸준히 함께 일해줄 사람을 원하거든요."

"그건 걱정하지 마세요. 이 건물의 비밀을 밝히려면 시간이 좀 걸릴 것 같으니까요. 전 늘 이 건물에 얽힌 소문의 실체가 궁금했거든요. 아시죠? 이상한 발자국을 남기는 사람들이 이 건물을 들락거린다는 소문 말입니다. 정체를 확인해볼 기회만 기다렸습니다."

"소문이 사실이라고 믿나 보군요."

"사장님은 믿지 않으시나 봅니다."

"믿어요. 사실 저도 어떤 여자가 남기는 이상한 발자국을 따라왔다가 이 건물을 매입하게 됐거든요."

"그럴 줄 알았어요."

윤원의 얼굴이 환해졌다.

"저도 아르바이트 끝나고 집으로 돌아가는 길에 이상한 발자국을 발견하고 따라갔는데 정신을 차리고 보니 이 건물 앞이지 뭡니까. 발자국이 출입문 앞에서 딱 끊겨 있었어요. 만약 그때 출입문이 잠겨 있지 않았다면 전 틀림없이 안으로 따라 들어갔을 겁니다. 그랬다면 저도 행방불명됐겠죠? 제가 어디에 가 있을지 너무 궁금하네요. 도대체 이 건물은 어디로 통해 있는 걸까요? 그 비밀은 보나 마나 저 구멍창들이 쥐고 있겠죠?"

윤원은 오른손으로 무지개를 그리듯 구멍창들을 뭉뚱그려 가리켰다.

"소문에 의하면 저 구멍창들 중 하나를 통해 뭔가 이상한 것을 볼 수 있다던데? 사장님은 보신 적 있어요?"

나는 고개를 저었다. 고백하자면 건물을 매입한 후 내가 제일 먼저 한 일이 바로 그것이었다. 내심 그 맨발의 여자를 다시 보게 되지 않을까 하는 기대를 품고, (소정을 두고 나는 왜 그런 생각을 했을까?) 9미터짜리 접이식 철제 소방 사다리까지 구입해 서른두 개의 구멍창을 일일이 내다보았다. 그러나 내가 본 것은 이 세상의 것이 분명한 건물 주변 풍경뿐이었다.

나처럼 복잡한 기억은 대강 묻어버리고 사는 습성을 지닌 데다 수상쩍은 발자국을 목격했음에도 이 건물에서 일하기를 주저하기는커녕 위험한 호기심이 발동한 것까지 나와 통하는 구석이 있었다.

"집이 어디시죠?"

이력서에 적힌 주소를 보니 이 동네이긴 한데 내가 모르는 곳이었다. 나 역시 이곳으로 이사한 지 얼마 되지 않았기 때문에 동네 지리에 밝지 않았다.

"그리 멀지 않습니다."

"좋아요. 일의 특성상 근로 시간이 좀 길다는 건 아시죠? 대신 크게 힘든 일은 없을 거예요. 오픈과 클로즈는 제가 할 테니 출퇴근 시간은 열한시로 합시다."

5

우필의 집에 밤손님이 들었다. 뒤척이며 오지 않는 잠을 억지로
청해 설핏 눈을 붙인 터라 사소한 인기척에도 빙의된 인형처럼 눈
을 번쩍 뜰 수밖에 없었다. 좁은 방 안에 네 명이나 들어와 있는 것
을 보고 우필은 도로 눈을 감았다. 4인조라니, 우필이 그럭저럭 싸
움을 좀 한다 해도 이길 확률은 제로였다. 저들이 우필의 사지를 하
나씩 잡아 누르고 있기만 해도 게임 끝이었다. 그러니 계속 잠든 척
하고 있는 수밖에 도리가 없었다.

서랍 여닫는 소리, 책장 넘기는 소리, 장롱 문짝이 열렸다 닫히는
소리, 그릇 부딪히는 소리, 개켜 놓은 옷가지들을 자분자분 뒤적이
는 소리, 은밀하게 움직이는 발자국 소리, 그들이 온 방 안을 이 잡
듯 헤집는 동안 우필은 눈을 꼭 감고 생각했다.

가져갈 게 있으면 가져가봐. 그게 뭐든 얼른 가지고 꺼져버려. 어디 할 짓이 없어 도둑질이야. 물론 도둑질을 할 수밖에 없는 속사정이야 있겠지. 그러나 우필은 그 사정이 궁금하지 않았다. 내 이야기고 네 이야기고 간에 듣고 말하다 보면 내 이야기가 네 이야기 같고 네 이야기가 내 이야기 같고, 그 이야기가 저 이야기 같고, 저 이야기가 요 이야기 같았다. 우필은 그렇게 말판을 벌려 위안을 얻은 적이 단 한 번도 없었다. 고만고만한 내 사연과 네 사연이 뒤죽박죽 섞이고 난 후 남는 것은 허망한 후회와 막막한 공감뿐이었다.

관대한 사람들은 말했다. 악한 인자가 따로 있나, 상황이 그렇게 만드는 것이지. 우필은 그렇게 생각하지 않았다. 적어도 자신은 절대 그런 생각을, 아니 생각은 할지라도 행동에 옮긴 적이 없었다. 소심해서가 아니라 양심에 어긋나기 때문이었다. 범죄가 성장기에 형성된 불우한 인자 때문이라면 우필도 만만치 않은 불우 인자 포화 상태였다. 우필의 머릿속에서 인간의 과감한 행동을 결정짓는 다양한 원인들에 관한 메모들이 들쭉날쭉 오락가락 바삐 장을 넘기고 있음에도 시간은 더디게 흘렀다. 뇌는 어떻게 굴리느냐에 따라 가끔 현상과 다른 방식으로 시간을 인지한다.

우필은 좀이 쑤셨다. 사람이 잠결에 뒤척이고 소리를 내는 것은 당연지사였지만 우필은 꼼짝할 엄두가 나지 않았다. 우필은 웅크린 몸과 감은 눈에 힘을 준 채 저들이 물러가는 소리만을 애타게 기다렸다. 이제 우필은 그들이 팔을 움직이고 손가락을 구부리는 소리뿐 아니라 눈동자를 굴리는 소리까지 들리는 듯했다.

그런데 뭐 훔칠 거라도 있나. 왜 하필 우리 집이야? 나 무직자야, 처절한 가난뱅이라고! 기왕 도둑질할 거면 제대로 된 목표물을 물색했어야지. 가만, 뒤지다가 아무것도 나오지 않으면 날 깨우려 들까? 그럼 난 어쩔 수 없이 저들의 얼굴을 보게 되겠군. 저들은 피해자에게 자신들의 얼굴이 알려졌으니 백발백중 날 죽여야 할 거고…… 우필의 머리꼭지가 쭈뼛거렸다.

그때 갑자기 뱃속에서 꾸르륵 소리가 났다. 하필 지금 방귀가 나오려고 했다. 잠결에 방귀를 끼는 것 역시 무방한 생리 현상임에도 우필은 머리카락 끝을 고문히면 아플 거라 걱정하는 바보처럼 안달하며 참았다. 다행히 가스는 장내에 저절로 스며들었다. 우필이 안도하는 사이 가스는 곧 다시 차올랐다. 우필은 입술을 깨물었다. 가스는 끊임없이 스며들었다가 다시 차오르기를 반복했다. 이러다 큰 거 한 방 만들어지겠네. 우필은 잠든 척하는 것이 이렇게 힘든 건 줄 몰랐다. 제발 이대로 그냥 잠이 들었으면. 우필이 간절히 바라면 바랄수록 정신은 더 부산스러웠다.

아, 이번엔 옆구리가 쿡쿡 쑤셨다. 좀 있자니 다리가 가렵다. 방심하는 사이 잔뜩 짓눌렸던 방귀가 기어코 쉰 소리를 내며 새어 나왔다. 우필은 심장이 멈추는 기분이었다. 못 들었겠지? 못 들었을 거야. 그래, 못 들었어! 우필이 확신하자마자 도둑 중 한 명이 나지막한 목소리로 말했다.

"냄새가 나는걸."

젊은 남자 목소리였다.

"응, 냄새가 있어."

대꾸하는 목소리는 젊은 여자였다.

"냄새뿐이잖아."

또 다른 젊은 남자 목소리가 말했다. 우필은 긴장했다.

"물어볼까?"

마지막으로 말한 이는 또 다른 젊은 여자 목소리였다.

뭘 물어봐? 혹시 나한테 방귀 뀌었냐고 물어보겠다는 거야? 설마, 그건 아니겠지. 우필이 애써 화살이 자기를 향하지 않도록 상상의 발버둥을 치고 있는데 어느새 찬바람을 머금은 기척들이 슬금슬금 자신을 향해 다가섰다.

"너지? 네가 훔쳐갔지? 내놔."

도둑 네 명의 얼굴이 자신을 물끄러미 내려다보고 있다는 것을 우필은 눈을 감고도 알 수 있었다. 이게 도대체 무슨 일인가 싶었다.

뭘 내놔? 내가 뭘 훔쳤는데? 이건 마치 말라비틀어진 미라를 향해 수백 년 전에 있었던 그 일에 대해 알고 있는 걸 모두 말하라고 다그치는 고고학자들 같다. 살해된 시신에게 당신 장기를 이 모양이 꼴로 찢어놓은 게 누구냐고 묻는 형사들 같다. 마취 중인 환자를 수술하면서 여기가 아파요? 저기가 아파요? 묻는 의사들 같다. 이런 아마추어들, 도둑은 당신들이지 내가 아니잖아.

"내놔! 어서 내놔!"

"내놓으란 말이야."

"네가 훔쳐갔잖아."

"너 때문에 우리 모두 길을 잃었어."

그들이 돌아가며 다그쳤다. 그들이 말을 내뱉을 때마다 목소리가 물질이 되어 몸속으로 파고드는 것이 선명하게 느껴졌다. 살 속에 꼭꼭 박혀드는 네 개의 다른 목소리. 우필의 심장이 벌떡벌떡 깨춤을 췄다.

"네가 그 발자국을 훔쳤어."

무슨 발자국? 도무지 무슨 소릴 하는지 모르겠네. 몰라, 난 모른다고.

"훔친 발자국은 어딨지?"

"이것들이 도대체 무슨 소릴 하는 거야? 난 아무것도 훔치지 않았어!"

뭐에 홀리기라도 한 듯 우필의 입이 움찔거리더니 저도 모르게 와라락 소리가 터져 나왔다. 우필은 제풀에 화들짝 놀라 입을 틀어막으며 벌떡 일어났다. 동시에 우필을 둘러싸고 맴돌던 서늘한 기척이 한순간 뒤쪽으로 우르르 물러나더니 사라져버렸다.

꿈이었나 싶을 정도로 소란은 정적으로 바뀌었다. 우필은 그 순간에 그 네 명을 동시에 본 듯했다. 그러나 본 것들을 아무리 짚어봐도 어떻게 생긴 얼굴들이었는지는 기억나지 않았다. 오묘한 너울이 일렁이는 도도한 갈색 눈동자, 오른쪽으로 휘어 벋는 등꽃 줄기처럼 어색하게 뽑혀 나온 길쭉한 목, 은빛으로 반짝이는 이빨, 헝클어진 붉은 머리털, 야전에 투입되는 군인처럼 이마에 그려 넣은 검은 칠, 아니 짙은 눈썹이었던가? 그리고 또…… 모르겠다. 넷의 형상이 뒤죽박죽 뒤섞여 흐르는 물처럼 지나갔다. 우필은 황망했다.

집 안을 살펴보니 아무것도 훔쳐가지 않았다. 그저 도둑질하러 왔소, 하고 알리려 작정한 듯 온통 헤집어놓았을 뿐이었다. 그러니 절대 꿈은 아닌 것이다. 그 난장판 속에서 우필은 이상한 흔적을 발견했다. 이불과 방바닥뿐 아니라 천장과 벽, 문과 책상 위까지 온 방 안을 어지러이 뒤덮은 선명하고 까만 얼룩들.

뭐지?

이불을 치워도 얼룩들은 그 자리에 고스란히 남아 있었다. 그러니까 이불 위에 찍힌 얼룩이 아닌 것이다. 손으로 만져보았지만 만져지지 않았다. 이리저리 문대보지만 지워지지도 않았다. 가만 들여다보니 아무래도 들짐승의 발자국 같았다. 각기 다른 종류의 짐승 발자국들이 서로 어우러진 모양새가 마치 우필의 방 전체를 여섯 개의 화폭으로 삼은 것처럼 보였다.

우필은 그제야 그들이 뭘 찾는지 알 것 같았다. 그들이 내놓으라는 발자국이 누구 발자국인지도 깨달았다. 여우 발자국. 그들은 물건을 훔치러 온 게 아니라 그 여우 발자국을 찾고 있는 것이다.

그러나 우필은 이제 그 발자국을 가지고 있지 않았다. 한때 가장 친했던 친구 재곤이 훔쳐갔다. 이후 두 사람은 절교했다. 재곤은 여태 그 발자국을 돌려주지 않고 있었다. 그 발자국은 두 사람 사이에 일어난 분란의 중요한 증거물이었다.

우필은 의아했다. 내가 그 발자국을 훔쳤다니? 난 그냥 거기 있던 여우 발자국을 스케치했을 뿐이야. 그리고 길을 잃었다는 건 또 무슨 소리야? 도대체 어딜 가던 길인데 길을 잃었다는 거야? 그럼 그 여우 발자국이 무슨 이정표라도 되는 거였나? 하지만 그 여우 발자국이 없어진 건 우필의 탓이 아니었다.

우필의 방을 뒤덮은 이 괴상한 발자국들은 좀 전에 그들이 남긴 것이 분명했다. 예전에 우필이 본 여우 발자국도 이것과 똑같은 방식으로 남아 있었다. 도대체 그 사람들 정체가 뭐지? 정체가 뭐건 간에 자기 때문에 빚어진 일이라니 책임을 느꼈다. 실은 책임감 때문이 아니라 호기심 때문이었지만 우필은 깨닫지 못했다.

언제나 호기심이 사람을 끌어들여 이야기를 만든다. 운명은 가끔 자신의 손안에 있는 것이 아니라 다른 사람에 의해 좌우되기도 하는데 사람들은 자주 그 사실을 잊곤 했다.

*

여우 발자국이 남아 있던 그 집은 이미 헐렸다. 그나마 우필이 발견하자마자 스케치로 남겨두지 않았다면 영원히 사라졌을 것이다. 그들은 그 여우 발자국을 다시 보려면 우필을 찾아야 한다는 것을 어떻게 알았을까?

그 집이 있던 자리는 지금쯤 다른 건물이 올라갔을 것이다. 거기 예전에 어떤 집이 있었는지는 한때 우필처럼 그 집에 살았던 사람들의 머릿속에만 존재하는 기억이 됐다. 우필이 새삼 그 집을 떠올리자 그곳에서 보냈던 시절이 일사불란하게 가닥을 세우고 일어나기 시작했다. 그 집과 우필의 기억은 이미 하나의 어떤 것으로 혼연일체가 끝난 상태였다.

고등학교를 그만두고 우필이 고된 일자리를 전전하고 있을 때 할머니가 돌아가셨다. 스물두 살 때였다. 할머니가 돌아가시자마자 우필이 제일 먼저 했던 것은 이사였다. 우필은 할머니와 살던 집이 싫었다. 엄밀히 말하면 집이 아니라 집에 녹아 있는 할머니와의 기억이 싫었다. 할머니는 늙어가면서 변화는 무조건 거부했다. 익숙한 것에만 지독하게 집착했다. 그런 할머니에게 이사는 어차피 있을 수 없는 일이었고 우필도 할머니와 함께라면 어디 살건 마찬가지였다.

우필은 남은 보증금과 그동안 푼푼이 모아뒀던 돈을 합쳐 새로 방을 얻었다. 언덕배기에 위치한 그 가옥은 넉넉한 마당만큼이나 주인집 인심도 좋았다. 우필은 안채 곁에 있는 방 하나를 얻어 살았고 별채에는 다른 가족이 살고 있었다. 별채의 가족은 다소 소란스러웠지만 우필은 늘 그들의 대화를 흥미롭게 즐겼다.

밥 먹어! 매일 저녁이면 비슷한 시각에 자명종처럼 울리는 엄마의 목소리, 안 먹어! 앙칼진 여자애의 목소리가 대답한다. 이어 왜? 하고 짧고 날카롭게 묻는 엄마의 목소리. 먹지 말라고 해. 이유는 궁금하지도 않다는 듯 먼저 밥숟가락을 드셨을 아버지의 단호한 목소리. 누나 오늘 시험 망쳤대. 고자질하는 짓궂은 남자아이의 목소리. 우필은 그들의 목소리만 가지고 눈에 선한 장면을 그려내곤 했다.

이사 들어가기 전에 주인집 아저씨가 새로 도배를 해주었다. 그런데 얼마 지나지 않아 방바닥부터 거뭇거뭇 습기가 차올랐다. 장마가 시작되자 벽지는 본격적으로 우글우글 주름을 잡더니 영 똑바로 붙어 있질 못하고 벽면과 틈을 벌렸다. 원래대로라면 이미 도배를 새로 해줬으니 다시 해줄 의무는 없었다. 그러나 마음 좋은 주인집 아저씨는 새 도배지를 사다 주며 말했다. 이번 주 일요일에 해줄게. 일요일이 되자 주인집 아줌마는 풀을 쑤기 시작했고 주인집 아저씨는 우필을 도와 세간을 옮기고 벽지를 뜯었다. 그러다 그것을 발견했다.

"우리 집에 외계인이 표식을 남겼나 봐."

농담을 좋아하는 주인집 아저씨가 말했다.

"내가 세계의 불가사의인가 뭔가 하는 데서 봤는데 하늘에 올라가야만 보이는 그림이 있더라고. 그게 외계인이 남긴 거라면서?"

"페루에 있는 나스카 평원의 수수께끼 지상화요?"

"그래, 그거. 내가 보기엔 말이야, 위를 향해 사선을 그리며 일직선으로 콕콕 찍힌 모양새가 비행접시 활주로의 이륙 이정표처럼 보이는데, 안 그래?"

"제 생각에 비행접시는 헬리콥터처럼 그 자리에서 수직으로 이륙할 것 같은데요. 암만 봐도 화살표처럼은 보이지 않잖아요."

"그러네."

아저씨는 고개를 갸웃거렸다.

"화살표가 아니라 가만 보니 여우 발자국을 닮았네. 봐봐, 먼 길 떠나는 나그네처럼 타박타박 걸어가는 게 영락없어."

"여우 발자국요?"

"뭐 비슷하다는 거지. 요즘 여우들 씨가 말랐잖아. 쥐약으로 죽고 마구잡이로 잡아 죽이고. 설사 아직 남아 있다 해도 사람들이 득시글득시글 모여 사는 이런 동네에 여우가 어떻게 침입해? 여우는 원래 사람을 피하는 동물이야. 아마 저절로 생긴 얼룩이겠지. 어디 보자."

주인집 아저씨가 다가가 손으로 얼룩을 만져보더니 말했다.

"거참 신기하네, 눌린 자국도 아니고 그냥 먹물을 밟아 찍어놓은 것 같지도 않고 어떻게 이런 얼룩이 남았지? 틀림없이 지난번 도배할 때는 멀쩡했는데 말이야."

"아저씨가 미처 못 본 거겠죠."

"이렇게 인상적인 걸 못 보고 넘어갔다고?"

"아니면 설명이 되질 않잖아요?"

"그런가? 아무튼 우리 집 벽에 이런 근사한 풍경이 숨어 있는 줄 몰랐네. 도배지로 그냥 발라버리긴 정말 아까운데. 그렇다고 맨 벽으로 남겨둘 수도 없고. 혹시 카메라 있어?"

"아뇨, 대신 그림으로 남겨두면 되죠."

"잘 그려?"

"그냥 좀 그려요. 고등학교 때 승명이란 친구가 그림을 아주 잘 그렸는데 그 친구 어깨 너머로 몇 번 보다 보니 흉내는 내겠더라고요."

우필은 승명이 남기고 간 5설지 스케치북을 찾아왔다. 우필이 학교를 그만둘 때 자신의 사물함에 들어 있었다. 어차피 승명에게 돌려줄 수도, 승명이 다시 찾아갈 수도 없던 터라 그냥 우필이 챙겨 왔다. 그 스케치북은 우필이 간직하고 있는 물건 중 가장 소중한 것이었다. 승명의 그림으로 가득 찬 스케치북을 하나하나 넘겨보며 친구를 기억할 수 있었기에. 우필은 스케치북을 펼쳤다. 아직 쓰지 않은 두 장이 남아 있었다.

우필이 스케치하는 것을 옆에서 물끄러미 구경하던 주인집 아저씨가 말했다.

"정말 잘 그리네. 이런 재주를 왜 여태 썩히고 있었어?"

"어디에 써야 할지 잘 몰라서요. 이거 다 그리면 아저씨 드릴게요."

"아냐, 됐어. 난 이미 이걸 가지고 있잖아."

아저씨는 벽을 가리켰다.

"그럴 게 아니라 이 그림 들고 어디 그림 재주 필요한 일자리를 알아보는 건 어때?"

나중에 주인집 부부가 이 집을 팔지 않았다면, 아니 이 집을 사들인 사람이 새 건물을 짓겠다고 서둘러 헐지만 않았다면 우필의 억울한 입장과 사건의 진위가 제대로 밝혀졌을까? 그렇지 않다. 어차피 발자국은 하루를 넘기지 못하고 사라져버렸으니까.

그날 저녁, 재곤이 서울에서 부랴부랴 내려왔다.

"도배한다기에 도와주러 왔는데 벌써 끝난 거야?"

"기왕 왔으니 밥이나 먹고 가라."

"나가서 먹자."

"사 먹자고? 됐어. 내가 그동안 밥상 차린 경력이 몇 년인데, 기다려. 금방 뚝딱 해줄 테니."

"그럼 그냥 라면이나 끓여라."

우필이 라면을 끓이러 나간 사이 재곤은 형광등 스탠드 밑에 펼쳐놓은 우필의 여우 발자국 스케치를 보았다. 먹색의 밤을 야금야금 먹어 치우며 어딘가를 향해 걸어가는 여우 발자국.

재곤은 예전에 박물관에서 본 조형물을 떠올렸다. 1930년대 거리를 조성해놓은 5미터 길이 남짓한 축소 조형물이었는데 거리를 따라 언덕 끝에 이른 바닥 지점을 벽과 붙이지 않고 살짝 틈을 벌려놓아 언덕 아래로 내려가면 길이 굽이굽이 더 이어질 것 같은 착각을 불러일으켰다. 누렇고 어스름한 조명 탓에 그 거리는 석양에 물든 것처럼 보였다.

그때 재곤은 조형물을 가로막고 있는 붉은 금줄을 뛰어넘어 저 거리로 들어가는 순간 고적하게 죽어 있는 오십 년 전 과거가 되살아나 현실이 될 것 같은 막연한 설렘이 일었다.

우필의 스케치 속에 담긴 풍경이 그때 그의 심정을 다시 불러일으켰다. 이 스케치 속의 여우 발자국을 따라가면 어쩐지 저쪽으로 건너갈 수 있을 것만 같은 기묘한 착각이 그의 눈을 어지럽혔다. 연필로만 스케치했음에도 흑백의 굴곡과 질감이 이우러진 배경은 자욱한 밤안개에 휩싸인 숲처럼 보였다. 발자국은 숲 속 깊은 곳을 향해 걸어가느라 그에게서 점점 멀어지고 있었다. 그러나 그것은 눈의 착각일 뿐이었다. 발자국은 이미 그의 마음속으로 들어와 선명한 흔적을 남기며 점점 더 깊은 심중을 향해 걸어 들어가는 중이었다.

재곤은 그 스케치를 찢어 슬며시 자기 가방에 넣었다. 훔치고 있다는 생각을 미처 하지 못했다. 우필이 가져갔냐고 물었을 때 아니라고 말했다. 한번 아니라고 말하자 끝까지 아니라고 말할 수밖에 없었다.

6

'거기 구멍 눈 뒤에'서는 커피를 끓이고 푸른 잎 차를 우려냈으며 생과일주스를 만들고 머핀과 브라우니, 쿠키를 구웠다. 거기에 하나 더, 주위의 반대를 무릅쓰고 어묵도 구비했다. 기둥 책장에는 여태 내가 소장하고 있던 묵은 책들을 빼곡하게 꽂아두었다. 책 카페를 하자고 작정한 것은 아니었고 그저 기왕에 있는 책이니 활용해보자는 취지였다.

수많은 곰팡내 나는 이야기들이 서른두 가닥의 빛줄기에 몸을 말리고 있다가 누군가의 손이 자기를 뽑아들고 펼치면 떠도는 커피 향기와 함께 슬금슬금 그들의 의식 세계로 기어들어갔다.

서른두 개의 구멍창이 뱉어낸 빛들은 순환과 교차를 통해 공간의 모든 구석을 하루 한 번 빠짐없이 빛으로 데웠다. 때론 투명하게 때론 부옇게 때론 그림자로. 빛은 온종일 매 시각마다 색을 바꿨다. 흰빛, 밝아지는 노랑, 점점 더 밝아져 눈이 부신 노랑, 은은한 귤빛, 산산한 오렌지 빛, 빨려들 것 같은 주홍빛, 허망함을 일깨우는 잿빛, 시선 저편으로 잠겨드는 먹빛, 또다시 희푸른 바다 빛, 다시 처음으로 돌아가 우유 탄산음료 같은 부연 빛깔에서 투명한 흰빛으로.

나는 이 공간에서 단 한순간도 빛이 사라지는 것을 본 적이 없었다. 이 세상에 진짜 어둠은 없는 것 같았다. 어둠도 어두운 빛을 품고 있다는 것을 깨달았다. 잠시도 쉬지 않고 순환하는 이 무한한 빛은 도대체 어디서 오는 것일까?

"사장님?"

오가는 빛에 취해 멍하니 넋을 놓고 있던 나를 윤원이 불렀다. 사장님이란 호칭이 영 어색하게 들렸다.

"그냥 형이라 부르라니까."

"왜 그래? 고용인과 고용주의 관계를 분명히 해야지."

카운터에 기대 뜨거운 커피를 홀짝이고 있던 소정이 반대했다.

"굳이 그럴 필요 있어? 가족처럼 지내면 좋잖아."

소정은 가벼운 감기 때문에 훌쩍이며 말했다.

"글쎄, 그게 좋은 걸까? 난 말이야, 안 사장을 아줌마 혹은 할망구라고 부르고 싶을 때가 많지만 꾹 참고 사장님이라고 불러. 안 그러면 만만해질 것 같거든. 가족이란 단어가 좀 그렇잖아. 막 대해도 크게 흠이 되지 않을 것 같은 뉘앙스를 풍기니까. 안 그래, 윤원 씨?"

"저야 뭐, 막 대할 생각이 없지만…….”

"알아, 윤원 씨는 절대 그럴 사람이 아니지. 하지만 사장님은 윤원 씨를 막 대할 수도 있어.”

"정말 그럴까요?”

윤원이 내 표정을 살폈다.

"뭐가 그럴까요야? 그럴 리가 없잖아.”

내가 어이없어하자 윤원이 앞니를 드러내며 빙긋 웃었다.

"어쨌든 사모님이 반대하시니까 전 계속 사장님이라고 부를게요.”

"아직 사모님 아니거든.”

소정이 코맹맹이 소리로 말했다.

"상관없으니까 형이라고 불러.”

내가 점잖게 말했다.

"그럼 그러시던가.”

소정이 마음대로 하라는 듯 중얼거렸다.

"정말 그래도 돼요?”

윤원이 소정을 쳐다보았다. 소정이 눈을 흘기며 말했다.

"왜 나한테 허락을 구하는데? 사장님이 그러라잖아. 근데 저 테이블 등은 언제 뗄 거야? 어른어른 둥둥 떠 있는 것이 꼭 도깨비 불 같다고 했잖아. 그리고 어묵 코너도 없애라니까 여태 그냥 뒀네. 어울리지 않잖아. 이게 카페야, 분식점이야?”

"카페야. 분식은 이를테면 내 주식이라 할 수 있고.”

"성장기에 제대로 된 밥상을 못 받아먹고 컸다는 티 좀 내지 마. 지금은 그렇다 쳐도 날씨가 더워지면 어쩔 건데?"

"겨울에도 냉면을 먹고 여름에도 뜨거운 찌개를 먹는데 왜 안 되는 거지? 그리고 나는 저 테이블 등도 마음에 들어. 내 가게니까 나 하고 싶은 대로 하고 싶은데……."

소정이 내 말을 잘랐다.

"알았어. 맘대로 해. 자기 말대로 자기 가게지 내 가게는 아니니까."

맞는 말이다. 하지만 우습게도 내가 그렇게 말했을 때와 소정이 그렇게 말했을 때는 전혀 다른 기분이었다. 어쨌거나 이 가게는 지금은 내 가게지만 조만간 소정의 가세가 될 것이기도 했다. 우리가 결혼하면 말이다.

"소정아, 그렇게 말하면 내가 서운해지잖아."

"오히려 내가 자기한테 서운하거든."

그게 또 그렇게 되는 건가? 나는 고민스러웠다. 소정을 서운하게 하면서까지 어묵 코너를 둬야 하나? 그래도 있으면 이모저모 편한 점이 많은데. 국물이 늘 끓고 있으니까 손쉽게 면을 말아 먹을 수도 있고 푹 익은 뜨거운 무와 유부, 계란을 건져 먹을 수도 있다. 만두도 익혀 먹을 수 있고. 요는 내 입장에서는 가게에서 점심과 저녁을 해결하기가 용이하고, 종종 손님들도 좋아하며 주문을 하는 데다가 이미 우리 가게만의 특징으로 자리 잡았는데 이제 와서 없앨 이유가 없었다.

내가 그런 점들을 열거하기 시작하자 소정은 결국 듣기 싫다는 듯 손을 내저으며 나가버렸다. 그렇다고 두 번 다시 오지 않겠다는 뜻은 아니었기 때문에 나는 잘 가라고 인사만 했을 뿐 굳이 쫓아 나가진 않았다. 소정은 잡으면 수그러드는 게 아니라 더 불끈하는 타입이었다. 소정은 쾅 하고 문을 닫고 싶어 했지만 카페 출입문은 그저 경쾌한 방울 소리만 뿌렸다.

"안 잡아요?"

윤원이 물었다.

"어차피 잡아봐야 더 화만 내거든. 매달리면 진저리치는 쪽이라서."

"그래도 잡아서 달래는 시늉이라도 해야 되는 거예요. 안 그러면 더 서운해하거든요."

"그래?"

나는 갈등했다. 어묵이나 테이블 등은 결코 우릴 갈라놓을 수 없을 것이다. 지금 쫓아 나가지 않아도 소정은 내일이면 언제 그런 일이 있었냐는 듯 점심시간에, 혹은 퇴근하고 들를 것이다. 그래도 지금 쫓아 나가 소정을 잡아야 하는 걸까? 일단 휴대전화를 꺼냈다.

"전화하시게요? 그거 별론데. 전화를 받으면 필시 속마음이야 조금 누그러지겠지만 죽었다 깨어나도 목소리는 싸늘하거든요. 괜히 형 쪽에서만 종일 신경 쓰이게 된다고요."

윤원의 말이 옳았다. 더구나 소정은 화가 나면 전화를 받지 않았다. 그래서 문자를 넣었다.

'미안, 내일도 들를 거지?'

그런데 내가 뭘 잘못했기에 사과를 하는 걸까? 그렇지. 소정이 싫다는 어묵 코너와 테이블 등을 없애지 않았군. 그런데 어묵과 테이블 등이 도대체 무슨 잘못을 했는데? 아니지, 어묵과 테이블 등이 아니라 내가 소정의 말을 들어주지 않은 게 잘못인 거지. 하지만 어묵과 테이블 등은 있는 쪽이 나은데. 아, 이제 알겠다. 내가 소정이 아니라 어묵과 테이블 등 편을 드는 바람에 이렇게 된 거로군.

소정의 답장이 왔다.

'갈 거야. 보고 싶으니까.'

소정은 언제나 솔직했다. 소정의 가장 좋은 점이었다. 가장 좋은 점이 때론 가장 나쁜 점이 된다는 것을 몰랐던 시절에는 그렇게 생각하는 법이다.

*

크고 시커먼 이민자용 가방이 먼저 카페 출입문을 밀고 등장했다. 요란한 방울 소리와 함께 뒤이어 그 애의 당당한 얼굴이 보였다.

"어라? 그새 직원을 뽑았네."

그 애는 이민자용 가방을 출입문 앞에 그대로 내버려둔 채 카운

터에서 커피를 내리고 있는 윤원에게 윙크를 해 보인 후 마침 토끼
꼬리풀 화분에 물을 주고 있던 나를 향해 곧장 걸어왔다.

"정식으로 소개할게요. 노라 스텐이에요."

난 아마 '뭐야 그게?'라는 표정으로 그 애를 빤히 쳐다보고 있었
을 것이다. 수요일이었고 오전 열한시 십일분이었다. 나와 윤원은
그 시계가 가리키는 시간처럼 꼿꼿하게 서 있었다. 내가 무반응이
자 노라는 어깨를 으쓱거리더니 다시 카운터 쪽으로 걸어가 스툴
에 걸터앉았다. 노라는 메고 있던 륙색을 발치에 내려놓고 카운터
위에 팔꿈치를 걸치며 왼손으로 턱을 괴었다. 그러곤 성숙한 여성
처럼 나른한 어조로 말했다.

"뜨거운 초콜릿 차 주세요. 그날 아침에 줬던 걸로요."

"그날 아침?"

윤원이 어리둥절한 얼굴로 물었다.

"아저씨 말고 저쪽에 있는 오빠와 함께했던 그날 아침에요."

노라가 날 가리켰다. 윤원이 수상쩍은 시선으로 나와 노라를 번
갈아 쳐다보더니 말했다.

"이거 아무래도 형이 직접 주문받아야 할 것 같은데요."

나는 토끼꼬리풀 화분 옆에 물뿌리개를 놓고 노라가 있는 쪽으
로 걸어가 그 옆에 있는 스툴에 엉덩이를 걸치며 말했다.

"여기 웬일이야?"

"오빠랑 살러 왔어요."

윤원의 입이 떡 벌어졌다. 그러자 노라가 눈을 우스꽝스럽게 굴리며 윤원에게 말했다.

"뭐예요? 그런 표정 하지 마세요. 무슨 생각을 하는 건지 난 상상도 할 수 없고 상상할 수 있다 해도 안 할 거지만, 그런 거 아니에요. 오빠랑 나는 친남매예요."

"정말? 형에게 이런 여동생이 있는 줄은 몰랐어요."

윤원이 제법 진지하게 나오자 나는 갑자기 이 상황이 우스워졌다.

"둘이 쿵짝이 잘 맞는군. 다들 지금 그걸 농담이라고 하는 거야?"

"농담 아니에요."

노라가 정색했다. 착각인지 모르겠시만 순간 파릇한 빛이 노라의 눈동자를 스친 것 같았다.

"보다시피 우리가 어떻게 남매야? 너, 핀란드에서 왔다며? 게다가 너랑 나, 오늘 두 번째 보는 건데 무슨 남매야? 그리고 난 여자 형제 없이 외아들이거든."

"그래도 우리 남매 맞아요. 오빠는 성이 우이고 나는 스텐이지만 이종희라는 여자에게서 나온 진짜 오누이란 말이에요."

이종희라니, 나는 갑자기 노라의 입에서 튀어나온 엄마의 이름을 듣고 전율을 느꼈다. 어쩐지 노라의 말투가 귀에 익다 했다. 그럼 우리가 씨 다른 남매란 거야? 이걸 어떻게 믿어야 하지? 그러나 노라는 내 불신을 뒤집어줄 생각이 없는 듯, 저 혼자 핀란드에서 여기 오기까지의 여정을 늘어놓고 있었다. 더불어 이 방문의 목적까지도.

"여기서 오래 살 생각은 없어요. 일단 좀 살아보고 마음에 들면 더 있을 거고 아니면 언제라도 갈 거니까. 사실 오빠가 여기 살지 않았다면 이런 용기를 내지 못했을 텐데. 그런 얼굴 하지 말라니까요. 내가 저번에 말했잖아요."

"뭘?"

"운명요."

노라는 아련한 눈빛으로 날 쳐다보았다. 맙소사!

"운명이라면 운명인 거죠."

윤원이 노라 앞에 뜨거운 초콜릿 차를 내밀며 말했다.

"그날 아침이랑 맛이 크게 다르지 않을 거야. 달라도 지금은 그냥 넘어가줘야 할 것 같다. 형 얼굴 노래진 거 봐라. 근데 정말 남매야?"

"그렇다니까요."

노라가 말했다.

"좀 의외긴 하지만 뭐 있을 수 없는 일은 아니네요. 그렇죠, 형?"

"뭐가 그렇죠야? 내 일에 신경 끄고 주방에나 들어가봐. 브라우니 다 구워질 시간이야."

"자리 좀 비켜달라고요? 알겠습니다."

눈치 빠른 윤원이 호기심을 누르고 순순히 주방으로 사라져주자 노라가 초콜릿을 입가에 묻힌 채 말했다.

"절 이곳으로 오게 한 건 따지고 보면 순전히 오빠 때문이니까 앞으로 오빠가 절 보살피고 돌봐줘야 해요."

노라는 천연덕스럽게 잘도 나를 오빠라 불렀다. 노라의 요구는 뻔뻔했지만 당연하고 합리적으로 들렸다. 나 때문에 먹은 마음이라면 내가 어떻게든 해줘야지. 설사 나 때문에 먹은 마음이 아니더라도 노라가 내 동생이라면 당연히 그렇게 해줘야 하는 것이고. 그런데 이 애가 정말 내 동생이야?

"그러니까 이름이 노라 뭐라고?"

"노라 스텐요. 인형의 집에서 가출한 노라, 텅스텐의 스텐이거나 스테인리스의 스테인으로 발음해도 되요. 그나마도 외우기 어려우면 그냥 엔이라고 부르든가요."

"엔?"

"알파벳 엔요. 제 이름 이니셜로 불러달란 뜻이에요."

사람을 바보 취급 하는군.

"나 그렇게 머리 나쁘지 않아. 노라건 엔이건 그보다 지금 나는……."

"여전히 의심스럽단 말이죠. 하긴 나 같아도 그러겠다. 그럴듯한 증명서 한 장 없이 무조건 우기고 있으니, 잠깐 기다려봐요."

노라는 내가 하지도 않은 말을, 그러나 곧 하려던 말을 불쑥 먼저 던져놓고 륙색을 집어 올려 뒤지더니 사진 한 장을 꺼냈다. 나는 어리벙벙한 표정으로 그 사진을 보았다. 엄마와 노라, 노라의 아버지로 보이는 어떤 백인 남자가 함께 찍은 사진이었다.

어릴 때 나는 핀란드인의 대부분인 핀 족은 본래 알타이어 아시아계라고 배웠다. 때문에 우리처럼 검은 머리 검은 눈동자를 가진, 혹은 그만큼은 아니더라도 중앙아시아 민족처럼 생긴 줄 알았다. 그래서 당시 유행했던 세계의 어린이들이라는 색칠공부 그림책에 나 혼자만 핀란드 소녀의 머리카락을 검은색으로 칠했다가 친구들의 놀림을 받은 적이 있었다. 그런 일이 있고 나서 찾아보니 핀란드인은 짙은 금발에 파란 눈을 가진 전형적인 북유럽 백인이었다.

인류학자들은 이들이 8세기 무렵 핀란드 땅에 정착한 후, 14세기 중엽부터 덴마크, 스웨덴, 네덜란드 같은 바이킹족 스칸디나비아 국가들의 잇따른 지배를 받으면서 지금의 북유럽인들처럼 변했다고 추정하고 있다. 하지만 핀란드 북부에는 여전히 검은 머리와 검은 눈동자의 사람들이 살고 있다고 한다. 시간이 본래의 모습을 완전히 바꿔놓은 것이다.

모르는 글자와 독특한 그림 간판으로 한산한 거리. 바람이 심했던지 회색 재킷을 입은 엄마는 음울한 표정으로 고개를 살짝 기울인 채 머리를 막 쓸어 넘기는 와중에 찍혔다. 시선이 멈춰 있는 엄마의 새까맣고 커다란 눈동자가 사진 밖의 나를 실제로 보고 있는 것처럼 뚫어져라 주시하고 있는 것이 기묘한 느낌을 안겨주었다. 아마 각도 때문일 것이다. 엄마가 보고 있는 것은 사진을 들여다보는 내가 아니라 카메라를 들고 있는 사람일 테지.

"난, 사실 오빠를 한눈에 알아봤어요. 오빠는 날 전혀 못 알아봤죠? 알아요, 거기 보이는 사진 속 부모의 조합에서 나온 날 보고 핏줄로 연결한다는 게 영 어색했겠죠. 하지만 내 잘못이 아니잖아요. 우리가 남매로 엮인 건 전혀 내 의사가 아니었다고요. 그러니까 이 상황을 나한테 하소연할 생각은 말았으면 좋겠는데."

노라는 자기에게 기대지 말라고 당차게 경고했다. 네가 받은 충격은 너 혼자 감당하고 헤쳐 나가야 하는 거야. 자기 몫은 자기가 극복하는 수밖에 없거든. 엄마도 늘 내게 그런 식으로 말했다. 세상에 같은 삶을 사는 사람은 없어. 비슷해 보여도 네 삶은 오롯이 네 것이야.

노라의 아버지란 남자는 노르웨이의 영화배우 바드 오베의 젊은 날과 어딘가 닮아 있었다. 나와 노라가 남매라는 조합 못지않게 엄마와 이 남자의 부부라는 조합도 어색하게만 보였다. 아버지가 다른 여동생이라니 난감했다.

엄마는 내가 열여섯 살 때 다른 남자와 결혼했다. 엄마가 재혼했다는 남자의 얼굴은 본 적이 없었다. 나는 그 남자가 누군지도 알지 못했다. 더구나 그 남자가 태양빛이라면 사족을 못 쓴다는 뱀파이어 안티 성향의 북유럽 남자일 거라고는 꿈에도 생각해보지 못했다. 동생이 생길 수도 있었지만 동생이 있을 거라고도 미처 생각지 못했다. 엄마는 그저 나의 엄마로만 남아 있었을 뿐이었다. 엄마가 나 말고 다른 사람의 엄마도 될 수 있다는 사실이 그저 이상할 따름이었다.

"난 아버지를 닮았대요. 그런데 오빠는 엄마를 닮았네요."

"내가?"

"눈매나 이마, 시선이 그래요. 내가 생각했던 것보다 훨씬 호감 가는 예쁜 얼굴이라 다행이에요."

"예뻐?"

그런 말은 생전 처음 들어봤다. 내가 풍기는 위험스런 느낌에 대한 말은 숱하게 들었다. 그게 정확하게 무슨 뜻인지 나는 아직 잘 모른다. 범법자처럼 생겼다는 의미는 확실히 아니었다. 다들 치명적인 어떤 것에 대해 말했는데 나는 여전히 이해할 수 없었다. 어떤 이는 내 시선이 사람을 긴장시키는 구석이 있다고도 말했다. 그건 아마도 내가 상대를 자주 엉뚱한 걸로 착각하는 바람에 순간적으로 눈빛이 경직됐기 때문일 것이다. 사람들은 내가 자기들의 몸과 마음 중 어디를 보고 있는지 알고 싶어 했다.

"눈 돌아가게 잘생겼다고요. 사람들이 오빠 눈을 똑바로 쳐다보지 못하죠? 눈을 어디다 둬야 할지 몰라서 허둥거리기 일쑤였을걸요."

"글쎄,"

"그리고 뭐랄까, 엄청 비밀을 간직한 얼굴이에요. 엄마처럼요. 나도 엄마를 닮고 싶었는데."

엄마처럼? 새삼 그 말이 묘하게 다가왔다. 솔직히 나는 사진을 보기 전까지 엄마의 얼굴을 전혀 떠올리지 못했다. 엄마의 얼굴을 보고서야 아, 엄마가 이렇게 생겼었지 하고 어렴풋이 생각났다. 내가 기억하는 건 엄마의 얼굴이 아니라 목소리였다. 어쨌거나 나는 순순히 이 상황을 받아들이지 않을 수 없었다. 이제 엄마의 안부를 물을 순서였다.

"엄마는 잘 지내시니?"

"돌아가셨어요. 오 년 전에."

나도 모르게 숨을 들이켰다.

"악성빈혈이 있었어요. 때문에 늘 숨 쉬기 힘들어하셨죠. 나중에는 눈도 잘 보이지 않았고요. 하지만 그걸로 돌아가신 건 아니에요. 그게 원인일 수는 있다고 했지만. 지붕에서 추락했어요. 갑자기 닥친 호흡 곤란이나 어지럼증 때문에 실족한 것 같다고 했는데. 뭐, 어쩌면 아닐 수도 있고요."

노라는 자살에 대한 가능성을 슬며시 내비쳤지만 자살이라고 말하지는 않았다. 나도 그것에 관해 물고늘어지고 싶지 않았다. 무엇이 됐건 간에 이미 죽었다. 나는 되돌릴 수 없는 일에 관해 떠들고 싶지 않았다.

"장례는?"

"아시다시피 엄마가 불을 무서워했잖아요. 화장할 수 없었어요."

그랬다. 엄마는 털 달린 짐승처럼 불을 무서워했고 숲에서 풍기는 진한 나무와 흙냄새를 좋아했다. 그러니까 나무향이 배어 있는 관 속에 누워 땅에 묻히고 싶어 했을 것이다.

"오빠는 엄마에 대해 모르고 살았겠지만 엄마는 오빠가 어디서 뭘 하는지 늘 알고 계셨어요. 혹시 기대할까 싶어 미리 말해두는데 엄마가 오빠에게 따로 남긴 유산은 없어요."

"그런 생각은 해보지도 않았어."

"아무튼 엄마가 오빠에게 보낸 유품은 나뿐이에요. 아, 참, 하나 더 있네. 중요한 건데, 잊어버릴 뻔했다."

노라는 륙색을 열고 안쪽 주머니에서 노르스름한 서류 봉투를 꺼냈다.

"이게 뭐야?"

"몰라요. 딱 봉해져 있잖아요. 엄마가 나한텐 절대 열어보지 말라고 했거든요."

"네가 오 년 동안 그 말씀을 잘 지켰을 것 같지 않은데."

다행히 노라는 무안하거나 속을 들켰을 때 그 또래 여자아이들이 귀여운 척하느라 혀를 쑥 내미는 따위의 행동은 하지 않았다. 나는 그런 혀들이 질색이었다.

"사실 내가 말 잘 듣는 딸이라고 할 수는 없었지만, 그래도 이것만큼은 듣지 않을 수가 없었어요. 청개구리도 엄마가 죽을 때 마지막으로 유언한 것은 지켰잖아요."

"핀란드 민담에도 말 안 듣는 청개구리 이야기가 있나 보네."

"여하간 난 열어보지 않았어요. 복잡한 건 딱 질색이라서요."

"뭔데?"

"몰라요. 엄마가 오빠에게 반드시 그 봉투 속에 든 걸 확인해두라고 했어요. 그 수수께끼를 풀 사람은 오빠뿐이라고 했거든요. 난 수수께끼 푸는 게 제일 골치 아파요."

"무슨 수수께끼?"

"나야 모르죠. 엄마가 오래전에 오빠에게 모두 이야기를 해줬다던데요. 그러니까 보면 기억날 거라고 했어요."

"글쎄, 수수께끼에 관한 이야기는 들은 기억이 없는데?"

"들은 이야기가 너무 많아서 잊고 있는 거겠죠. 우리 엄마가 원래 말씀이 많으셨잖아요."

"그러니까 그 많은 이야기들을 어떻게 지금까지 다 기억하고 있겠어?"

"엄마 이야기니까 다 기억할 수 있는 거 아닐까요. 곰곰 생각해보면 기억날 거예요."

엄마는 정말 많은 이야기를 해주었다. 한 가지 아쉬웠던 건 엄마의 이야기들은 늘 절정에서 막혀버렸다는 것이다. 엄마는 거기서 이야기를 더 이어나가지 못하고 매번 입을 다물었다. 결국 엄마는 어느 이야기도 끝까지 해주지 못하고 떠났다.

그래서인지 지금도 나는 곧잘 책을 읽다가 이야기가 절정에 치닫기 시작하면 슬며시 책을 덮곤 했다. 또 누군가의 이야기가 절정에 이르면 슬그머니 자리를 피하거나 이야기를 더 잇지 못하도록 화제를 돌리곤 했다. 솔직히 나도 그다음 이야기가 미치도록 궁금했다. 그러나 한편으로는 절정 뒤에 등장할 비밀을 알게 되는 것이 무서웠다. 그 비밀을 알게 되는 순간 심리적으로 즉사할 것 같은 압박감에 시달렸다.

갑작스런 노라의 등장으로 여태 잊고 있던 엄마에 대한 기억이 물밀듯이 밀려들었다. 엄마는 더는 나의 망각 속에 묻혀 있을 수 없다는 듯 어느 날 갑자기 노라를 내게 디밀었다.

어릴 때 나는 언젠가 엄마를 다시 만나면 남은 이야기들을 마저 들을 수 있을 거라고 막연히 기대했다. 시간이 흐르자 남은 이야기들에 대한 호기심은 점점 옅어졌고 이어 엄마에 대한 기억마저 찾아들지 않게 됐다. 이제 엄마가 중단해버린 그 모든 이야기들의 다음을 두 번 다시 들을 수 없게 되었다는 것이 슬펐다. 죽음이 슬픈 이유는 다시는 그 사람을 느낄 수 없게 된다는 것이다. 다시는 그 사람의 생동을 볼 수 없다는 것, 만날 수 없다는 것, 어디에도 없다는 것, 내가 내뿜는 숨이 그 사람의 숨 속에 섞이지 않는다는 것에서 오는 공허함 때문이다. 무엇보다 가장 고통스러운 것은 내가 건네는 말에 대답해줄 수 있는 목소리가 없다는 것이다.

"위에 내가 있을 방 있죠? 오빠 혼자 살기엔 좀 넓어 보이던데. 난 따로 독립된 공간을 원해요, 그러니까 사생활이 보호되는 공간요. 욕실은 따로 쓰고 싶고요, 방문도 함부로 열어볼 수 없도록 나만의 열쇠를 주시면 좋겠어요. 아, 출입문도 따로 쓰면 좋겠는데, 뭐예요? 또 그 표정은? 어지간히 까다롭게 굴어라 뭐 그런 거예요?"

딱 그렇게 생각하고 있던 참이었다.

"네가 있을 방이야 있지. 욕실도 두 개니까 따로 쓸 수 있고. 그렇지만 방 열쇠는 따로 줄 수 없어. 내가 간섭할까 봐 그러는 모양인데 그건 오빠로서 어린 여동생에게 마땅히 가져야만 하는 최소한의 관심이야. 걱정하지 마. 벌컥벌컥 문을 열어본다거나 네가 없을 때 방을 뒤지는 일은 절대 없을 테니까. 그리고 또 뭘 물어봤더라? 아, 그래, 현관 출입문, 그것까지 따로 쓰면 그게 같이 사는 가족이야?"

"뭐, 꼭 그런 식으로 오빠 행세를 해야겠다면 그건 양보할게요."

"오빠 행세가 아니라 오빠라면서? 그럼 난 지금부터 네 보호자인 거야. 가만, 너 학교는 제대로 다니고 있는 거야? 지난번도 그렇고 오늘도 그렇고 학교에 있어야 할 시간이잖아."

그때는 상관할 바 없었지만 이젠 적극적으로 상관해야 했다.

"제 방에 짐만 두고 곧 갈 거예요. 지난번도 오늘도 지각일 뿐이에요."

"다니는 학교가 어디인지는 알고 있는 거야? 본인이 중학생인지 고등학생인지는 알고 있냐고."

"학제가 달라서 헷갈렸을 뿐이에요. 학교 이름은 외우지 못했던 거고요."

"도대체 그동안은 어디서 살았던 거야?"

"호텔요."

"왜 진작 날 찾아오지 않았는데?"

"한번 찾아왔었잖아요. 탐사를 할 필요가 있었거든요. 안전하다는 생각이 들어야 하니까요. 오빠라지만 난생처음 보는 남자잖아요. 파렴치한이 아니라는 확신이 필요했어요. 자, 이제 내 방을 주세요."

노라는 자리에서 일어나며 륙색을 멨다. 나는 출입문 옆에 놓아둔 이민자용 가방을 질질 끌고 2층으로 올라갔다. 노라는 내부 구조를 둘러보고 마음에 든다는 듯 엄지를 치켜들었다. 노라는 현관에서 가장 가까운 방을 원했고 나는 그 방에 노라의 가방을 가져다 놓았다.

"됐어요. 나 이제 학교 가야 해요. 그리고 한 가지 부탁할 게 있는데 내가 잠든 후에는 무슨 일이 있어도 절대 방문을 열어보면 안 돼요. 알았죠?"

"점점, 네가 자잘한 비밀이 특별히 많은 십 대라는 것을 감안하면 대강 이해는 하겠는데 그래도 수상쩍게 들린다는 거 알아?"

"오빠, 이 조건은 아주 중요한 거예요. 지킬 수 없을 것 같으면 지금 말해요. 다른 살 곳을 찾아볼 거니까."

"가출 선언이야? 알았어. 주의할게."

"약속했어요."

"그래. 약속했어."

건물 진입로에는 오래된 담장 두 채가 울타리처럼 늘어서서 마주 보고 있었다. 오가는 데 딱히 거치적거리는 것은 아니었다. 단지 떡하니 버티고 서 있는 품이 금단의 구역을 지키는 수문장처럼 기묘한 위압감을 뿌렸다. 그래서 없애버리려고 했는데 썩은 담쟁이 덩굴을 벗겨내고 보니 서른두 개의 구멍창과 똑같은 모양의 구멍들이 드러났다. 개수를 세어보니 서른세 개였다. 건물보다 구멍이 하나 더 있었지만 그 하나를 제외하곤 위치까지 똑같은 것이 참 희한하다 싶어 그냥 두고 새 담쟁이덩굴을 얹기로 했다.

3월 하순의 밤은 여전히 차갑다. 돌풍이 머리 위를 스쳤다. 쓰레기 봉지를 담장 옆에 내려놓고 돌아서자 아니나 다를까 불 꺼진 서른두 개의 구멍창들이 두꺼비처럼 눈을 부릅뜬 채 날 내려다보고 있었다. 이런, 창문 닫는 것을 깜빡했군. 그런데 아래 창 몇 개는 환기를 시키느라 내가 열어뒀지만 저 높은 곳에 있는 창들은 도대체 누가 열었지? 나와 윤원은 분명히 아니었다. 나는 괜스레 등골이 선뜩해졌다. 창가에 놓아둔 화초들이 바람에 흔들렸다. 그러자 내 눈이 착각을 일으켰다. 어둑한 구멍 눈을 뚫고 툭툭 불거져 올라오는 푸른 핏줄. 그때 구멍창 하나를 통해 윤원의 얼굴이 언뜻 보였다. 어? 윤원은 분명 삼십 분 전에 퇴근했는데? 내가 다시 카페 안으로 문을 밀고 들어갔을 때 윤원은 기둥 책장 옆에 서 있었다.

"무슨 일이야? 뭐 두고 갔어? 내가 요 앞에 계속 서 있었는데 어디로 어떻게 들어온 거야?"

윤원은 대답 대신 슬며시 돌아섰다.

"윤원아?"

나는 여전히 그를 윤원이라고 여겼다. 날 보고 등을 돌렸는데 나는 왜 그를 계속 윤원이라고 생각했을까? 윤원이기를 바랐기 때문이다. 윤원이어야 했다. 그래야 내가 곤란한 상상을 하지 않게 될 테니까.

"윤원아?"

한 발짝 다가서는 순간 윤원이 아닐지도 모른다는 것을 깨달았다. 머릿속이 하얘졌다.

"누, 누구세요?"

나는 게처럼 옆으로 슬금슬금 걸어가 재빨리 벽에 붙은 스위치를 눌렀다. 테이블 등과 홀 중앙의 주등이 한꺼번에 불을 밝혔다. 동시에 남자는 홀연히 사라지고 그 자리에는 스탠드 옷걸이가 서 있었다. 늘 그랬던 것처럼 이번에는 스탠드 옷걸이를 사람으로 착각한 모양이다.

어둠 속이니 누구든 옷걸이를 사람으로 착각할 수 있다. 나로선 그런 식의 착각을 한두 번 겪는 것도 아니었다. 다만 소정에게 어쩔 수 없이 털어놓아야 할 정도로 착각을 일으키는 정도가 심했다. 뜨거운 여름날 신호등이 바뀌기를 초조하게 기다리는 사람들의 얼굴이 붉은 이구아나로 보인다거나, 지하철 환승선에서 사람들이 개미 떼로 보이는 것은 다반사였다. 가끔은 파스타 면을 지렁이로 봤고 꿈틀꿈틀 움직이는 고운 대팻밥 같은 가쓰오부시는 벌레로 보였다.

　나이를 먹어도 그 증상은 좀처럼 나아지지 않았지만 굳이 병원에 가서 검사를 받을 필요까지 느끼지는 않았다. 빈도수의 문제일뿐 다른 사람들도 대략 그 비슷한 증상을 겪고 산다는 것을 알기 때문이었다.

　그런데 아무래도 오늘은 옷걸이를 사람으로 착각한 게 아닌 것 같았다. 옷걸이 주변에 발자국이 어지러이 찍혀 있는 것이 보였다. 옷걸이의 발자국은 분명 아니었다. 혹시 처음 나를 이 건물로 이끌었던 그 맨발의 여자가 남긴 걸까? 쓸데없이 가슴이 두근거렸다. 그러나 방금 내가 본 건 여자가 아니라 남자였고 발자국의 모양도 달랐다. 여자를 봤다는 사람도 있고 남자를 봤다는 사람도 있어요. 불현듯 안 사장의 말이 떠올랐다. 그 남자 맨발이었던가? 기억이 나지 않았다. 모골이 송연해졌다. 창들은 바람에 절로 열린 것이겠거니 여기기로 했다. 의혹을 품자면 그야말로 미궁에 빠질 것이 분명했기에. 서른두 개의 구멍창을 모두 닫고 출입문을 잠근 후 내 방으로 돌아왔다.

　책상 위에는 오전에 노라가 주었던 빛 바랜 노란 서류 봉투가 놓여 있었다. 안에 든 내용물이 궁금했지만 그 자리에서 바로 열어볼 엄두가 나지 않았다. 수수께끼라니? 정말 수수께끼 같은 소리였다. 하긴 따지고 보면 엄마란 사람 자체가 내겐 언제나 수수께끼였다.

　봉투는 다소 두툼했다. 나는 봉투의 끝부분을 조심스럽게 가위로 잘랐다. 여러 겹 접힌 거뭇한 종이 한 장이 들어 있었다. 펼쳐보니 5절지 스케치북을 뜯은 것 같은 도화지에 어딘가로 타박타박 걸어가는 발자국을 연필로 정밀 스케치한 그림이었다.

하필 발자국이야? 그렇잖아도 방금 아래층에서 괴상한 발자국을 목격한 터라 나는 아연실색했다. 우연이라고 하기엔 기이하고 절묘한 타이밍이었다.

도대체 이걸 가지고 무슨 수수께끼를 풀라는 거지? 이 발자국이 누구 발자국인지 맞추라는 건가? 스케치 속의 발자국은 네발 달린 짐승의 발자국처럼 보였다. 이 발자국 수수께끼를 풀면 이 건물을 드나드는 수상쩍은 발자국들에 대한 의문도 풀리려나? 밑도 끝도 없이 나는 이 스케치와 이 건물을 연관시킬 수밖에 없었다.

엄마가 오래전에 오빠에게 모두 이야기를 해줬다던데요. 그러니까 보면 기억이 날거라고요. 그러나 나는 여전히 기억이 가물가물했다. 엄마가 내게 발자국 이야기를 해줬던 적이 있었던가? 나는 스케치 종이를 쥔 채 어린 시절 엄마가 내게 해줬던 이야기들을 하나하나 떠올리기 시작했다. 보면 기억이 날거라고? 이 그림을 보면 뭐가 기억나야 하는 거지?

그러고 보니 그림에 관해 생각나는 것이 하나 있었다. 어린 시절 내가 잦은 착각으로 인해 곤혹스러워하자 엄마는 내게 어떤 그림을 보여주며 이야기해줬다.

"이것 봐. 나자가 그려준 그림이야."

나는 나자가 누군지 궁금했지만 묻지 않았다. 나는 엄마의 이야기를 도중에 질문으로 끊어본 적이 없었다. 어떤 이야기든 후반부로 가면 등장인물의 정체부터 사건의 전말까지 밝혀진다. 따라서 이야기가 차근차근 진행되는 것을 기다리는 인내심만 발휘하면 질문할 필요가 없었다.

"나자는 말이야, 책에 나오는 묘령의 여자지. 그 여자가 주인공인 '나'에게 그림을 그려주거든."

그래서요? 나는 엄마의 무릎에 찰싹 달라붙어 엄마의 우아하고 고운 턱을 올려다보며 안달했다. 엄마는 그런 나의 반응을 즐기기라도 하듯 일부러 이야기를 금방 이어가지 않고 에둘러 뜸을 들이곤 했다.

대개 그렇듯 나 역시 책을 읽을 때나 이야기를 들을 때 '나'라고 등장하는 인물에 나를 일치시켰다. '나'라고 등장할 때 가장 나처럼 느껴지는 효과는 그 '나'라는 지시어 때문이라고 생각했다. 그래서 엄마가 그 이야기를 해줬을 때 나는 마치 내가 그 나자란 여자의 그림을 받았다고 여겨졌고 한편으로는 서랍 속 어딘가에 그 여자의 그림이 있는 것처럼 느껴졌다. 어릴 때는 대개 그런 식으로 분간이 되지 않는 법이다. 책에 등장하는 주문이 현실에서도 통할거라고 잔뜩 기대하는 것처럼 말이다.

당연히 내 서랍 속에는 나자라는 여자가 준 그림 같은 건 없었다. 하지만 나는 서랍 속 어딘가 있는데 찾지 못하고 있을 뿐이라고 상상했다. 자라면서 나는 나자처럼 신비한 여자가 어디선가 등장해 내게도 그림을 그려줬으면 하고 바랐다. 꿈에 등장한 누군가가 어떤 물건을 줬는데 깨어나 보니 실제로 그 물건이 머리맡에 있더라는 식의 이야기가 실현되기를 소망했던 것이다. 엄마는 그런 내 마음을 잘 알고 있었다. 혹시 엄마가 그 소망을 내내 기억하고 있다가 지금에야 노라를 통해 건네준 게 아닐까. 엄마가 그 그림에 대해 또 뭐라고 했더라?

"그 여자가 '나'에게 그림을 왜 줬는지 이유나 목적, 마음 같은 건 중요하지 않아. 중요한 건 그 그림이야. 왜냐하면 그 그림을 보는 두 가지 시선 때문이지. 하나의 사물은 어떻게 보느냐에 따라 얼마든지 다른 어떤 것으로 볼 수 있어. 어떤 것에 집중했느냐에 따라 하나는 보이고 다른 하나는 보이지 않아. 혹은 내가 아는 것은 보이지만 내가 모르는 것은 보이지 않지."

나자의 그림은 아킬레스의 방패에 들어갈 갖가지 모호한 형체들, 예를 들면 인어의 꼬리라든가 여러 마리의 뱀들, 동물의 머리와 여자의 얼굴 같은 것이 뒤섞인 스케치였는데, '나'는 거기 인어의 얼굴에서 동물의 뿔 두 개를 발견한다. 나자는 자신의 영감으로 그렸지만 그 뿔을 알아보지 못했다. 나자는 그 뿔을 그린 적이 없었기 때문이다. 그건 그와 똑같이 생긴 뿔을 갖고 있어 뿔의 모양을 이미 알고 있던 '나'의 눈을 통해 발견된다. 나자가 앙드레 브르통의 소설에 등장하는 여자라는 것은 나중에 알았다.

"그러니까 이런 거야. B-612에 사는 어린 왕자 이야기에서 조종사는 어린 시절 코끼리를 삼킨 보아뱀을 그렸지만 어른들은 모두 모자로 봤어. 어른들에겐 모자가 더 일상에 가까운 대상이거든. 일상은 안전한 세상이어야 해. 일상에 코끼리를 삼킬 정도로 거대한 보아뱀이 등장하면 위험해지지. 가급적이면 이상하고 기괴하지 않은 것으로 정해서 보아야 한다는 뜻이야."

나는 두 가지 답을 알고 난 후 나중에 그 모자를 보았기 때문에 두 가지 중 어느 것으로도 보였다. 하지만 내가 만약 아무것도 모른 채 처음 그 모자를 쓴 사람을 봤다면 틀림없이 코끼리를 머리에 인 것으로 보게 될 것임을 알았다.

"나는 네가 말하는 너고 너는 내가 말하는 너야. 우리는 사람들이 그렇게 말하니까 그렇다고 여기는 세상을 보며 살아. 하지만 말이야, 사람들 말이 진짜인지 아닌지 누가 알겠어? 네가 보는 내가 내가 보는 내가 아닐 수도 있고 내가 보는 네가 네가 보는 네가 아닐 수도 있잖아?"

기억났다. 엄마에게 이 이야기들을 듣고 난 후부터 착각 때문에 괴로워하던 나의 혼돈이 멈췄다는 것을. 내 기억 속에 묻혀 있던 엄마의 목소리. 피가 뜨겁게 반응했다. 두근거리는 심장을 진정시키며 도망치듯 욕실로 들어갔다. 옷을 벗고 욕조로 들어가 커튼을 내렸다. 샤워기에서 쏟아지는 뜨거운 물, 뿌연 김 속에서 나는 몇 겹의 안개 속에 몸을 숨긴 짐승처럼 안도감을 느꼈다.

7

온 방 안에 무수히 찍힌 기묘한 발자국들은 어딘가로 이끄는 지도의 이정표처럼 보였다. 따라와, 이쪽이야. 그래, 계속 우리 발자국을 따라오면 돼. 우리가 어디로 가고 있는지 알고 싶어? 우필은 알고 싶었다. 그들이 누군지? 자신이 스케치했던 여우 발자국을 왜 찾고 있는 것인지? 우필은 무수한 발자국들 속에서 어떤 규칙을 찾아보려 했지만 불가능했다. 그중 하나의 발자국을 따라가보려 해도 이내 다른 발자국들과 뒤섞여버리거나 끊겨 있기 일쑤였다.

이 발자국들은 어젯밤 방문자들이 남긴 유일한 단서였다. 발자국들은 시간이 지나자 점점 옅어졌다. 발자국들이 모두 사라지기 전에 어떻게든 남겨둘 필요가 있었다. 스케치라도 해두려고 연필과 종이를 찾던 우필은 문득 집에 카메라가 있다는 것을 기억해냈다.

여우 발자국을 스케치했던 바로 그날, 재곤이 가지고 내려왔다가 깜빡 잊고 두고 간 것이었다. 사진 찍는 것이 취미였던 재곤은 늘 카메라 가방을 들고 다녔는데 그날 이후 바쁘다는 핑계로 카메라를 찾으러 내려오기는커녕 한참 동안 우필의 연락마저 피했다. 나중에 재곤은 결국 새 카메라를 장만했다. 우필의 스케치를 훔친 대가로 카메라를 내놓은 것인지, 차마 돌려달라는 말을 할 수 없어서 그랬는지 알 수 없다.

카메라 가방 안에서 여분의 필름까지 찾아낸 우필은 발자국이 찍힌 곳을 구석구석 빠짐없이 찍어나갔다. 비록 방 안이라고는 하나 이런 식으로 발자국을 쫓아 사진을 찍고 있자니 사냥꾼이 된 기분이었다. 어쨌든 적성에 맞는 모양이다. 적어도 도시 한복판을 배회하며 일자리를 찾아 헤맬 때보다는 머릿속이 맑아졌다.

거리를 돌아다니다 보면 어느새 지치도록 걷고 있던 목적을 상실하기 일쑤였다. 무엇을 쫓고 있는지 혼란스럽기만 했다. 하려는 일이 무엇인지도 모르겠고 무슨 일을 하고 싶은지도 알 수 없었다. 심지어는 자신이 왜 여기 있는지조차 애매했다. 아무도 우필에게 말을 걸어주지 않았고 말을 걸 사람도 없었다. 사람들은 우필 곁에 발자국조차 남기지 않고 스쳐 지나갔다.

혼자라는 것이 너무 외로워서 비가 추적추적 내리던 어느 날은 일부러 진흙길을 골라 오르텅스 블루의 시 「사막」에서처럼 뒷걸음질로 걸어보기도 했다.

그 사막에서 그는 너무 외로워 때로는 뒷걸음질로 걸었다. 자기 앞에 찍힌 발자국을 보려고

우필도 그랬다. 자신이 남긴 발자국을 다른 누군가가 남긴 발자국으로 여기며 이미 지나왔던 길을 몇 번이고 오갔다. 오르텅스 블루는 자신의 시처럼 해보았을까? 그는 사고로 걸을 수 없는 사람이었다. 자신의 두 발로 자신의 발자국 친구조차 만들 수 없는…….

우필은 지난밤의 침입자들에 대해 신고하지 않았다. 사건의 원인이 자기 과거의 어느 그물코에 걸려 있었기 때문이었다. 그들이 곧 재곤의 집을 찾게 될까? 재곤이 잃어버렸다는 내 스케치를 그들이 찾아낼 수 있을까? 그 스케치를 찾아낸 후에는 어떻게 되는 걸까? 우필은 어젯밤 일을 재곤에게 미리 이야기해줄 필요가 있는지 곰곰 생각하다가 입을 다물기로 했다. 명확하게 말해줄 게 아무것도 없다는 것을 깨달았기 때문이었다. 하루가 지나자 방 안을 뒤덮었던 짐승들의 발자국은 완전히 사라져버렸다.

며칠 후 우필은 현상한 사진들을 찾았다. 서른두 장의 발자국 사진, 희한하게도 모두 흑백으로 나왔다. 흰 눈이 소복하게 쌓인 어느 겨울 밤, 눈 위에 일렬로 찍힌 발자국 풍경을 떠올려보라. 그 풍경이 속한 세계는 분명 흑백의 세계가 아님에도 우리의 눈은 그 장면

을 흑백으로 포착한다. 그래서 카메라 렌즈도 별수 없이 그 순간 색을 버린 모양이다.

"그게 흑백 필름이었어요?"

우필의 물음에 사진관 주인이 말했다.

"아뇨, 그건 아닌데 이렇게 찍혔더라고요."

우필이 뒤섞인 발자국의 모양을 추려보니 모두 네 종류였다. 수달과 살쾡이, 너구리와 황새. 그날 방문했던 자들도 남자 둘과 여자 둘, 모두 네 명이었다. 숫자는 일치했다. 그런데 어째서 사람 발자국이 아니라 짐승 발자국이 남았을까?

상반신과 하반신이 종과 속의 한계를 무시하고 그로테스크한 결합을? 그런 건 없어. 인어도 켄타우로스도 눈의 여왕처럼 이야기 속에나 나오는 거야.

서른두 장의 사진을 나열해놓고 물끄러미 관찰하던 우필은 한 가지 중요한 사실을 깨달았다. 두서없이 뒤섞인 발자국이라 여겼는데 끊긴 지점들 사이에서 연결 패턴이 보였다. 우필은 연결 패턴을 따라 사진을 다시 맞추기 시작했다. 그렇게 하고 보니 끊긴 줄 알았던 모든 발자국들이 퍼즐처럼 맞아떨어졌다. 방 안의 상하전후좌우와 세간의 위치는 뒤죽박죽이 되었지만 네 종류의 발자국들은 분명히 어느 한 지점을 향해 모여들고 있었다.

바로 그 지점에 사진 한 장이 더 필요했다. 발자국들은 이 방 구석구석에 빠짐없이 찍혀 있었고 우필은 이 방 안에 찍힌 발자국을 모두 사진으로 찍었다. 서른두 장의 사진들은 곧 이 방 전체였다. 그러므로 여기 빈자리에 들어갈 사진은 이 방에서 찍힌 발자국이 아닌 것이다. 이 방이 아닌 곳에서 본 발자국이라면 하나뿐이었다. 우필의 가슴이 퉁 하고 울렸다.

내가 그린 여우 발자국 스케치가 서른세 번째 사진이야.

발자국들을 한참 바라보고 있자니 더는 들여다볼 수가 없었다. 옵아트 작품처럼 사진 속 발자국들이 계속 움직여 보였기 때문에 눈이 몹시 피곤해졌다.

우필은 자신이 그렸던 여우 발자국 스케치를 기억해보려 애썼다. 그 여우 발자국 스케치를 여기에 맞춰 넣으면 어떤 그림이 될지 추측해보았다. 나중에 온 이 발자국들이 앞서 간 그 여우 발자국을 따라가 만나는 그림이 된다. 발자국 하나가 다른 발자국을 끌어들이는 것이다. 우필 역시 이 발자국들에게 이끌리고 있었다. 머리 좋은 짐승이 사람을 유인하게 위해 남겨둔 발자국을 보고 속듯 마음이 혹했다.

그러나 사진 속에 담긴 발자국을 따라 사진 속으로 들어갈 수는 없는 노릇이었다. 물론 사진은 눈에 보이는 현실만을 찍을 수 있다. 머릿속에 존재하는 환상은 사진으로 남길 수 없다. 다만 현실도 사진에 담겨버리면 지나간 시간이 되고 종이 쪼가리로 변한다. 제 아무리 움직이는 듯 현란하게 착시 현상을 불러일으킨다 해도 진짜가 아닌 것이다.

예외가 있긴 했다. 우필의 목소리가 보태지면 말이다. 우필의 목소리는 언제나 그런 식의 이상한 짓을 벌이곤 했다. 그러나 우필은 박현의에게 녹음 작업을 하겠다고 승낙만 했을 뿐 아직 작업을 시작하지 않았다. 녹음 때 무슨 책을 읽을지조차 우필은 알지 못했다. 때문에 설사 그 책에 이상한 발자국을 남기는 사람들이 등장한다 해도 이 일과는 무관하다고 생각했다.

이야기는 이렇게 되는 것이다. 짐승 발자국을 가진 네 사람이 여우 발자국을 남기는 어떤 사람을 찾고 있다. 그러니까 우필이 스케치한 그 여우 발자국은 사람이 남긴 발자국인 것이다.

*

아침 뉴스에 파마기가 다 풀려 머리칼이 푸석푸석한 뒤통수의 여자가 흥분해서 말했다. 카메라는 얼굴이 알려지기를 원하지 않는 목격자들의 뒷모습만 잡았다.

"넷이었어요. 뭘 훔치러 왔다기보다는 뭘 찾고 있는 것 같았어요. 여우 발자국인가 뭔가를 내놓으라던데."

자막에 여자의 정보가 나와 있다. 가명 박일순, 나이 49세. 있어도 그만 없어도 그만인 아무 의미도 없는 정보. 아무도 알고 싶어 하지 않는 정보. 화면을 등지고 숨은 개체를 더 보잘것없게 만드는 초라한 정보. 어차피 거짓인 정보.

가명 강길용, 52세. 박일순의 남편이 아내의 말을 가로막고 나섰다. 그도 역시 뒤통수만 등장했는데 정수리가 휑했다.

"뜬금없이 무슨 여우 발자국? 하릴없는 놈들이 일부러 사람 놀라게 하려고 한밤중에 아무 집이나 습격하고 다니는 거야. 솔직히 우리 같은 사람들 집을 백날 뒤져봐야 뭐 훔쳐갈 게 있겠어?"

가명 강근영, 18세. 단발머리 뒤통수만으로도 그 엄마의 판박이라는 것을 단번에 알아볼 수 있는 딸이 입을 열었다.

"훔쳐간 건 없지만 그 사람들이 남긴 발자국은 좀 이상했어요."

"발자국이 이상하긴 뭐가 이상해? 어디서 진창길이라도 밟았나 보지."

말할 기회를 엿보고 있던 박일순이 냉큼 반박했다. 카메라가 박일순의 뒤통수를 잡으려는데 강근영이 잽싸게 말을 이었다. 카메라는 다시 강근영의 뒤통수를 비췄다.

"엄만 무슨 소리야? 흙 발자국이 아니었잖아. 투명한 유리 두 장 사이에 낀 얼룩처럼 만져지지도 않았는데, 게다가 사람 발자국이 아니라 무슨 짐승들 발자국 같다며?"

거기에 대고 강길용이 또 뭐라 말했다. 카메라가 강길용만 잡는 것을 포기하고 가족 전체의 뒤통수를 잡았다. 그 가족 구성원들은 다른 가족 구성원을 제치고 더 많은 말을 하고 싶어 안달인 듯 경쟁적으로 떠들어댔다. 서로 도둑의 얼굴을 보았다고 말했다. 그러나 누구도 그들의 얼굴을 정확히 기억해내지 못했다. 그들이 횡설수설을 시작하자 곧장 화면이 바뀌었다.

남자 앵커가 앞을 똑바로 보며 말했다.

"다행히 인명 피해나 도난당한 물건은 없다고 합니다."

우필은 화면을 뚫어져라 쳐다보고 있었다. 방금 화면에 등장했던 그 가족, 틀림없이 우필이 아는 사람들이었다. 가명이라 이름도 달랐고 뒤통수밖에 보지 못했지만 목소리가 귀에 익었다. 소란스러웠던 별채 가족.

그 집에 살았던 사람들을 하나하나 찾아다니는 모양이다. 소용없는 짓이다. 스케치는 재곤이 가져갔고 재곤은 그 집에 살았던 적이 없으니.

*

"녹음 작업은 제게 맡기시고 편하게 읽으시면 됩니다."

녹음실로 들어선 우필을 맞는 박현의는 굉장히 흥분한 듯 얼굴이 달떠 있었다. 박현의를 졸라 녹음 작업을 구경하러 온 것이 분명한 미자가 그의 곁에서 의미심장한 눈빛으로 우필을 노려보고 있었다. 우필은 미자의 화난 듯한 표정에 의아했다. 우필은 미자가 왜 자신에게 경계심을 드러내는지 알지 못했다. 우필은 자신의 모습이 다른 사람들에게, 특히 또래 여자들에게 어떻게 보이는지 한 번도 생각해본 적 없었다. 그럼 이쯤에서 우필이 어떻게 생긴 여자인지 객관적으로 살펴보자.

당시 스물여섯 살이었던 우필은 예뻤다. 우필이 고등학교를 다니던 시절 찍은 사진과 비교해보면, 비록 고등학교 졸업사진은 찍지 못했지만 수학 여행지에서 찍은 단체 사진이 있기에 확인할 수 있다. 청춘의 환한 물이 다소 빠지긴 했어도 여전히 고혹적이고 정갈하게 예뻤다. 거기에 아직 십 년은 더 예쁠 예정이고 그 뒤 십 년도 고울 거라고 장담할 수 있다. 물론 증명할 방법은 없다. 그저 상상해볼 뿐이다.

우필은 녹음실 책상 위에 놓여 있는 책을 보았다. 『거기 구멍 눈 뒤에』. 처음 보는 책이었다. 우필은 마이크 앞에 앉았다. 이 단체가 책을 고르는 기준은 뭘까? 사람들이 좋아할 만한 이야기? 아니면 책을 고르는 직원의 개인적 입맛, 혹은 특정 데이터나 리서치 결과를 토대로?

"준비되셨죠?"

박현의가 녹음실 유리창 밖에서 마이크를 통해 물었다. 우필은 고개를 끄덕였다.

"좋습니다. 그럼 시작할게요."

그의 지시에 따라 우필은 책의 첫 장을 읽기 시작했다. 갑자기 미자가 얼굴을 찌푸리더니 창백해져서 밖으로 나갔다. 박현의는 우필의 목소리에 집중하고 있어 미자가 나가는지 알지 못했다.

한 시간에 걸쳐 녹음이 끝난 후 쉬는 시간에 우필이 말했다.

"끝나고 이 책 좀 빌려가도 될까요? 아직 읽어보지 못한 책이라 미리 좀 읽어두고 싶어서요."

박현의는 어색한 웃음을 지으며 상냥하게 거절했다.

"곤란한데요. 보물이거든요. 절판되고 딱 한 권 남은 거라서요. 미안해요. 우필 씨가 주의해서 다룰 거라는 건 알지만 좀 양해해줘요. 영화 내용도 미리 알고 보러 가면 재미없잖아요. 그렇게 생각해주시면 안 될까요. 녹음이 끝나면 책은 무조건 저에게 돌려주셔야 합니다."

8

'우리는 다 해서 넷이었다. 조지, 윌리엄 새뮤엘 해리스, 나, 그리고 몽모랑시. 우리는 내 방에 앉아 담배를 피워대며 우리가 얼마나 안 좋은 상태인지 얘기하고 있었다.'

제롬 K, 제롬이 쓴 『보트 위의 세 남자』란 책의 첫 문장이다. 이 책은 게으름뱅이 세 남자가 영국의 템스 강을 보트로 여행하면서 벌이는 이야기다. 나는 이 책을 읽다가 사소한 의혹에 빠졌다. 제목이 분명 '보트 위의 세 남자'인데 보트 위에는 늘 위의 네 남자가 있었다. 주인공 '나'도 언제나 우리 넷이라고 말했다.

책을 삼분의 일쯤 읽다가 나는 19세기 영국의 실정과 등장인물 캐릭터에 영 몰입이 되지 않아 뒤에 실린 작품 해설을 먼저 읽기 시작했다. 해설을 읽고서야 의혹이 풀렸다. 몽모랑시는 개 이름이었다.

'몽모랑시는 잠만 자고 거구라 힘든 일에는 그를 내버려뒀다.', '휴식을 위해 조지가 강을 제안하자 몽모랑시는 이의를 제기했다. 투표는 삼 대 일.', '몽모랑시는 침을 많이 흘린다'…….

젠장, 몽모랑시가 개라는 것을 알고 나서도 나는 여전히 몽모랑시가 개인지 사람인지 구별할 수 없었다. 그러다 책 중반에 가서야 몽모랑시가 컹컹 짖기 시작했다는 구절이 등장했다. 내가 주의력과 센스가 부족한 걸까? 아니면 이 작가가 고의로 독자를 골리고 있는 걸까?

나는 나만 이런 문제를 안고 있는 건지 다른 사람도 그런지 알고 싶어졌다. 그래서 소정에게 읽어보라고 빌려주었다. 소정은 두 주째 내가 다 읽었느냐고 물을 때마다 "아니 아직, 바빠서 말이야" 하고 대답했다.

"얼마나 읽었는데? 그래도 앞부분은 들춰봤을 거 아냐?"

"미안, 아직."

"어째서 계속 '아직'이기만 한 거야?"

소정을 닦달하려는 게 아니었다. 바쁘다 보면 얼마든지 그럴 수 있었다. 단지 첫 장도 펼쳐보지 않았다는 것이, 그러니까 적어도 애인이 어떤 걸 줬는지 뚜껑 정도는 열어봤어야 하는 게 아닐까 하는 쏩쓸함이었다. 거기에 내가 건넨 것이 만약 책이 아니라 리본이나 꽃 장식으로 포장한 선물 꾸러미였어도 열어보지 않고 어딘가 처박아뒀을 거라는 예감이 작용했다. 말하자면 소정의 '아직'이 나에 대한 무심함의 표현이라는 생각이 들었던 것이다.

"글쎄, 나도 몰라. 도대체 왜 그러는데?"

"그냥 어느 정도 읽었으면 뭣 좀 물어보려고."

"뭐가 궁금한데? 그냥 미리 물어봐. 그럼 그 부분만 먼저 읽고 대답해줄게."

"처음부터 차근차근 읽어 나가야 내가 물을 수 있는 거야."

"알았어. 한 챕터만이라도 읽으면 그때 말해줄게."

소정은 핑계 댄 것만큼 그리 바빠 보이진 않았다. 바쁘단 사람이 시간 불문하고 틈만 나면 카페에 들러 차를 열 잔씩 마셔가며 내가 빌려준 책만 제외하고 다른 모든 책을 뒤적일까나.

어쨌든 나는 소정에게 더는 같은 질문을 하지 않기로 마음먹었다. 읽는다고 했으니까 읽겠지. 당장 알아내야 할 다급한 문제도 아닌데 조급하게 소정의 심기를 긁었다간 화만 더블로 받아먹게 된다. 그냥 차분하게 기다리면 언젠가는 다 읽을 테고 물어볼 기회가 생기겠지.

요즘 들어 소정과 나는 데이트다운 데이트를 한 적도, 분위기를 잡고 마주 앉아 서로의 얼굴을 들여다보며 차를 마셔본 적도 없었다. 예전에 아껴가며 홀짝이던 차는 내가 카페를 하는 통에 끝없이 솟아나는 샘이 되었다. 밤늦은 시각 징검다리 건너듯 옮겨 다니던 데이트 장소는 안방처럼 뒹굴어도 부담 없는 내 카페였다. 소정과 나 사이에서 팽팽하게 유지되던 감정은 서서히 느슨해져 갔다. 이러다 멈출 것 같았다. 어쩌면 한참 전에 멈췄고 지금은 멀어지다 못해 끊어졌을지도 모른다. 퇴근하고 들렀을 때도 소정은 홀보다는 주로 카운터 안쪽에서 시간을 보냈다. 대개 홀에는 내가 있고 카운터와 주방 쪽에는 윤원이 있었다.

4월의 저녁, 바깥 날씨는 금방이라도 비가 쏟아질 것처럼 어둑했다. 서른두 개의 구멍창 밖에서 거무스레한 어둠이 출렁이자 테이블 등이 혼령을 담은 작은 배처럼 하나둘 황금빛 불을 밝혔다. 실내에서는 계절에 어울리지 않는 팻 분의 크리스마스 캐럴이 흐르고 있었다. 그러나 음악에 이의를 제기하는 손님은 없었다. 다들 백색 소음 실험의 일환인 커피 환청으로 여기고 있는 건지도 모르겠다.* 혹은 크리스마스 캐럴이 지금 본인들 기분에 잘 어울렸거나 혹은 음악에는 아예 귀를 기울이지 않고 있거나, 그도 아니라면 주인의 취향을 눈감아주고 있는 것이거나.

---

* 호주 멜버른 라트로브 대학의 시몬 크로우 박사 연구팀은 백색 소음 상태에서(일정 주파수 스펙트럼을 가진 신호로 주변의 소음이 들리지 않도록 한 상태) 카페인 함량 200밀리그램 커피를 평소 하루 5잔 이상 마시는 스트레스 참가자들이 실제로 들려주지 않았는데 크리스마스 캐럴을 들었다는 실험 결과를 발표했다.

가끔 나는 몽골이나 중앙아시아 음악뿐 아니라 반음의 묘미가 극치인 아라비아 음악 같은 것도 틀곤 했는데 소정은 대놓고 불평했다.

"음악이 왜 이래? 그 발자국 귀신들 취향이 이렇대?"

소정은 뭔가 콱 꽂히는 것이 나타나면 얼마나 좋은지 왜 좋은지 너는 왜 내가 좋다는 것에 함께 열광해주지 않는지 다그치며 내 혼을 쏙 빼놓곤 했다. 그럴 때마다 나는 맞장구를 쳐주며 어디까지 올라가야 적정선인지 머리 굴려 흥분을 가장해야 했다. 별론데 하고 조금이라도 반대를 표하면 이내 다툼은 아닐지라도 뭔가 넘을 수 없는 벽에 가로막혀 소정은 감정이 상하고 나는 영문 모를 원망을 들어야 했다. 그렇다고 아무 반응을 보이지 않으면 그 또한 책을 잡혔다. 반대로 소정은 내가 좋다는 것에 대해서는 이 건물을 제외하곤 거의 모두 나와 정반대의 자지러지는 반응을 내보였다.

그래서 오늘도 크리스마스 캐럴에 대해 소정에게 한소리 듣겠구나 여기고 있었는데 퇴근 후 카페에 들어선 소정은 가방을 내려놓고 재킷을 벗으며 곧장 카운터 안쪽으로 들어가더니 앞치마를 두르고 설거지를 시작했다. 소정이 아무 말 하지 않자 결국 내가 먼저 묻고 말았다.

"뭐라고 안 해?"

"뭘?"

"캐럴 말이야. 계절 감각이 없다느니 취향이 구리다느니 뭐라고 한마디 해야지."

"글쎄, 내가 뭐라고 해주길 바라는데? 윤원 씨, 여기 이 찻잔 금 갔는데."

소정이 건성으로 대답하면서 윤원을 불렀다.

"형, 찻잔이 금 갔대요. 버릴까요? 고쳐 쓸까요?"

윤원이 내게 말했다. 그러니까 찻잔이 금 갔으면 처음부터 나한 테 이야기해야지. 왜 윤원에게 이야기하는데? 요즘 소정은 나보다 부쩍 윤원을 부르고 의지하는 경향이 있었다. 수상적은 기류가 없지 않은 것은 아니지만 그렇다고 딱히 수상쩍다고 할 것도 없었기 때문에 나는 그저 소정의 변화를 지켜볼 수밖에 없었다.

소정은 윤원과 잡담을 나누고 나는 윤원을 바라보며 웃는 소정의 얼굴을 바라본다. 소정은 이제 예전처럼 나를 자주 쳐다봐 주지 않았다. 내 여자 친구가 점점 낯설어졌다. 소정은 아무것도 아닌 사소한 질문을 자꾸 윤원에게 던졌다. 내게는 물어보지 않는 것들, 혹은 예전에 이미 물어보았던 것들을.

밤 열한 시 즈음에 동오 형이 낡은 갈색 점퍼에 맺힌 물기를 툭툭 털어내며 들어섰다. 비가 올 것 같더니 어느새 봄비가 부슬부슬 날리고 있었다. 동오 형은 작년 가을부터 입던 낡은 갈색 점퍼를 겨울 내내 입고도 부족했던지 여태 입고 있다. 물론 동오 형도 자기 집에 돌아가면 점퍼를 벗을 테지만 나는 어쩐지 잠잘 때도 형이 그 점퍼를 입고 잘 것처럼 여겨졌다. 덕분에 그 점퍼는 동오 형 하면 떠오르는 이미지인 동시에 달팽이 껍데기처럼 그에게 잘 어울렸다.

카운터에 붙어 윤원과 이야기하고 있던 소정이 돌아보며 동오 형에게 아는 척을 했다.

"동오 씨, 왔어?"

소정은 멀찍이에서도 동오 형의 점퍼가 뿌린 부슬비의 기운을 알아챘다.

"어머, 윤원 씨, 밖에 비 오나 봐. 우산 가져왔어?"

"아뇨. 그렇게 많이 오는 것 같진 않은데요."

"그래도 봄비 맞으면 감기 들어. 지금 퇴근할 거면 나랑 같이 가자. 나 우산 가져왔거든. 집이 어디야? 바래다줄게."

"고맙지만 괜찮아요."

윤원이 사양하며 내 눈치를 살폈다. 왜 날 보는 거야? 난 암말 안 했는데. 하지만 내 얼굴에는 분명 이렇게 쓰여 있었을 것이다. 어딜 바래다줘? 왜 같이 가자고 하는데? 꼭 같이 가야만 해? 묘하고 어색한 분위기. 눈치 빠른 소정이 눈을 흘기며 내게 말했다.

"뭐야? 분위기 이상하게 만들지 마. 난 원래 친절해."

그렇지, 소정은 원래 친절하고 아름다운 여자였다. 내게도 친절하게 다가와 아름다운 연인이 되어주었다.

"자기는 비 맞을 일 없잖아. 여기가 집이니까."

소정이 천장을 가리키며 말했다.

"자기는 빗길에 퇴근하지 않아도 되고 말이야. 가게 문 닫으면 자긴 여기 있을 거고 우리 둘은 어차피 나가야 되잖아."

우리? 내 머릿속에 집합 기호가 그려졌다. 나와 소정의 집합, 윤원과 소정의 집합, 두 개의 집합이 겹쳐지자 소정이 담겨 있는 교집합이 생겨났다.

"같이 나선 길이니까 같이 쓰고 가자는데 왜 그래? 아님 자기가 여분 우산을 빌려주던가."

"우산 가지고 싸우지 마. 맞아도 되는 비야."

여전히 출입문 앞에 서서 앞으로 갈까 뒤로 갈까 고민하듯 어색하게 몸을 흔들고 있던 동오 형이 천장을 쳐다보며 말했다.

"동오 형, 이리 와서 여기 앉아요."

내가 말하자 그제야 동오 형이 겅중겅중 안쪽으로 걸어 들어왔다. 동오 형은 언제나 그랬다. 오라고 해야 오고 앉으라고 해야 앉으며 먹으라고 해야 먹었다. 매사 상대의 허락이나 지시가 떨어지길 기다리는 동오 형은 아스퍼거 장애가 있었다.

윤원이 물었다.

"동오 형, 뭐 줄까요?"

"우유하고 브라우니 세 조각."

동오 형은 상대의 감정을 읽을 줄 몰랐다. 상대가 슬프다고 말해주면 슬프다는 것을 알고 기쁘다고 말해주면 기쁜 것을 알지만 말해주지 않으면 그저 부산한 시선으로 난해한 표정만 지을 뿐이었다. 어떤 의미에서 그는 절대적으로 감정과 상황을 설명해줄 목소리가 필요한 사람이었다. 그러나 내겐 형의 그런 점들이 그다지 장애처럼 여겨지지 않았다. 솔직하게 말해주기만 하면 되니까.

"웬일이에요? 근무 시간이잖아요?"

"끝나고 집에 돌아가는 길이야."

키가 크고 마른 체구의 동오 형은 늘 앉는 구석 자리 스툴에 구부정한 자세로 앉으며 들고 있던 종이 가방을 조심스럽게 카운터 위에 올려놓았다. 동오 형은 누구와도 시선을 부딪치지 않지만 그렇다고 우릴 보고 있지 않는 것은 아니었다. 혼자만의 시선으로 여기저기를 훑는 듯 보이지만 그는 늘 우리를 보고 있었다. 동오 형은 근처 아파트 단지에서 경비원으로 일했다.

"오늘은 주간 근무였나 보네요."

"응."

"그런데 왜 이제 집에 들어가요?"

"복지 센터 갔었어."

"거기 뭐 재미있는 게 있다고?"

소정이 우유가 담긴 네모난 유리컵과 브라우니 세 조각이 놓인 네모난 접시를 동오 형 앞에 놓았다. 동오 형은 동그란 것을 싫어해 동그란 기둥 책장 곁에는 가지 않았고 동그란 화분을 보면 눈을 부라렸다. 다행히 우리 가게 스툴은 네모였고 동그란 테이블은 없었다.

"먹어요. 형."

내 말이 떨어지자 동오 형이 우유 컵을 집었다.

윤원이 주방 정리를 끝내고 카운터 밖으로 나오며 말했다.

"저는 그만 퇴근할게요."

"뭘 벌써 가? 동오 씨도 왔는데 조금 더 있다가 나랑 같이 나가."

소정이 윤원을 잡았다.

"아뇨. 그만 가봐야 해요."

윤원이 다시 내 눈치를 살피며 뿌리쳤다.

"그럼 잠깐만 기다려줄래."

소정이 재킷 소매에 팔을 꿰고 있는데 윤원이 못 들은 척 그냥 가버렸다. 소정은 이마를 찌푸리더니 재킷을 다시 벗어던졌다. 그리곤 요즘 들어 부쩍 자주 짓는 표정, 지겨워 죽겠어 모드로 돌아갔다.

"이건 뭐예요?"

나는 카운터 위에 놓여 있는 두툼한 종이 봉투를 가리켰다.

"책."

브라우니를 우물거리며 동오 형이 대답했다. 뜨거운 것이든 차가운 것이든 동그랗지만 않으면 동오 형은 아무거나 잘 먹고 잘 마셨다. 물론 먹으라고 말해야 먹지, 그 전에는 먹고 싶어도 누군가 먹으라고 말해줄 때까지 먹지 않고 참을성 있게 기다렸다. 무슨 책인가 싶어 종이 봉투를 열어보니 책이 아니라 카세트테이프 스무 개가 들어 있었다.

"목소리로 된 책도 좋아. 가끔 눈이 아플 때 빌려."

동오 형은 나보다 다섯 살 많은 서른일곱 살이었다. 가느다란 회색 뿔테 안경을 낀 그는 원래 시력이 좋지 않았다. 그런데도 늘 책만 읽었다. 아직 미혼인 동오 형의 유일한 취미는 독서였다. 그것 말고는 낙이 없다고 했다. 나는 사람을 좋아하지만 사람보다는 책이 더 이해하기 쉬워. 사람들은 일일이 자기가 어떤지 말해주지 않지만 책은 그 사람이 아픈지 슬픈지 모두 알려주거든.

"근데 뭐가 이렇게 많아요? 다 다른 책이에요?"

"아냐, 같은 이야기야. 그게 카세트테이프라서 그래. 전부 서른세 개라니까 아직 열세 개 더 빌려 들어야 해."

내가 동오 형을 처음 만났을 때도 그는 복지 센터 도서관에서 빌린 책을 옆구리에 끼고 서 있었다. 저처럼 말없는 벙어리 친구를 끼고 서 있는 그의 모습이 어찌나 마르고 건조해 보이던지, 뱃속에 밥이나 똥 대신 못다 한 말이 적힌 종이만 똘똘 말아 담고 있는 사람 같았다. 내가 느낀 그의 첫인상은 외로움에 찌든 담요였다. 담요는 아마 동오 형의 점퍼 때문에 빚어진 이미지일 것이다.

건물 공사가 시작되기 전날, 아침 일찍 공사 현장을 둘러보러 나왔다가 잠겨 있는 출입문 앞에서 그의 뒷모습을 발견했다.

"이 건물에 무슨 볼일이라도?"

내가 다가가 말을 건네자 그는 움찔거리며 돌아보았다. 피부가 희고 눈매가 깊었다. 반쯤 허공을 떠다니는 눈동자, 아프리카의 낯선 바람 같은 분위기, 괜스레 내 뱃속이 시려왔다. 그가 조심스럽게 물었다.

"저기, 이 건물을 산 사람은 얼마나 돈이 많을까요?"

"별로 많지 않았어요. 건물이 똥값으로 나와 있었거든요. 관심 있으면 진작 부동산에 알아보지 그러셨어요."

그렇게 대답하고 나서야 이 건물이 똥값이 아니라 똥 부스러기 값이라 해도 저는 살 능력이 없어요, 하고 말하는 그의 헐벗은 표정을 읽었다.

"다들 꺼려하는 물건이었는걸요. 아시겠지만 기괴한 소문이 붙어 있어서요. 덕분에 제가 싸게 매입했어요. 카페를 열까 생각 중인데 나중에 오픈하면 한번 놀러 오세요."

"정말요?"

그는 울 것 같은 눈으로 고개를 숙였다. 내 말에 감격한 것 같았다. 잠재 고객에 대한 홍보성 멘트에 불과한 말이었다. 나는 그의 과도한 반응에 어리둥절해졌지만 곧 깨달았다. 외로웠던 것이다. 나만큼이나.

카페를 오픈하던 날, 그는 오매불망 그날만을 기다렸다는 듯, 알로카시아 화분을 사들고 차를 마시러 왔다. 그리고 차 대신 밤새 나와 맥주를 마셨다. 중간에 소정도 합세했다. 시간이 늦어지자 소정이 눈치를 줬지만 나는 그를 어떻게 보내야 할지 알 수 없었다. 결국 소정은 굳은 표정으로 먼저 일어나 돌아가버렸다. 동틀 무렵이 되어서야 잔뜩 취한 그가 많이 늦었다며 일어섰다.

"괜찮겠어요? 집이 어디예요? 데려다줄게요."

"됐어. 멀지 않아. 걸어가다 보면 술이 깰 거야."

취기의 절정에서 그는 내게 말을 놨다. 그는 벙싯벙싯 웃고 있었다. 목에서 계속 웃음이 흘러나오는 것을 주체하지 못했다. 그가 왜 행복해하는지는 알 수 없었지만 전염이라도 됐는지 나까지 덩달아 웃고 있었다. 그가 비척거리며 문을 나서기에 나는 자동차 열쇠를 들고 서둘러 따라나섰다.

"거기 서서 잠시만 기다려요. 차 가져올게요."

"아냐. 됐어. 그냥 갈게."

하지만 쉽게 걸음을 떼지 못하고 흠칫거리며 내가 가도 좋다고 말할 때까지 기다렸다.

"알았어요. 가요."

그제야 그는 안도하며 돌아섰다. 언덕을 홀로 비칠비칠 걸어 내려가는 그의 뒷모습을 보며 나는 다시 뱃속이 시려왔다. 이후 그는 알로카시아 잎에서 외로움이 눈물처럼 맺혀 떨어지는 오늘 같은 날이면 시간에 상관없이 날 찾아오곤 했다.

"도대체 이런 걸 왜 빌리지?"

소정이 말했다.

"왜? 너도 가끔 인터넷으로 책 읽어주는 방송 듣던데? 뭐 요즘은 책을 공감각적으로 표현하는 입체 낭독 공연이라는 것도 있고."

소정의 입에서 또 무슨 비죽한 말이 나올지 몰라 나는 조마조마했다. 소정은 카세트테이프를 손으로 고르며 말했다.

"빌리는 쪽도 그렇지만 빌려주는 쪽도 참, 21세기 공공기관에서 어떻게 이런 구닥다리를 대여해주냐? 카세트테이프라니, 이 사람 저 사람 돌려가며 듣다간 금방 늘어날 텐데."

"아냐, 아냐. CD도 있고 MP3 플레이어로 다운로드를 받을 수도 있어. 하지만 CD는 동그랗고 MP3 플레이어는 어려워."

동오 형은 카세트테이프를 다시 차곡차곡 순서대로 정리하며 말했다.

"그리고 오래된 구름 소리를 들으려면 카세트테이프여야만 해."

"오래된 구름 소리?"

"카세트테이프가 돌아갈 때 나는 소리야. 이 여자 목소리는 꼭 그 구름 소리가 있어야 해. 그래야 잘 들을 수 있어. 난 이 여자 목소리가 좋아. 다른 목소리는 그냥 잠들어버릴 때도 있고 질릴 때도 있지만 이 여자 목소리는 언제나……."

동오 형은 웃는 것도 우는 것도 아닌 아리송한 표정을 지으며 미소를 드러냈다. 좋아하는 여자의 오묘한 매력에 대해 자랑하고 싶지만 어떻게 말해야 할지 몰라 부끄러워하는 남자의 표정이었다. 소정이 "하!" 하고 알 듯 말 듯한 소리를 내질렀고 나는 팔꿈치로 소정을 툭 쳤다. 소정이 "뭘?" 하고 내게 뚱한 입을 내밀어 보이더니 동오 형에게 말했다.

"요는 목소리밖에 모르는 여자에게 연애 감정이 생겼다 이거네."

동오 형은 어쩔 줄 몰라 하며 발개진 얼굴로 흥흥 하고 웃는 소리를 냈다.

"센터에 말해서 좀 소개시켜 달라고 해봐."

동오 형은 고개를 저었다.

"왜?"

"왜냐하면 이 여자는 삼십 년 전 사람이야."

동오 형은 실제로 삼십 년 전에 연인을 잃은 고독한 남자처럼 말했다.

"살아 있다면 지금은 할망구라는 소리네. 그렇담 차라리 만나지 않는 편이 낫지."

소정이 말했다.

"그게 무슨 상관이야. 난 단지 이 목소리를 가진 사람이 어떻게 생겼는지, 어떤 눈을 하고 있는지 보고 싶은 거야."

동오 형이 정색했다.

"삼십 년 정도는 가뿐하단 말이지. 그 여자, 이제부터 잘하면 마르그리트 뒤라스처럼 살게 생겼네. 동오 씨가 삼십 년 나이 차를 극복하고 어린 연인 역할을 할 용의가 있다니까. 그럼 만나보던가."

"만날 수 없어. 실종됐거든. 죽었을 거야."

"안됐네. 아니, 동오 씨에겐 차라리 잘된 거야. 그래도 사진은 어디 남아 있을 거 아냐?"

"없어. 오직 목소리뿐이야. 아주 좋은 목소리."

"완전히 홀렸네. 그렇게 이 여자 목소리가 매력이 있단 말이야?"

소정은 동오 형이 애써 순서대로 정리해 다시 집어넣은 종이봉투를 거꾸로 부은 후 첫 번째 카세트테이프를 집어 들며 말했다.

"어디 우리 동오 씨 애인 목소리가 얼마나 특별한지 좀 들어보자."

동오 형의 입이 헤벌어졌다.

"애인 아니야. 자꾸 그렇게 말하면 싫어."

말은 그렇게 했지만 영 싫은 기색은 아니었다. 주섬주섬 다시 카세트테이프를 순서대로 정리하느라 고개를 숙인 동오 형의 목에서 흥흥흥 특유의 웃음이 새어나오는 걸 보면.

소정은 팻 분의 캐럴 송이 흘러나오는 오디오의 스위치를 끄고 카세트테이프를 집어넣었다. 우리는 각자 좋아하는 의자에 자리를 잡고 앉아 그녀의 목소리가 흘러나오기를 기다렸다. 테이프 감기는 소리가 잠깐 동안 쉭쉭 울리더니 이윽고 젊은 여자의 목소리가 첫 문장을 읽었다.

'어디서 왔는지 모르는 아이는 어디서 왔는지 모르는 목소리를 가지고 태어나 어디서 왔는지 모를 것들을 불러낸다고 한다. 어디가 어디인지 모르는 사람들은 그렇게 이야기했다. 어디가 어디인지 아는 이들은 긴가민가했다. 이 이야기는 어디서 왔는지 모를 수상한 발자국을 가진 사람들과 그들을 처음 목격한 나에게서부터 시작됐다. 내게 벌어졌던 모든 일의 자초지종은 여우 발자국 때문이었다. 만약 내가 그 여우 발자국을 따라가지 않았다면 어떻게 됐을까…….'

수상한 발자국? 거기에 하필 여우 발자국이라니? 머리가 멍해졌다. 내가 노라에게 받은 봉투 속에 들어 있던 발자국도 여우 발자국이었다. 그런데 이 녹음테이프에서 흘러나오는 목소리, 어딘가 귀에 익었다. 나도 모르게 카세트테이프의 케이스를 집어 들었다.

제목 『거기 구멍 눈 뒤에』, 작자 〈이종희〉, 녹음자 〈홍우필〉, 1979년.

이종희라고? 엄마와 이름이 같다. 엄마가 책을 썼다는 이야기는 들어본 적이 없으므로 아마 동명이인일 것이다. 그런데 책 제목까지 왜 내 카페 이름과 똑같은 거지? 하긴 그런 것도 얼마든지 있을 수 있는 일이지.

한데 이 여자 목소리는 지나치게 엄마와 비슷했다. 가만히 듣고 있자니 오래전에 엄마도 이렇게 시작하는 이야기를 내게 들려주었던 것 같은데? 머리가 혼란스러워졌다.

홍우필의 목소리가 나를 오래된 과거 속으로 끌고 들어갔다. 모호한 기억을 바탕으로 기괴하고 어수선한 장면들이 뒤엉켰다. 목소리는 내가 앉아 있는 장소를 기묘한 곳으로 바꾸어놓았다. 나는 소파에 널브러져 옴짝달싹 못한 채 최면에 걸린 사자처럼 몽롱해졌다. 나는 내가 눈을 감고 있는 것인지 뜨고 있는 것인지조차 분간이 가지 않았다.

나는 홍우필의 목소리를 통해 만들어지는 모든 이미지와 형상들을 평소 내가 자주 일으키는 착각이라 여기려고 애썼다. 전등이 어느 집 마당의 감나무로 보였고 가구들이 일어나 사람처럼 움직였다. 그 와중에 낯모르는 젊은 여자가 내 안으로 찾아들었다. 내 직감은 그녀가 홍우필이라고 말하고 있었지만 나는 무시했다. 목소리가 자신의 징체를 선명하게 드리내는 이 해괴한 상황에 계속 끌려가다간 어디선가 혼이 쏙 빠질 것 같았다. 나는 이 알쏭달쏭한 상태에서 벗어나고자 몸부림쳤다. 더럭 겁이 났다. 이 여자의 목소리가 엄마와 비슷하게 들리는 건 착각일 뿐이야. 엄마의 목소리는 이렇게 괴기스럽지 않았어. 나는 벌떡 일어나 정지 버튼을 눌렀다.

"왜 그래? 재밌는데."

한창 몰입해 있었던지 소정이 김샌 어조로 말했다. 처음엔 손에 잡히는 잡지를 뒤적이며 건성으로 듣기 시작했는데 어느새 빠져든 모양이었다.

"좀 이상하지 않았어? 이 여자가 읽어주는 대로 모든 게 보였어. 마치 목소리만으로 그 세상을 만들어내고 있는 것처럼……."

"나도 그랬어. 하지만 그건 어디까지나 머릿속에 그려지는 이미

지일 뿐이잖아. 그만큼 상상력을 자극하는 목소리란 뜻이지. 좀 오싹한 구석이 있긴 하지만 실감나던데. 이 여자, 완전히 타고난 목소리야. 아마 최면을 유도하는 어떤 마력 같은 게 있는 것 같아."

소정은 무릎에 얹고 있던 쿠션을 끌어안았다.

"하지만 타고난 자기 재능을 발휘하지 못하고 불우하게 살았어. 의도하지 않은 사건들이 자꾸 일어났거든."

동오 형이 말했다.

"어떤 사건들인데?"

"학생 때 겪었던 사건도 있고 어떤 아나운서와 관련된 사건도 있어. 그런데 어디서도 그런 사건들에 관한 기록을 찾을 수가 없어. 인터넷을 검색해봐도 그런 이야기는 뜨지 않아."

"그럼 동오 씨는 그 사건들에 대해 어떻게 알았는데?"

"이 이야기 속에 나와. 난 여기 있는 카세트테이프 스무 개를 모두 들었기 때문에 알고 있어. 하지만 아직 그 뒷이야기를 듣지 못했어. 오늘 나머지 카세트테이프 열세 개를 빌리러 갔는데 다른 사람이 대여 중이래. 그래서 그냥 또 들으려고 대여 기간을 연장했어."

"뭐야? 그럼 그 사건이란 건 이 이야기 속 사건이잖아. 그럼 실제로 찾아봐야 없는 게 당연하지. 이야기 속 '나'의 이름이 홍우필이라 녹음자인 홍우필과 같은 사람으로 착각한 거네."

"등장인물 홍우필은 허구일지 몰라도 녹음자 홍우필은 실존 인물이야. 그리고 이 이야기는 홍우필의 실제 이야기를 바탕으로 쓴 것 같다는 말이 있어."

"그런 것 같다는 것이지 확실하지 않잖아. 그냥 이름만 빌려온 걸지도 몰라. 동오 씨, 헛갈렸구나. 순전히 이름이 같다는 이유로 말이야. 자, 지금부터 내가 정리해줄게. 동오 씨가 뿅 간 건 녹음자 홍우필이야. 그 여자, 거주지가 명확하지 않아 실종 처리된 모양인데 어쨌거나 이미 할머니가 됐어. 그리고 이 이야기 속 등장인물 홍우필은 허구의 인물이고, 알겠어?"

"하지만 이 이야기의 홍우필도 녹음자 홍우필과 똑같이 녹음 일을 하고 있어."

"모든 이야기는 사실석 뼈대에 허구의 살을 빌라 민들지. 그냥 그런 거라고."

9

우필은 의구심이 들었다. 이 책 속에 자신과 똑같은 이름을 가진 여자가 등장했다. 그 여자도 녹음 일을 하고 있었다. 더구나 녹음했던 책 제목까지 같았다. 한밤중에 자신의 방을 침범했던 수상한 발자국을 가진 사람들도 『거기 구멍 눈 뒤에』라고 이름 붙은 이 책 속 건물에 등장했다. 주인공 남자 우태주 역시 그가 듣고 있는 카세트 테이프의 책 제목이 자기 가게 이름과 같은 『거기 구멍 눈 뒤에』라는 사실을 이상하게 여겼다.

그리고 여우 발자국 스케치. 우태주는 어느 날 찾아온 여동생 노라로부터 여우 발자국이 그려진 정밀 스케치를 건네받는다. 그 발자국 스케치를 그린 사람이 누군지는 아직 밝혀지지 않았다. 다만 여자일 거라는 암시만 주고 있다. 왜냐하면 우태주는 그 스케치를 보고 어린 시절 어머니가 들려준 나자라는 여자의 그림을 떠올렸기 때문이다.

우필은 아무래도 이 여우 발자국 스케치가 자신이 그린 그 스케치 같았다. 재곤은 그 스케치를 잃어버렸다고 말했지만 우필은 믿지 않았다. 만약 재곤이 정말 그 스케치를 잃어버렸다면 그 스케치는 지금 우필이 읽고 있는 책 속으로 들어가 숨어 있는 것처럼 되어버린다. 우필은 어리둥절해졌다. 자신의 목소리가 착각이든 환영이든 사람들의 뇌를 자극해 이야기를 밖으로 끌어내온 적은 있어도, 현실이 이야기 속으로 들어간 적은 없었다. 그건 있을 수 없는 일이었다.

이 이야기는 상식적으로 봤을 때 이상한 구석이 한두 군데가 아니었다. 아무런 확인 절차도 없이 태주는 자기 엄마의 이름을 알고 있다는 것만으로 노라를 밑도 끝도 없이 여동생이라고 믿어버린다. 엄마의 이름이 하필 작가의 이름과 같다는 것도 그렇고. 하긴 작가가 자기 이름을 작품에 등장시키는 거야 충분히 있을 수 있는 일이다. 그러므로 이 점은 다른 것에 비하면 이상하다고 할 수도 없었다.

가장 이상한 것은 이 이야기에 등장하는 홍우필이 자신이라는 것이었다. 태주가 듣고 있는 『거기 구멍 눈 뒤에』를 녹음한 것은 삼십 년 전의 홍우필이었다. 그런데 공교롭게도 지금 자신이 거기 나오는 이야기처럼 바로 이 책 『거기 구멍 눈 뒤에』를 녹음 중이다.

그렇다면 이 이야기는 삼십 년 후의 이야기가 되는 것이다.

또 지재곤이란 실명이 거론되진 않았지만 어떤 남자 아나운서와의 사건에 대해 언급하고 있는 것도 일치했다. 물론 그 일을 어디서 들었거나 읽은 후 가져다 쓸 수도 있겠지만 시간상 맞지 않았다. 녹음 작업은 얼마 전에 시작했고 재곤과의 일은 삼 년 전인 1976년의 일이었다. 그러나 이 책은 칠 년 전인 1972년에 출간됐다. 그러니까 이종희는 당시 알지도 못했던 우필에게 몇 년 뒤 무슨 일이 벌어질지 이미 알고 있었다는 뜻이 된다. 우필의 머리 뒤쪽이 쭈뼛해졌다. 이종희를 한번 만나볼 필요가 있었다. 어쩌면 박현의도 여기에 관해 뭔가 알고 있을지 몰랐다. 이 책에 그렇게 광적인 집착을 보이는 것이 단순한 이유는 아닌 듯싶었다.

박현의는 이 책에 내 이름이 나오는 것을 어떻게 생각하고 있을까? 이 책에 나온 것과 같은 제목의 책을 녹음한 사람이 나와 이름이 같아서 날 선택한 거라면 그리 이상할 것도 없지만, 그렇다고 해도 재곤과의 일은 어떻게 설명할 수 있지?

녹음실 밖에서 지금 우필의 목소리를 듣고 있는 박현의의 표정이 기이했다. 많은 것을 알고 있지만 드러낼 수 없는 어떤 한계에 이르러 번민하고 있는 중인 듯 일그러진 눈빛으로 다른 세상을 배회하고 있었다. 미자는 첫날 이후 더는 녹음실에 나타나지 않았다. 틀림없이 뭔가 기괴한 경험을 했을 것이다. 녹음을 끝내고 우필은 박현의에게 말했다.

"잠깐 시간 돼요? 물어보고 싶은 게 있는데요."

"아, 미안해서 어쩌죠? 제가 지금 중요한 약속이 있어서요. 나중에 다시 이야기해요. 책은 이리 주시고요."

박현의는 우필의 손에서 순식간에 책을 뺏어 들고 핑계인지 사실인지 알 수 없는 이유를 대며 부리나케 자리를 떴다. 우필은 오늘만큼은 꼭 책을 빌려 뒷내용을 읽어보려 작정하고 있었지만 도리가 없었다. 박현의는 늘 친절하고 예의 발랐지만 이 책에 대해서만큼은 유독 과민 반응을 보였다.

우필은 녹음이 끝나면 늘 다음 이야기가 궁금했다. 빌려갈 수 없다면 잠깐이라도 사무실에 남아서 그 책을 좀 더 읽고 싶었지만 박현의는 절대 허락하지 않았다. 그는 매번 우필의 갈망하는 시선을 피해 책을 자기 캐비닛에 집어넣고 잠가버렸다.

우필이 사무실에 들어서자 미자가 기다리고 있었다는 듯 고개를 들었다. 우필은 미자가 왜 자신을 탐탁지 않은 눈빛으로 경계하는지 여전히 알지 못했다. 녹음 첫날 어떤 경험을 했는지는 모르겠지만 두려움이 느껴지지 않으니 적어도 자신의 목소리 때문은 아닌 것 같았다. 그보다는 재곤이 가끔 내보이곤 했던 시샘에 찬 눈빛에 더 가까웠다. 재곤은 자신의 목소리를 질투했지만 미자는 도대체 자신의 무엇을 질투하는 걸까? 미자가 먼저 말을 건넸다.

"녹음 끝났어? 현의 선배는?"

"바쁜 일이 있다고 바로 외출하셨어요."

박현의의 대학 후배였던 미자는 박현의와 남다른 친분을 가지고 있었지만 사무실에서는 깍듯하게 상사 대접을 했다. 단 우필 앞에서만큼은 대놓고 친밀함을 과시했다. 미자는 오후에 두 시간 녹음일만 하는 우필을 동료로 여기지 않았다.

　"저, 제가 지금 녹음하고 있는 그 책 말인데요, 혹시 읽어보셨어요?"

　"아니, 난 너처럼 그렇게 한가한 사람이 아니야."

　우필은 눈살을 찌푸렸다. 재곤도 늘 그런 식으로 말했다. 우필은 한가했던 적이 없었다. 언제나 필사적으로 살고 있었다.

　"게다가 그 책은 언제나 현의 선배의 개인 캐비닛에 보관되어 있잖아. 나뿐 아니라 여기 직원들 중 아무도 읽어본 사람 없을걸. 왜?"

　미자의 책상 위는 온갖 서류들이 층층이 쌓여 있었다.

　"그 책에 제 이야기가 나와요. 저와 이름도 같아요."

　미자는 분명 놀란 눈치였지만 내색하지 않았다.

　"그래서 말인데요, 혹시 그 책의 작가분 연락처를 알 수 있을까요?"

　"이종희란 여자 말이지? 소문에는 핀란드인지 북극인지에 있다던데. 아무튼 여기랑 소식 끊고 산 지 오래라서 연락처를 아는 사람이 아무도 없을 거야. 어쩌려고?"

　되묻는 미자의 질문에 가시가 돋쳐 있었다.

　"왜 이 책에 제가 나오는지 궁금해서 물어보려고요."

　"별게 다 궁금하네. 세상에 같은 이름이 한둘이겠어? 사람 사는 사연도 따지고 보면 비슷비슷한 마당에. 너, 감정이입이 지나친 거 아냐?"

미자는 빈정거리는 투로 말하며 쌓여 있는 서류철 중 하나를 펼쳤다.

"그럼 혹시 대표님은 이종희란 분의 연락처를 알까요? 그렇게 애지중지 아끼는 작품의 작가니까 어쩌면 아실 것도 같은데."

미자는 코웃음을 치며 우필을 쳐다보았다. 그리곤 말해줄까 말까 잠깐 고민하더니 입을 열었다.

"그럴지도 모르지. 현의 선배의 첫사랑이었으니까. 한눈에 보고 반했다나 뭐라나. 이종희 그 여자, 사람들 말이 굉장한 미인이래. 현의 선배가 그 책에 빠져 있는 이유도 그거야. 남자들이 뭐 다 그렇지."

우필은 그제야 깨달았다. 미자가 그 책을 읽어본 적이 없음에도 작가 이름만큼은 정확히 알고 있는 이유를.

"아닐 수도 있어요."

"아무것도 모르면서 아는 척하지 마. 그 여자 아마 남자들 홀리는 데 도가 튼 여자일걸. 미혼모였던 걸 보면 행실도 짐작할 수 있지."

"미혼모요? 애가 있어요?"

"아들이 있대. 도대체 남자들은 왜 그런 타입의 여자들을 골라내는 눈이 없나 몰라."

여자가 아니라 여자들이라고 지칭했다. 우필은 미자가 가리키는 여자들 속에 방금 자신이 포함되었다는 것을 깨달았다. 우필은 미혼모도 아니었고 아들도 없었지만 어쨌든 미자가 보는 관점에 따라 같은 부류로 쓸려 들어갔다. 그렇다면 그 이유는 아마 미혼모와 아들이 아니라 아들을 만들어 미혼모가 될 가능성인 것이다. 앞서 미자가 한 말의 뉘앙스를 보면 그 가능성은 예쁜 여자를 의미했다.

"어떻게 그 책을 좀 빌릴 방법이 없을까요? 대표님과 친하시니까 잘 좀 말씀드려주시면."

"꿈 깨. 나도 아직 빌려본 적 없는 책이야. 저렇게 죽어라 끼고 있는 거 보면 모르겠어. 그러고 있으면 언젠가 그 책에서 그 여자가 튀어나오기라도 할까 봐 바보같이 여태 저러고 산다."

하소연 비슷하게 늘어놓던 미자는 쓸데없이 말이 길어졌다는 것을 깨닫고 헛기침을 했다.

"나 일해야 되니까 그만 가줄래. 현의 선배가 과거에 좋아했던 여자가 어떤 여자였는지 그렇게 알고 싶으면 직접 물어보던가. 그런데 정말 그러고 싶어?"

그러고 싶냐니? 그게 무슨 말인지 몰라 우필은 잠깐 의아해하다가 이내 꼬리 쳐보고 싶냐는 뜻이란 걸 깨닫고 더 할 말이 없어졌다. 오해예요, 하고 말한다 한들 미자가 믿어줄 것 같지도 않았고 굳이 오해를 풀어줄 필요를 느끼지도 않았다. 우필은 내일 박현의와 직접 이야기해보기로 했다.

*

그날 저녁 우필은 심한 감기를 앓았다. 밤새 열에 시달리며 어찌나 이리저리 뒤척였던지 아침에 일어났을 때 우필은 꼭 짠 채 말라 비틀어진 빨랫감처럼 녹초가 되어 있었다. 우필은 약국 가는 길에 공중전화로 사무실에 전화를 걸었다. 미자가 받았다. 우필은 편도가 부어 잘 나오지 않는 목소리로 상황을 설명했지만 그저 단순한 감기 가지고 뭘 그렇게 유난을 떠느냐, 설사 좀 아프다 한들 오후엔 나아질지 누가 알겠느냐, 어렵게 취업이 됐으면 성실한 태도를 보여라. 그러니 웬만하면 출근하라는 미자의 충고를 속사포로 들었다.

약을 먹고 한숨 자고 나니 미자의 말대로 상태가 호전되기는 했다. 열도 떨어지고 기침과 쇳소리가 섞이긴 했지만 목소리도 그럭저럭 나왔다. 이 상태로 녹음을 할 수 있을 것 같진 않았지만 박현의를 만나 이종희에 대해 물어볼 말도 있었으므로 시간 맞춰 사무실로 나갔다.

"몸도 안 좋은데 그냥 쉬지 뭐하러 나오셨어요? 오전에 전화하셨다면서요. 어차피 나와봐야 목소리 때문에 녹음하기 어려우니 굳이 나오실 필요 없다고 제가 다시 전화 드리려고 했는데 연락처가 있어야 말이죠. 신상명세서의 전화번호 난이 비어 있더군요."

"전화가 없어서요."

"이런, 제가 당장 놔드릴게요."

"아뇨. 됐어요. 그냥 안집 전화번호를 적어드릴게요. 대신 눈치
보이니까 꼭 필요하실 때만 전화 주세요."

"알았어요."

박현의는 눈썹을 모으며 웃더니 테이블 밑에서 뭔가를 부스럭
거리며 꺼냈다.

"참, 집에 갈 때 이거 가져가요. 혹시 오늘 못 나오시면 댁으로
직접 보내드리려고 했는데 잘됐네요."

박현의는 마치 깜빡했다는 듯 행동했지만 마음속으로는 꼭 주겠
다고 벼렀던 것이 틀림없는 봉투를 수줍게 내밀었다. 모과차와 레
몬버베나였다.

때마침 열려 있던 문을 통해 열심히 안을 엿보고 있던 미자의 표
정이 일그러졌다. 그러나 박현의는 우필만 쳐다보고 있었고 우필
은 뒤통수에 눈이 달리지 않은 까닭에 둘 다 미자의 시선을 알아차
리지 못했다.

"며칠 전에 어머니가 보내주신 건데요, 제가 신맛을 별로 즐기지
않아서요."

박현의는 본가에서 나와 따로 살고 있었다. 박현의가 대학에서
제적을 당하고 친구 집을 전전하고 경찰서를 들락거리던 시절 아
버지는 실망이 컸던지 하나뿐인 아들을 다시는 보지 않겠노라 선
언했다. 집에서 내쫓는 것으로 아들의 마음을 돌릴 작정이었지만
박현의는 순순히 나갔고, 아버지가 돌아가신 후에도 계속 혼자 살

았다. 그가 다시 집으로 돌아가지 못한 것은 어머니를 마주할 면목이 없었기 때문이었다. 박현의는 아버지의 죽음이 자기 탓이라고 여겼다.

아버지가 아들에게 가졌던 꿈과 박현의의 꿈은 달랐지만 아버지는 아들의 꿈이 틀렸다고 생각하지는 않았다. 그는 죽을 때까지 아들이 잘못되지 않도록 백방으로 손을 썼고 남몰래 뒤를 봐주었다. 그리고 종내에는 비영리단체를 설립한 아들에게 집과 재산을 물려주는 것으로 아들의 손을 들어주고 말았다. 내가 졌다. 너 하고 싶은 대로 해라. 어머니로부터 그 이야기를 나중에야 전해들은 박현의는 자신이 심리적으로 아버지를 밀러 죽였다는 죄책감에 시달렸다.

"고맙지만 괜찮아요."

"신경 쓰지 말고 가져가요. 집에 몇 통 더 있어요. 어머니가 꾸준히 챙겨 먹으라고 주기적으로 보내주시거든요."

우필은 마지못해 받았지만 감동을 해야 할지 부담을 느껴야 할지 애매했다.

"여쭤볼 게 있는데요, 이종희 씨와 아는 사이라고 들었어요."

"그냥 조금요."

우필은 박현의의 얼굴이 살짝 굳는 것을 보았다. 말하기 불편해하고 있다는 것을 알았지만 어쩔 수 없었다. 첫사랑과 여태 연락하고 살 것 같진 않지만 적어도 어디서 어떻게 사는지 정도는 틀림없이 알고 있을 것 같았다.

"이종희 씨를 좀 만나 뵙고 싶은데요."

"글쎄요……."

박현의는 말꼬리를 흐렸다.

"대표님은 그 책의 내용 중 일부가 좀 이상하다는 생각이 들지 않으세요? 이종희 씨는 칠 년 전에 저를 이미 알고 있었을 뿐 아니라 제게 무슨 일이 벌어질지도 미리 알고 있었던 것 같아요."

"종희가 미리 알았던 게 아니라 제가 그 책을 읽고 우필 씨를 녹음 작업에 끌어들이는 바람에 책에 있는 내용대로 된 거겠죠. 제가 처음 우필 씨를 뵀을 때 말씀드렸잖아요. 녹음 작업을 기획한 후 제일 먼저 우필 씨가 떠올랐다고요. 그래서 애초에 우필 씨 때문에 제가 이 일을 기획했던 건 아닐까 여겨지기까지 했다고 말입니다. 한 가지 확실한 건 제가 이 책에 등장하는 홍우필과 같은 이름의 당신을 만나지 못했더라면 이 녹음 작업은 시작하지 않았을 겁니다."

"대표님이 인위적으로 이 교묘한 우연의 일치를 만들었다는 말씀이시군요. 하지만 재곤과의 일은 확실히 이 책이 쓰이고 난 후 벌어진 일이에요."

"그 책에서 지재곤이란 이름은 등장조차 하지 않아요. 사건의 구체적인 내용도 전혀 언급되지 않고 있고요. 단지 아나운서라고만 했죠. 잘 생각해보세요. 우필 씨가 아나운서라는 단어 때문에 지재곤 씨를 떠올린 건 아닌지, 그러면서 자연스럽게 자신의 일이라 착각한 건 아닌지 말입니다. 그 책에는 그 사건에 대한 이야기가 끝까지 나오지 않아요. 아마 종희는 그 사건에 대해 아무것도 아는 게 없었을 거예요."

그렇게 따지면 감정이입이 지나친 거 아니냐는 미자의 비웃음이 전혀 틀린 말은 아니었다. 그러나 우필은 여전히 개운치 않았다.

"책을 좀 빌려주세요. 제가 직접 확인해보고 싶어요. 카세트테이프 열세 개분의 이야기가 남아 있다고 했어요."

박현의의 얼굴에서 미소가 사라졌다.

"책은 빌려드릴 수 없어요. 처음부터 그건 곤란하다고 분명히 말씀드렸는데요."

"어째서요?"

"그 이유는 지금 말씀드릴 수 없어요. 그냥 절 믿어주세요."

"계속 그렇게 말씀하시니까 더 수상하게 들려요. 그럼 우태주가 제 목소리를 듣고 느낀 증상은요? 이종희 씨는 제가 가진 목소리가 어떤 현상을 불러일으키는지 잘 알고 쓴 것 같았어요."

"솔직히 말씀드리자면 그 부분은 어쩌면 그럴지도 몰라요. 제가 우필 씨 목소리를 처음 들었을 때 충격을 받았던 건 종희 목소리하고 정말 비슷했기 때문이거든요."

"그렇다면 더더욱 그분을 직접 만나보고 싶어요."

"알았어요. 일단 먼저 그 책 녹음부터 끝냅시다. 그런 다음 만나게 해드릴게요. 지금은 만나게 해드리고 싶어도 그럴 수 없는 사정이 있어요. 어느 것도 시원하게 설명드리지 못하는 제 입장도 좀 이해해줘요. 그 책의 녹음이 끝나면 다 알게 될 거예요. 그보다 우필 씨 안색이 좋지 않아요. 식사하셨어요? 뭣 좀 먹읍시다. 그런 다음 제가 댁까지 바래다 드리죠."

박현의가 화제를 돌리며 먼저 자리에서 일어났다. 그러자 밖에서 지켜보고 있던 미자가 재빨리 들어오며 말했다.

"외출하시게요? 저녁 식사 약속 있잖아요? 차가 많이 밀려서 지금 움직여야 할 것 같은데요."

"아참 그렇지. 이거 미안해서 어쩌죠?"

박현의가 난처한 표정을 지으며 고민하는 기색을 드러내자 우필이 손을 내저으며 말했다.

"괜찮아요. 전 그만 가볼게요."

"그럼, 식사는 다음으로 미루고 일단 나갑시다. 제가 요 앞까지 만이라도 바래다 드릴 테니."

박현의가 우필의 뒤를 쫓아 나가려 하자 미자가 말했다.

"홍우필 씨는 제가 요 앞까지 바래다 드릴 테니 선배는 얼른 준비하세요. 이러다 늦겠어요."

"그럴래? 그럼 네가 따라 나가서 우필 씨에게 택시 좀 잡아줘. 미안해요. 우필 씨, 다음에 꼭 같이 저녁 식사 합시다."

박현의는 아쉬운 듯 고개를 숙여 인사를 했다. 대문 앞에서 우필은 미자에게 말했다.

"그만 들어가보세요. 혼자 갈 수 있어요."

"그래, 그만 가봐."

미자는 어차피 거기까지만 따라 나올 생각이었다는 듯 몸을 돌려 안으로 들어가버렸다.

집으로 돌아온 우필이 자기 방에 들어서자마자 주인집 아줌마가 문을 두드렸다.

"아가씨, 안에 있어? 전화 왔어. 나와서 전화 좀 받아봐."

사무실인가 생각했다가 주인집 전화번호를 미처 알려주지 못하고 그냥 나왔다는 것을 깨달았다.

"전화요? 아무에게도 전화번호를 가르쳐준 적이 없는데요."

"가르쳐주지도 않은 전화번호로 걸었겠어? 아가씨 요즘 연애해?"

"네?"

"젊은 남자던데. 웬만하면 전화 한 대 놔. 앞으로 얼마나 뻔질나게 전화를 해대겠어? 매번 바꿔주기도 그렇잖아."

우필은 주인집 거실 마루에 놓여 있는 전화기를 집어 들었다.

"여보세요!"

"여보세요? 우필이니? 나야."

목소리를 듣는 순간 우필은 잠깐 말문이 막혔다.

"뭐야? 이 자식? 왜 대답 안 해? 나 재곤이야. 너 듣고 있는 거지?"

"여기 전화번호 어떻게 알았어?"

우필은 마지못해 물었다.

"그건 중요하지 않아. 일단 좀 만나자."

앞뒤 설명 없이 다짜고짜 만나자고 말하는 재곤에게 우필은 회의적이었다.

"우리 이제 다시 만날 일 없잖아."

"오해하지 마. 그냥 좀 물어볼 게 있어서 그래."

재곤과 다시 예전처럼 지낼 수 있을 거란 기대는 하지 않았다. 끝난 것은 끝난 것이다. 다시 시작하고 싶지도 않았고 다시 시작하기에 둘 사이는, 아니 재곤에게는 우정이나 애정보다 더 끈질긴 시샘이 있었다. 서로 잘되라고 밀어줄 호의가 없으니 함께 있으면 나락으로 떨어질 뿐이었다.

재곤과 우필은 각기 고등학교 때 방송반에서 활동했는데 합동 방송제 행사를 통해 서로 알게 됐다. 음색의 탁월함은 이내 서로를 알아보게 했다. 재곤은 우필의 목소리가 가진 야릇한 몽환성에 반했다. 동시에 사람의 혼을 쏙 빼내 따라오게 만드는 그 기묘한 마력이 자신의 목소리에는 없다는 것을 깨닫고 좌절을 느꼈다.

"싫어. 바빠. 컨디션도 나쁘고."

"빼지 좀 마라. 바쁘긴 뭘 바빠, 넌 늘 한가하잖아. 내가 너의 자유를 얼마나 부러워하며 사는데."

예나 지금이나 재곤의 비꼬는 말투는 여전했다. 둘의 관계가 소원해지기 전에는 재곤의 말투에 가시가 있어도 아프지 않았다. 그러나 지금은 이미 상처를 입은 터라 조금만 스쳐도 거북했다.

법조계에 있는 아버지와 음대 교수인 어머니를 둔 유복한 재곤과 할머니뿐인 빈곤한 가정에서 자란 우필은 가족 구성원뿐 아니라 집안 형편까지 큰 격차를 가지고 있었다. 재곤은 우필의 결핍을 농담처럼 에둘러 자주 비웃곤 했다. 물론 고의였다. 좋아하는 소녀를 괴롭히는 걸로 마음을 표현할 수밖에 없는 어린 소년의 습성을 재곤은 끝까지 버리지 못했다. 또한 모든 것을 가지고 있었지만 유일하게 갖지 못한 것을 우필이 갖고 있는 것에 부아를 냈다. 그는 우필을 질투하면서 한편으로는 미치도록 끌렸는데 그 모순된 감정 때문에 더더욱 빈정대기를 멈추지 않았다.

"도대체 컨디션이 어떤데? 목소리 들어보니까 감기 걸린 것 같은데 중병에 걸린 것도 아니잖아."

"목소리가 망가지면 중병이야."

수화기가 폭격을 맞은 것처럼 재곤이 웃어댔다.

"그런 말은 나처럼 목소리가 생명인 직업에 종사해야 할 수 있는 말이야. 좋아, 네가 중병에 걸렸다니 내가 그쪽으로 찾아갈게. 좀 보자."

"그럴 시간 없을 텐데, 방송 스케줄이 바쁘잖아."

"그렇게 바쁜 내가 너한테 맞춰준다니까. 어차피 너 지금 할 일 없잖아."

재곤은 대단한 은혜라도 베푸는 것처럼 말했다. 예전에 재곤이 이렇게 나오면 우필은 늘 양보했다. 매사에 엄마의 허락을 받아야 하거나 과외 시각을 고려해야 하는 등 제약이 많았던 재곤의 입장을 헤아린 것이다. 그러나 이번에는 그러지 않을 것이다.

"나도 내 일이 있어. 바빠."

우필은 단호하게 거절했다. 내 일이 어떤 일인지 설명할 생각은 없었다. 우필은 그저 재곤에게 휘둘리기 싫었을 뿐이었다.

"일? 요즘 무슨 일 하는데 그렇게 바빠? 너무 무리하는 거 아냐?"

역시 빈정거리는 말투였다. 일도 없으면서 있는 척하지 마. 나하고 비교하려고 들지 말라고. 너와 내가 똑같다고 생각해? 넌 나를 이길 수 없어. 이겨서도 안 되고. 상대에 대한 애정이 남아 있다 해도 이미 상대를 질투하게 된 후에는 이렇게 표현할 수밖에 없었다. 재곤의 진심이 무엇이건 간에 말이다.

목소리로 사람의 관심을 끄는 일만큼은 절대 우필을 이길 수 없다는 것을 깨닫고 난 후, 재곤은 우필의 목소리를 적으로 삼았다. 우필의 목소리가 무슨 짓을 벌이건 사람들 입에 오르내리는 것은 우필의 목소리뿐이었다. 재곤도 알고 있었다. 우필의 목소리가 무슨 짓을 저지르기 때문에 사람들 입에 오르내린다는 것을. 자신의 목소리는 아무 짓도 저지르지 않기 때문에 사람들 입에 오르내리지 않는다는 것도.

"어쨌든 좀 보자. 우리 한참이나 못 봤잖아. 무슨 일을 하는지는 모르겠지만 나만큼 바쁜 건 아닐 거 아냐."

"어쨌든 싫어."

"아직도 그 일 때문에 그래? 난 다 잊었는데."

"나도 잊었어."

정말로 잊은 건 아니었다. 앞으로 잊어가겠다는 뜻이었다. 현재의 말속에는 언제나 암시가 담겨 있는 법이다. 미래에는 그랬으면 하고 바라는 희망이거나 그렇게 하고야 말겠다는 결심이다.

"좋아, 솔직히 털어놓을게. 실은 그 일 때문에 보자는 거야. 네가 그렸던 그 여우 발자국에 대해 물어볼 게 있어. 내가 그것 때문에 요즘 좀 이상한 일을 당하고 있거든."

우필은 잠자코 있었다.

"그러지 말고 좀 도와줘. 예전에 언제였더라? 네가 고등학교 수학여행을 다녀오고 난 후였지 아마. 그때 네가 겪었던 그 이상한 일을 난 이상하지 않은 얼굴로 들어줬어. 이번엔 네 차례야. 지금 내가 겪고 있는 이상한 일을 이상하지 않은 얼굴로 들어줄 사람은 너뿐이야."

10

1970년 가을, 고등학교 1학년 때 우필은 수학여행지였던 고령에서 기묘한 사건을 겪었다. 그 사건의 진위는 여태 밝혀내지 못했지만 대강의 전말은 이러했다.

숙소에서 자고 있던 이승명이란 여학생이 한밤중에 주섬주섬 일어나더니 몽유병 환자처럼 밖으로 나갔다. 다행히 그때 승명 곁에서 자고 있던 잠귀 밝은 친구가 이상한 낌새를 느끼고 쫓아 나갔다. 더욱 다행한 것은 그 친구가 흔히 공포 영화나 소설에 등장하듯 혼자 승명을 따라가지 않고 옆 자리의 다른 친구를 깨워 함께 움직였다는 것이다.

승명이 어두운 시골길을 허위허위 걸어 둑 앞에 이르기까지 두 친구는 정신없이 뒤따랐다. 누구도 승명을 불러 세우지 못했다. 무륜과 허리를 구부린 요상한 자세로 뭔가에 홀린 듯 맨발로 걸어가는 승명의 뒷모습이 괴괴한 밤 풍경 속에서 뭐라 형언할 수 없는 불가침의 고요를 강요했기 때문이었다.

본래 시골의 밤은 온갖 자연의 소리가 혼재한다. 두 친구는 눈앞에서 벌어지고 있는 상황이 뭔가 현실과 어울리지 않는다는 기괴한 불편함을 느꼈는데 그 이유가 이상하리만치 아무 소리도 들리지 않는 적막 때문이라는 사실을 곧 깨달았다. 두 친구는 나중에 그때 상황을 이렇게 증언했다.

"겁이 나서 승명의 이름을 부를 수가 없었어요. 우리가 소리치면 뭔가 어그러져 깨질 것 같은 아슬아슬하고 끼림칙한 분위기였거든요. 그런데 어디선가 승명아, 하고 부르는 거예요. 아유, 지금도 생생하게 기억나요. 목소리는 저 앞쪽에서 들려왔는데 주위가 너무 조용해서 그런지 아주 선명하게 들렸죠. 우필이었어요. 우필이 승명의 이름을 계속 부르더라고요."

"맞아요, 저도 들었어요. 틀림없이 우필의 목소리였어요."

"그래서 제가 우필이니? 하고 물어보려는데 갑자기 얘가 내 옷을 잡아당기며 입 다물라고 고개를 젓는 거예요. 그리곤 저한테 속삭였죠. 좀 이상하지 않아? 하고."

"그게 왜 그랬냐면요, 우리가 승명을 쫓아 나올 때 우필은 자고 있었거든요. 그런데 어떻게 우리보다 앞에 있을 수 있나 싶은 생각이 들더라고요. 게다가 아무리 둘러봐도 우필은 보이지 않았어요.

그냥 목소리뿐이었다고요. 갑자기 무서워졌어요. 왜 그런지 모르겠지만 그 순간 그 목소리에 말을 걸면 안 될 것 같은 예감이 들었어요."

"그다음부터 학교에서 우필이 우리 이름을 부를 때마다 어찌나 섬뜩하던지 심장이 덜컥덜컥 내려앉더라고요. 그래서 다시는 네 목소리로 우리 이름을 부르지 말라고 부탁까지 했다니까요."

때문에 당시 두 친구는 그저 침묵하고 쫓아가는 수밖에 없었다. 그렇게 이상한 압박감에 짓눌린 채 일단 승명을 따라잡기는 했지만 감히 나설 수 없어 바라보기만 하고 있는데 갑자기 승명을 부르는 우필의 목소리가 뚝 끊겼다. 둑 위에 서 있던 승명도 자신을 부르는 목소리가 들리지 않자 사방으로 고개를 두리번거렸다. 우필의 목소리는 이내 땅을 울리며 되돌아왔다.

"승명아!"

이름을 불린 승명이 고개를 숙이는가 싶더니 순식간에 둑 아래로 떨어졌다. 지켜보던 두 친구가 소리를 지르며 반사적으로 달려나갔다. 그때 그 장면을 목격했던 두 친구는 마치 눈앞의 풍경이 종이처럼 북 찢어지는 것 같은 착각을 일으켰다고 말했다.

대략 4미터 높이의 둑 위에서 빼곡하게 자라난 잡풀 더미 속으로 풀썩 떨어진 승명은 비명 한마디, 신음 한 조각 없이 사라졌다. 한 친구가 그곳에 남아서 계속 승명을 찾는 동안 다른 친구는 곧장 숙소로 달려가 선생님들을 깨웠다. 날이 밝자 선생과 학생들뿐 아니라 동네 주민들까지 나서서 수색을 벌였지만 땅으로 꺼졌는지 파도처럼 나대는 풀숲 바람에 쓸려 가버렸는지 이후로 두 번 다시 승명을 볼 수 없었다.

그 사건은 삽시간에 학교 전체에 퍼졌다. 학생들은 승명을 둑 아래로 잡아당긴 목소리에 대해 떠들어댔다. 그게 정말 우필이 목소리였대? 우필과 비슷한 목소리를 가진 누구 다른 사람이었을지도 모르잖아. 아님 고의로 누가 우필의 목소리를 흉내 냈을 수도 있고. 그러나 우필의 목소리를 들어본 적이 있는 사람이라면 누구나 알고 있었다. 우필과 비슷한 목소리를 가진 사람도 없거니와 우필의 목소리를 흉내 내는 것도 불가능하다는 것을. 가끔 바람이니 자연의 특정 현상이 인간의 언어를 흉내 낼 때도 있다지만 특정 인물의 목소리를 똑같이 흉내 낼 수는 없는 법이다.

우필이 그 시각에 숙소에서 자고 있었던 것을 당시 한방에 있던 학생들 모두 증명했다. 그럼에도 우필의 목소리를 분명히 들었다는 학생이 하나도 아니고 둘이나 있었다. 사람들은 우필이 자고 있었다는 학생들의 말도 믿었고 우필의 목소리를 들었다는 두 학생의 말도 믿지 않을 수 없었다. 그렇다면 우필과 상관없이 우필의 목소리가 단독으로 저지른 짓이라고밖에 설명할 길이 없어진다.

승명은 우필의 단짝 친구였다. 하지만 수학여행을 갔을 당시 승명은 우필과 말 한마디 나누지 않았고 다른 친구들과 어울렸다. 무슨 일이 있었는지 주변 친구들의 말을 들어보자.

"일방적으로 승명이 우필을 멀리했죠. 좀 겁난다고 했어요. 우필이 아니라 우필의 목소리가요."

"우필이 소리 내어 읽는 것을 실제로 보게 되는 경우가 간혹 있었어요. 우리끼리는 그냥 신기하고 재미있는 일이었을 뿐 심각하게 생각해본 적은 없었어요. 다들 착각이려니 여기고 넘어갔거든요. 그런데 승명이 그렇게 된 걸 보니 착각이 아니었을지도 모른다는 생각이 드네요."

"우필이 학교 봄 축제에서 공연할 「박씨부인전」 연극 준비를 하느라 대본을 읽고 있었거든요. 우필이 연극반은 아니었고요, 방송반이라 목소리가 좋아서 끼워준 거예요. 거기다 추물인 박씨 부인이 나중에 허물을 벗고 선녀처럼 예뻐지잖아요. 그 역이 딱 우필인 거예요. 우필이 워낙 예뻤거든요. 근처 남학교 학생들도 보러 올 텐데 개네들 입에서 으아, 하는 탄성이 터져 나오도록 만들고 싶었어요. 그런데 우필이 한창 대사를 읽고 있을 때 우리가 뭘 본 줄 아세요? 조선 시대 복색을 한 낯선 여자의 뒤통수였어요. 처음엔 귀신을 본 줄 알았다니까요. 지금 생각해도 으스스하네요."

"우필의 목소리는 우리에게 이상한 것을 보게 해요. 아마 단체로 최면에 걸렸던 것일지도 모르죠. 개 목소리가 좀 그랬거든요. 어쨌든 우필은 결국 그 연극에 참가하지 못했어요."

"우린 계속 착각이겠거니 여겼지만 승명이 슬슬 겁을 먹기 시작했어요. 그때 뭐였더라? 승명이 들고 다니던 미술책에 나오는 그림

말이야. 좀 비싸 보이던 미술책이었는데, 승명은 나중에 미술 선생님이 되고 싶다고 했거든요. 아무튼 그 미술책에 나오는 어떤 그림의 해설을 우필이 읽었는데, 갑자기 벌거벗은 남자가⋯⋯."

"아, 생각났다. 스핑크스의 수수께끼를 푸는 오이디푸스."

"오이디푸스인지 누군지 모르겠지만 하여간 벌거벗은 남자가 우리 눈앞에 떡하니 등장한 거예요. 얼마나 놀랐는지 선생님을 부르고 난리도 아니었죠. 벌거벗은 남자가 나타났다는 말에 남자 선생님들이 허겁지겁 달려왔는데 이미 상황 종료였죠. 선생님은 우리가 짜고 놀렸다고 오해하셨어요."

한번 시작된 여학생들의 이야기는 그칠 줄 모르고 쏟아진다. 가만히 듣고 있자니 하도 황당해서 이게 진짜 목격담인지, 허풍인지 도무지 분간이 가지 않는다. 그래도 그냥 참고 들어보자.

"아, 그리고 이런 일도 있었어요. 우리끼리 돌려보던 만화책이 있었는데요, 현대에 살던 우리 또래 소녀가 시공을 초월해 고대 이집트의 파라오 이크나톤과 연애하는 이야기였어요. 우필이 거기 대사들을 읽으며 흉내를 냈거든요. 그런데 갑자기 그 주인공 여자애가 눈을 데굴데굴 굴리는 거예요. 입술도 꿈틀거렸고요. 나만 본 게 아니에요. 듣고 있던 다른 친구들도 함께 보고 놀랐죠."

"계속 읽었으면 손을 내밀었을지도 몰라요. 사실 그 컷에는 얼굴 표정만 그려져 있고 손은 없었지만 누가 알겠어요? 그대로 만화책 밖으로 튀어나왔을지. 그런데 지금 생각해보니 참 이상하네요. 여태 우린 그것들을 왜 착각이라고만 여겼을까요?"

말도 많고 탈도 많은 학창 시절이 아닌가. 야, 봤어? 방금 움직인 것 같지 않았어? 맞아, 맞아! 다시 읽어봐. 또 그렇게 보이는지 보게. 이거 되게 신기하고 재밌다. 이런 식의 왁자한 소동이었겠지. 이 모든 목격담은 유관순 얼굴에 숨겨진 열두 가지 비밀처럼 그저 한때 학생들의 마음을 떨게 할 이야깃거리가 됐다가 곧 그랬더라는 근거 없는 소문으로 묻힐 운명이었다. 승명의 일만 터지지 않았다면 말이다. 어떤 이야기는 사람들 입에 오르내리다 사라지고 어떤 이야기는 진짜가 된다. 진짜 이야기가 되려면 승명의 일과 같은 계기가 필요한 법이다.

우필의 목소리가 실제로 활자를 살려내는 기적의 목소리인지, 혹은 우리 뇌의 측두엽을 자극해 환각을 만들어내는 효과를 가졌던 것인지는 알 수 없다. 어쨌건 우필의 목소리에 마술적인 구석이 있었던 것은 확실했다. 하지만 예외도 있었다.

"예전에 죽은 유명한 사람의 사진이 실린 잡지 같은 걸 읽었을 때는 아무도 착각한 사람이 없었어요."

그러니까 우필의 목소리가 살려낼 수 있는 것은 가상의 허구뿐이라는 뜻이었다. 예를 들어 조선 시대 소설 속 인물은 등장시킬 수 있지만 세종대왕은 불러올 수 없는 것이다. 아쉽게도. 「박씨부인전」에 등장하는 이시백은 인조반정의 공신이며 병자호란 때 병조참판을 지낸 실존 인물이다. 그러나 그 부인은 박씨 부인이 아니고 윤씨 부인이었다.

하긴 실존 인물을 불러오게 되면 복잡해진다. 그 부분은 옛날부터 지금까지 언제나 불변의 접근 금지 영역이었다. 궤도를 유지하기 위해서는 우연과 필연 중 어느 것도 건드려서는 안 된다. 『타임 패트롤』의 시간 여행자도 역사에 개입하는 것은 불법이었다. 간섭할 수 있는 경우는 단 하나, 현실이 잘못됐을 때 바로잡는 것이다. 잘못이라 판단하는 기준은 이미 지난 과거로 인해 결과가 도출되어 있고 그 결과 위에 존재하는 현실이다.

"수학여행지에서 그런 일이 벌어지고 나니까 승명이 왜 우필을 부서워했는지 알 것 같아요. 실은 승명이 죽기 전에 그린 그림이 있어요. 백일장 때 최우수상을 받은 그림인데요, 본관 로비에 가면 아직 붙어 있을 거예요. 거기 전시된 것을 보고 우필이 승명에게 축하한다며 그 그림의 제목을 소리 내어 읽어준 적이 있었어요. 그런데 그 그림 제목이 뭐였는지 아세요? '누군가 나를 부른다'예요. 오싹하죠? 무슨 말인지 아시겠어요? 우필이 읽은 그대로 이루어진 거예요. 우필은 그때 무슨 생각으로 그걸 읽었을까요?"

물론 우필은 그런 결과를 초래할 줄 모르고 아무 생각 없이 읽었다.

"와, 승명아, 네 그림 붙었다. 누군가 나를 부른다? 제목 특이하네. 누가 널 부르는데?"

아마 승명은 장난삼아 이렇게 대꾸했을지도 모르겠다.

"그야 너지."

그때까지도 우필은 자기 목소리가 특별하다는 것은 알고 있었지만 무슨 짓을 저지를 줄은 몰랐다. 이제 우필은 정확히 알게 됐다. 모두를 매혹시켰던 자신의 목소리가 사람을 해칠 수도 있다는 것을. 할머니는 말했다. 어디서 온지 모를 겁나는 잡년이 사람 잡아먹었다고. 승명의 부모님이 학교로 찾아와 우필에게 어떻게 된 일이냐고 따지며 눈물로 원망했다. 선생님과 친구들이 우필을 다른 눈으로 보기 시작했다. 우필은 결국 학교를 그만둘 수밖에 없었다. 더불어 우필이 잠시나마 품어왔던 꿈도 버려야 했다.

*

우필이 중학교 3학년이던 1969년 무더운 어느 여름날이었다. 극장 간판에 그려진 것보다 훨씬 못생긴 남자 가수를 대동한 불우이웃돕기단체가 우필의 집을 방문했다. 여기다, 이 집이래. 어디? 좀 보자. 야, 동네 사람들 말대로 진짜 예쁜 학생이네. 카메라 잘 받겠어. 한증막처럼 덥고 습하고 좁은 방 안에서 카메라 플래시가 번쩍거렸다. 자선 공연 홍보에 사용할 영상을 찍느라 촬영 필름도 돌아가고 있었다. 그 남자 가수는 비질비질 흐르는 땀을 닦으면서도 연신 미소를 지었다. 그는 우필에게 과자와 문구 용품을 한 보따리 안겨주며 오빠라고 부를 것을 요구했다. 그리곤 물었다.

"할머니랑 사는 게 어때?"

우필은 대답하지 않았다. 어떠냐고요? 죽을 맛이에요. 할머니는 국민학교만 졸업하고 나에게 식모를 하건 공장을 다니건 돈을 벌어오라고 했어요. 6학년 때 담임선생님이 저 대신 할머니를 어렵게 설득시켰죠. 선생님 도움으로 중학교에 진학해 지금까지 다니고 있지만 할머니는 아직도 입만 여시면 학교를 그만두래요. 전 어떻게 해서든 고등학교에 가고 말 거예요. 그다음엔 대학도 갈 거고요. 할머니는 제가 욕심 많고 이기적이고 제대로 된 밥값도 하지 않는 배은망덕한 년이래요. 하지만 선생님께서는 포기하지 말고 악착같이 공부하라고 하셨어요.

하지만 우필은 악착같이 공부하지 못했다. 우필은 고등학교를 그만둔 뒤 자신이 의지하던 선생님을 다시 뵐 면목이 없어 여태 연락을 끊고 살았다. 이후로 우필은 도움의 손길을 구할 자신이 없어져버렸다.

"우리 우필이 소원이 뭐니?"

우필은 대답하지 않았다. 제 소원이 뭐냐면요, 할머니가 절 놔주는 거예요.

"괜찮아, 말해봐. 소원이 뭐야?"

가수 오빠는 총기 없는 흐릿한 눈빛으로 재차 물었다. 우필은 여전히 잠자코 있었다.

"우리 우필이는 엄마 아빠 보고 싶지 않아?"

촬영 콘셉트는 일찍 부모와 이별한 그 남자 가수가 동병상련의 대상에게 사랑을 베푸는 모습이었다. 한국전쟁으로 부모를 잃은 그 남자 가수는 이번 여름 자선 공연 수익금 전액을 고아들에게 기부하겠다고 말했다. 그러므로 가수 오빠의 질문을 받은 우필은 부모를 그리워하는 가슴 뭉클한 모습을 보여야 했다. 그러나 우필은 절대 그 말을 하지 않을 생각이었고 끝까지 말하지 않았다. 왜냐하면 우필의 부모는 여기 눈앞에 있는 가수 오빠의 부모처럼 전쟁으로 잃은 게 아니라 그냥 집을 나갔기 때문이었다. 불가항력적인 죽음과 제 발로 결정한 죽음은 달랐다.

할머니가 우필의 등을 남몰래 쿡 찔렀다. 우필은 할머니의 강압적인 표정을 보았다. 얼른 그렇다고 대답해. 그럼 저 사람들이 너에게 맛있는 것을 줄 거야. 어쩌면 돈을 줄 수도 있지. 우필은 할머니가 어떤 사람인지 잘 알고 있었다. 할머니는 노골적으로 이들이 가져온 생필품과 과자들을 기뻐했다. 할머니는 나이가 들수록 단것에 집착했다. 그러나 우필은 그들이 쥐어준 봉지들이 비참했다. 우필은 원망 가득한 시선으로 할머니를 바라보았다. 할머니는 좋다고 입이 귀에 걸려 있었으나 우필을 바라보는 시선은 차갑고 매서웠다. 할머니는 우필을 친손녀로 여기지 않았다. 할머니는 우필을 겁나는 잡년이라고 불렀는데 왜 겁나는지는 말한 적 없었다. 겁나는데도 불구하고 할머니는 막무가내로 우필을 붙잡고 살았다. 할머니가 우필의 무엇을 가리켜 겁나는 것이라고 말했는지는 몰라도 세상에 피붙이 없이 혼자 남겨지는 것보다 더 겁나는 것은 없었기 때문이었다.

우필의 아버지는 전쟁이 나고 징병이 무서워 집을 나갔다가 실종됐다. 전쟁 통에 이미 어느 흙 속에 파묻혀 백골이 되어버렸을 것이다. 그런데 이상한 일이 벌어졌다. 전쟁이 끝나고 아들은 돌아오지 않았는데 며느리가 덜컥 임신을 한 것이다. 죽었는지 살았는지 알 수 없는 아들의 자식이란다. 어느 놈 씨야? 할머니는 노발대발했다. 할머니의 구저분하고 살벌한 악다구니와 등쌀에 며느리는 결국 우필을 낳고 집을 나갔다. 할머니는 그런 아들 내외를 모두 싸잡아 전생으로 죽었다고 말하곤 했다. 둘 중 누구도 죽었다고 말할 수 없었지만 죽은 것과 같으니 죽은 셈 친 것이다.

며느리는 필사적으로 남편의 아이라고 말했지만 아무도 믿지 않았다. 물론 그녀는 살아 있는 남편은커녕 남편의 귀신도 만난 적이 없었고 남편이 등장하는 꿈조차 꿔본 적이 없었다. 그러나 그녀는 남편이 아닌 누구와도 잔 적이 없었기에(물론 함께 잠자리에 들었던 때가 좀 오래되긴 했지만) 뱃속의 아이가 남편의 아이라고 믿을 수밖에 없었다.

사람들은 며느리가 죽을 자리를 찾아 나선 거라고 말했다. 아마 그녀는 갓 태어난 딸 앞에서 죽을 수 없었거나, 자신의 결백에도 나중에 사람들이 딸 앞에서 자신을 손가락질할 것이 두려웠거나, 자신도 이해할 수 없는 방식으로 생겨난 딸이 무서웠을지도 모른다.

사람들이 번갈아 가며 우필에게 대답을 강요했다. 어떻게든 아이의 앙금을 건드려 감정을 터뜨려보려고 애썼다. 우필이 끝까지 묵묵부답이자 그들은 본격적으로 설득하기 시작했다.

"오늘 찍은 이 방송을 통해 어딘가 살아 계실 부모님이 우필을 보게 될 수도 있어. 그럼 지금 우필이 하는 말을 듣고 찾아올지도 모르잖니? 엄마 아빠한테 하고 싶은 말 있으면 지금 해볼래?"

우필은 꿈쩍도 하지 않았다. 우필은 고개를 저었다. 할 말이 없던 건 아니었지만 아무 말도 할 수 없었다. 목소리를 내는 순간 울음이 터질 테니까, 짐승처럼 목 놓아 울 테니까. 날 그냥 내버려둬요. 난 매일 누군가 날 찾아오길 기다려요. 하지만 그게 꼭 엄마 아빠가 아니어도 상관없어요. 더 솔직히 말해줄까요. 할머니에게서 날 데리고 가줄 사람이라면 누구라도 좋아요. 할머니만 아니면 된다고요.

"애, 고집 대단하네. 어린애도 아니고 말귀 다 알아들었잖아. 네 얼굴 반반하단 소리 듣고 일부러 찾아왔는데 자꾸 이럴래. 네가 눈물을 흘려주면 근사한 장면이 될 거라고. 우리 바쁜 사람들이야. 그러니까 시간 끌지 말자. 너, 정말 뭐라고 말해야 할지 몰라?"

카메라가 잡지 않는 틈을 타서 가수 오빠가 우필에게 나무라듯 말했다.

"그냥 엄마 아빠가 너무 보고 싶다고 말해. 사실 그렇잖아?"

입을 앙다물고 방바닥만 뚫어져라 쳐다보던 우필이 대답했다.

"아뇨, 보고 싶지 않아요. 누군지 잘 몰라요. 어차피 그 사람들은 죽었을 거예요. 살아 있다 해도 텔레비전 같은 건 갖고 있지 않을 테고 여기도 텔레비전은 없어요. 봐주지도 들어주지도 못할 사람들에게 내가 왜 그런 이야기를 해야 하죠?"

할머니의 얼굴이 뾰족하게 일그러졌다. 사람들이 서로 시선을 교환하며 고개를 저었다. 그들 중 한 사람이 말했다.

"그런데 너 말이야, 목소리가 참 좋구나."

"그러게요. 이렇게 좋은 목소리를 가지고 왜 여태 입을 꾹 다물고 있었데?"

"애야, 너 나중에 크면 방송국에 시험 보러 와라."

그들은 결국 우필에게서 원하는 답을 듣지 못했다. 그날 밤 우필은 눈이 부시도록 하얗게 빛나는 조명 아래 흙을 뚫고 싹을 틔우려고 미친 듯 몸부림치는 핑크빛 씨앗 꿈을 꿨다.

그러나 단짝 친구 승명을 잃으면서 우필은 그 꿈을 버려야 했다. 자신이 잠들어 있던 사이 몰래 친구를 꾀어내 어딘가로 보내버린 목소리였다. 어디서 왔는지 알 수 없는 그 목소리는 언젠가 자신도 어딘가로 보내버릴지 몰랐다. 그러므로 입을 꾹꾹 다물고 있어야 했다. 사람들이 자신의 목소리를 듣지 못하도록.

11

카페 출입문을 잠그고 2층으로 올라가는 계단에서 무심코 시선을 던진 곳에 낯선 발자국들이 찍혀 있었다. 번개 같은 섬광이 머리를 뚫고 지나갔다. 잘랑잘랑 은은하게 울리던 출입문 방울 소리가 사라지고 적막이 감돌았다. 멈춰 서서 사방을 둘러보았다. 건물 안을 맴도는 고적하고 서늘한 밤기운. 괜스레 쭈뼛해졌다. 다가가 살펴보니 얼마 전 옷걸이 주변에 찍혔던 정체불명의 발자국과는 모양이 달랐다. 그때 그 발자국은 결국 아무에게도 보여줄 수 없었다. 아침에 일어나 내려가 봤더니 발자국 같은 건 어디에도 없었다. 그럴 줄 알았으면 진작 사진으로라도 찍어두는 건데.

혹시나 싶어 발끝으로 슬며시 발자국들을 지워보려 했다. 역시 그때 그 옷걸이 주변에 찍혀 있던 발자국들처럼 지워지지 않았다.

이 발자국들도 시간이 지나 아침이 오면 저녁의 그림자를 지우고, 저녁이 오면 아침의 그림자를 지우듯 그렇게 서서히 사라질 것이 틀림없었다.

그런데 가만 보니 이 발자국들은 눈에 익었다. 노라가 준 스케치의 발자국과 모양이 같았다. 여우 발자국이다. 들개나 도둑고양이라면 몰라도 요즘 세상에 밤중이라 해도 사람 사는 동네를 다니는 여우가 어딨나? 그럼? 이 여우 발자국은 그 스케치 속에서 걸어 나온 여우 발자국인가? 아니 잠깐, 지금 내가 무슨 생각을 하고 있는 거야? 아무래도 머리가 어떻게 된 모양이다.

이 발자국도 이곳을 들락거리는 그 수상한 발자국들 중 하나일 것이다. 이렇게 정신을 빼놓고 있다가 또 흔적을 놓치겠다 싶어 나는 휴대전화를 꺼냈다. 발자국을 따라가며 이리저리 찍다 보니 2층 현관문 앞에서 끊겼다. 나는 멍한 기분으로 현관문을 쳐다보았다. 이게 설마 집 안으로 들어간 건 아니겠지?

갑자기 2층 현관문이 벌컥 열리더니 노라가 내다보며 물었다.

"왜 계단에서 어정거리고 있어요? 가게 정리 끝났으면 얼른 들어오지."

"너, 잠깐 나와서 이것 좀 볼래."

노라는 슬리퍼를 대충 꿰어 신고 밖으로 나왔다.

"뭐예요? 이 얼룩들은?"

"여우 발자국이야."

"요즘 세상에 무슨 여우 발자국? 여기가 숲 속의 오두막도 아니고. 그냥 떠돌이 개 발자국이겠지."

"아냐, 여우 발자국이 맞아. 그보다 잘 봐봐, 뭔가 이상하지? 이 발자국은 어딘가에 투영된 그림자처럼 만져지지도 지워지지도 않아."

나는 발끝으로 발자국을 쓱 문질러 보여줬다.

"별게 다 이상하다. 세상에 그런 얼룩들이 어디 한두 개겠어요? 정 걱정되면 경찰에 신고하던가. 그런데 뭐라고 말해야 할지 참 애매하겠네. 여우가 우리 집 귀금속을 노리고 있어요?"

노라는 나만큼 심각하지 않았다. 이런 해괴한 현상도 얼마든지 농담으로 퉁겨낼 수 있는 저 또래 아이들의 냉소적인 측면을 충분히 알면서도 맥이 빠졌다.

"안 들어올 거예요?"

"그래, 들어가자" 하고 말했다가 흠칫 놀라 멈춰 섰다.

"왜 그래요?"

노라가 물었다.

"아니야. 먼저 들어가 있어."

나는 돌아서서 계단을 내려가 건물 밖으로 나갔다. 출입문 앞에 붙여놓은 경고가 눈에 들어왔다.

'사람의 것이 아닌 발자국이 보이는지 먼저 살펴주세요. 절대 발자국을 따라 들어오시면 안 됩니다. 발자국이 보이지 않을 때

만 들어오세요. 손님뿐 아니라 카페 직원 관계자분들도 주의해
주세요. 예외는 없습니다.'

그러니 어쩌랴. 나는 여우 발자국이 없는 출입문에서부터 다시
계단을 올라갔다. 내가 여우 발자국을 발견했던 2층 계단에 이르
렀을 때는 아예 천장만 바라보았다. 한심한 짓이라고 생각했지만
신경이 쓰이니 별수 없었다.

방으로 돌아온 나는 한심한 짓을 하나 더 했다. 여우 발자국 스
케치를 꺼내 거기 발자국이 멀쩡하게 잘 있는지 확인까지 했던 것
이다. 그런데 스케치를 들여다보다가 한 가지 희한한 사실을 발견
했다. 이게 어떻게 된 조화인지 스케치 속의 여우 발자국은 내가 계
단에서 본 여우 발자국을 그대로 스케치해놓은 것처럼 보폭과 족
적까지 완전히 똑같았다.

엄마의 말대로 이 여우 발자국 스케치는 내가 풀어야 할 수수
께끼가 분명했다. 도대체 엄마가 내게 이 여우 발자국에 대해 무
슨 이야기를 해줬지? 기억을 더듬는데 불현듯 엄마의 목소리가 떠
올랐다. 내가 말이야, 어릴 때 여우 발자국을 따라갔던 적이 있었
어……. 홍우필의 이야기처럼 엄마도 틀림없이 그렇게 시작하는
이야기를 해준 적이 있었다. 그래, 기억났다. 엄마가 물었다. 여우
발자국을 따라가면 어떻게 되는지 알아? 하고. 나는 그때 속으로
생각했었다. 여우에게 홀리지. 엄마는 빙그레 웃으며 답을 말해주

었다. 여우 발자국을 남긴 바로 그 사람을 만나게 돼.

그 사람이 누군지 말해줬던가? 아무리 애를 써도 여기서 더 기억이 나지 않는 걸 보니 그 이야기도 엄마의 하다 만 다른 이야기들처럼 끝을 맺지 못했던 모양이다.

*

파출소에 발자국에 대해 신고하는 것은 포기했다.

"신고해 봤자예요."

윤원이 말했다.

"원래 이상한 발자국을 남기는 사람들이 나타나곤 하는 뒤숭숭한 건물로 소문나 있잖아요. 그동안 그치들도 얼마나 많은 신고를 받았겠어요? 귀찮아 할걸요. 어차피 뾰족한 해결 방안이 있는 것도 아니고, 오히려 형이 그치들에게 한소리 들을 거예요. 소문을 모르고 매입한 것도 아니면서 우리보고 어쩌란 말이냐? 우리로선 어떻게 해줄 방법이 없다. 그리곤 이렇게 권할지도 몰라요. 퇴역 해병이라도 초빙해보시던가요. 우린 귀신을 잡아본 적이 없어서요."

오후에 잠깐 물건을 사러 나갔다 돌아와 보니 소정이 빈 테이블 앞에 서 있었다. 구멍창을 통해 들어온 노르께한 빛이 소정의 머리 위를 어슬어슬 비추고 있었다.

"소정아, 거기 서서 뭐해? 허공 씨에게 뭐 드시고 싶냐고 묻는 거야?"

서서 졸고 있기라도 했던 것처럼 소정은 내 목소리를 듣고 퍼뜩 깨어난 표정으로 눈을 끔뻑이더니 말했다.

"어라? 여기 손님 어디 가셨지?"

"원래 빈 테이블이었는데?"

"방금까지 분명히…… 아냐, 됐어."

소정은 돌아서며 투덜거렸다.

"내가 뭘 착각했나 봐. 나, 아무래도 자기한테 전염된 것 같아. 어, 자기야, 왜 그래? 뭐 잘못됐어?"

내 시선은 소정이 서 있던 테이블 아래 박혀 있었다. 거기 수상 쩍은 발자국들이 보였다. 옷걸이 아래 찍혀 있던 발자국도, 어젯밤 내가 본 여우 발자국도 아닌 또 다른 발자국이었다. 본격적으로 발자국들이 등장하자 슬슬 불안해지기 시작했다. 하나가 아니라는 것은 이미 알고 있었다. 그들이 나보다 먼저 이곳을 차지하고 있었 으니 마땅히 그들과 이 공간을 공유해야 한다는 것도 각오하고 있 었다. 어차피 나는 평소 수많은 착각을 일삼기에 발자국 정도는 크 게 신경 쓰지 않으리란 자신이 있었다.

어릴 때 나는 내 눈에 뜨인 부적당한 형상들을 매번 요란하게 알 렸다. 그러나 정작 다른 사람이 확인했을 땐 늘 내 착각이었다. 그 사실을 깨달은 후부터 나는 입을 다물었다. 그럼 적어도 실없는 사 람 취급은 받지 않기 때문이었다. 그때 나는 별의 눈동자처럼 되고 싶지 않았다. 그렇게 세상으로부터 버려질까 봐 두려웠다.

별의 눈동자라 불렸던 소녀 엘리자베드는 핀란드인이었다. 그런데 왜 하필 핀란드지? 홍우필의 이야기 속에 등장하는 여우 발자국처럼 핀란드란 단어가 겹쳤다. 노라는 많고 많은 나라 중에서 왜하필 내 마음속에 여태 가장 인상 깊게 남아 있는 이야기의 무대인핀란드에서 온 걸까?

썰매를 타고 가던 핀란드 부부는 늑대가 나타나는 눈길에서 어린 갓난아기를 떨어뜨린다. 아기는 눈 위에 누워 눈을 깜박이며 별을 바라보고 별빛은 밤새 아기의 눈에 스며들었다. 아기는 농부 시몬의 손에 의해 키워진다. 핀란드인을 요술쟁이라고 여겼던 시몬의 아내는 소녀가 사람의 마음을 꿰뚫어본다는 것을 알게 된다. 시몬의 아내는 남편이 여행을 떠난 사이 소녀를 굴속에 가두고 눈을일곱 겹 헝겊으로 가리고 굴로 내려가는 문턱에 요를 일곱 겹 접어두지만 소녀는 별과 오로라를 보며 밖에서 벌어지는 일들을 노래했다. 소녀는 미래를 본 게 아니라 현재를 보았다. 다만 눈앞에 보이는 현재가 아니라 멀리 떨어진 곳의 현재를 보았기에 두려워진시몬의 아내는 결국 소녀를 처음 주워왔던 곳에 버린다.

내가 다른 사람들이 보지 못하는 것을 보고 있노라 말하지 않는것은 나를 보호하는 방법이었다. 사람들과 같은 것을 보고 있는 척흉내 내고 있으면 사람들은 안심했다. 내가 다른 것이 보인다고 말하면 다들 불안에 떨었다. 만약 사람들이 누군가의 머리 위에 앉은 나비를 보고 웃고 있을 때, 내가 고리 무늬가 있는 여자 얼굴이 사람 머리 위에 얹혀 있는데 그게 웃겨요? 하고 말하면 기겁했다. 물론 아, 제가 잠깐 착각했어요, 하고 금방 정정해도 말이다.

그런 이유로 일일이 말하지 않았을 뿐 사실 이 건물에서도 나는 늘 착각에 시달렸다. 얼마 전에는 나도 소정처럼 카페 소파에 버젓이 앉아 있는 묘령의 여자에게 주문을 받으려 했던 적이 있었다. 그여자는 꽃무늬 쿠션이었다. 뭐, 쿠션 무늬가 여자 얼굴처럼 보이는 구석이 있긴 했지만. 출입구 구석에 쪼그려 앉아 있던 남자에게 여기 앉아 계시면 안 됩니다, 하고 말한 적도 있었다. 다시 돌아보았을 때 거기 있었던 건 우산 꽂이였다. 가끔은 카운터 밑에 둔 쓰레기 봉지가 웅크린 어린애로 보여 이걸 내버려야 할지 말지 고민했던 적도 있었다. 기둥이나 계단 난간, 종이 박스 같은 것들도 그런식으로 여전히 나를 움찔거리게 만들었지만 어쨌든 모두 익숙한 일들이었다.

착각은 내게 그런 것이었다. 언제부터인가 나의 일상 속으로 들어와 원래 내 주변에 있던 사람이나 가구처럼 자연스럽게 조화를 이뤘다. 그래서 간혹 윤원의 얼굴이 커다란 단추가 달린 주머니로 보여도 소정의 붉게 물들인 머리카락이 미역으로 보여도 그런가보다 여기듯 그것들도 그렇게 대했다.

하지만 소정이 본 것은 나와 같은 착각이 아니었다. 착각은 발자국을 남기지 않았다. 나는 테이블 아래 찍힌 발자국을 가리켰다. 소정의 눈이 휘둥그레졌다.

"아까 네가 봤다고 한 그 사람이 남긴 걸 거야."

"내가 착각한 게 아니란 뜻이야?"

"아니야. 수상한 발자국을 남기는 범인들 중 하나를 본 거야."

"설마? 그냥 노라 또래의 평범한 여자애였는걸. 처음 봤을 땐 노라인 줄 알았는데 가까이 다가가 보니까…… 가만, 이상하네. 분명히 얼굴을 봤는데 전혀 기억이 나질 않아."

소정이 고개를 갸웃거렸다. 그랬을 것이다. 나도 맨발의 그 여자를 보았을 때 아무리 애를 써도 얼굴을 다시 기억해내지 못했으니까.

"맨발이었어?"

"그것도 기억나지 않아. 그걸 먼저 봤으면 엄청 무서웠을 것 같아. 왜? 자기도 본 적 있어?"

"말했잖아. 벌써 잊어버린 거야?"

"아, 맞다. 맨발!"

그제야 소정이 손뼉을 딱 치며 말했다.

"이상한 발자국을 남기는 맨발의 여자를 쫓아갔다가 이 건물을 처음 보게 됐다고 그랬지. 그 여자의 얼굴이 영 생각나지 않아서 그 여자가 혹시 나였냐고 묻기까지 했었는데 깜빡했네."

소정이 미안하다는 듯 웃었다. 너무하는군. 나는 울화통이 터졌지만 이해했다.

"근데 그렇게 따지면 나도 처음 본 건 자기처럼 이 건물 밖에서 였어. 이 앞을 지나가다가 어떤 남자가 이 건물 안으로 들어가는 것을 봤지. 틀림없이 문이 잠겨 있었는데 남자가 온데간데없이 사라졌지 뭐야. 그리고 희한한 발자국들만 출입문 앞에 잔뜩 찍혀 있더라고."

"어떻게 생긴 남자인지 봤어?"

"그러고 보니 그 남자 얼굴도 기억나지 않네. 아, 뭐가 이렇게 이상해? 윤원 씨도 본 적 있어?"

마른 수건으로 컵을 닦고 있던 윤원이 말했다.

"있어요. 형이랑 면접 볼 때 말씀드렸잖아요. 이상한 발자국을 따라갔다가 이 건물까지 오게 됐다고, 그러니 꼭 이 건물에서 일하고 싶다고요. 아마 그 이야기를 한 덕에 제가 형의 눈에 든 것 같은데, 맞죠?"

"비슷해."

"그때 제가 본 발자국은 여우 발자국이었는데 소정 씨가 본 발자국은 뭐였어요?"

"뭐? 여우 발자국이라고?"

나는 비명처럼 소리 질렀다.

"왜 그러세요?"

"아냐, 그럼 그 이후에 이 건물에서는?"

나는 까닭 모를 진땀이 났다. 노라가 준 여우 발자국 스케치가 계속 머릿속을 맴돌았다. 윤원은 달력을 흘끔 보더니 말했다.

"여기 출근하고 나서 한 달 정도 지났을 무렵에 한 번 봤어요. 출입문 앞에 누가 서 있었는데 키가 후리후리해 처음엔 동오 형인 줄 알았어요. 계속 들어오지 않고 거기 서 있기에 들어오라고 손짓했죠. 그런데도 안 들어오는 거예요. 할 수 없이 직접 출입문 쪽으로 갔는데 어느새 동오 형은 보이지 않고 그 자리에 황새 발자국만 잔뜩 찍혀 있는 거예요. 잠깐만요,"

윤원은 냅킨을 한 장 뽑더니 볼펜을 집어 여우 발자국과 황새 발자국 모양을 그렸다. 소정이 옆에서 들여다보더니 말했다.

"아, 이게 여우 발자국이구나. 맞아, 내가 본 남자가 남긴 발자국도 이거였어. 근데 윤원 씨는 이런 걸 어떻게 이렇게 잘 아는 거야?"

"처음 여우 발자국을 봤을 때 누구 발자국인지 궁금해 찾다 보니 다른 발자국 모양도 알게 된 거예요."

"테이블 밑에 찍힌 저 발자국도 알아?"

윤원은 테이블 밑에 찍힌 발자국 모양을 살펴본 후 냅킨에 그려 넣으며 말했다.

"저 발자국은 수달이에요."

윤원이 냅킨과 볼펜을 내게 내밀며 말했다.

"형이 봤던 발자국도 그려보세요."

내가 기억을 더듬어 맨발의 여자가 남긴 나뭇잎 발자국과 윤원이라고 착각한 남자를 봤을 때 발견한 발자국을 어설프게 그려 넣었다. 윤원이 내가 그린 발자국을 보고 말했다.

"하나는 나뭇잎 모양 같은데 자세히 모르겠고요, 요건 너구리 발자국이에요."

"그냥 뒷산에서 내려온 짐승들 발자국이 아닐까."

소정이 말했다.

"뒷발로만 서서 걸어다니는 짐승요?"

"그게 무슨 소리야?"

"제가 본 발자국들만 가지고 말씀드리자면 네 발이 아니라 두 발이 걷는 행적이었어요. 사람처럼 서서 말이죠. 짐승은 확실히 아니에요. 생각해봐요. 우리가 본 건 사람이었잖아요."

12

　고등학교를 그만두고 유일한 친구로 남아 있던 재곤과도 헤어지게 된 우필은 세상의 시선을 피해 고향을 떠났다. 뭐 별로 그렇게 세상으로부터 숨고 싶지 않았지만 그땐 상황이 좋지 않았다. 이상한 제목의 잡지 이름을 댄 기자들까지 가십거리를 위해 우필을 찾았다.

　떠나기 전에 우필은 그 여우 발자국을 다시 스케치하려 마음먹고 도배지를 뜯어냈다. 그러나 그토록 신비한 정경을 자아냈던 여우 발자국은 이미 사라지고 없었다. 마치 우필이 그 발자국들을 스케치로 옮겼을 때 실제로 옮겨 가버린 것처럼 말이다.

　우필은 아무도 모르게 서울로 올라왔다. 적은 사람들보다는 많은 사람들 속에 숨는 것이 잘 숨는 거라 여겼다. 우필은 작업복을 만드는 봉제공장에 취직했다. 공장이라 불리는 열악하고 커다란 방에 십수 명의 여공들이 미싱을 돌리고 재단을 하고 바닥에 앉아 실밥을 뽑았다. 단출하고 가족 같은 분위기라 잡담이 오가는 와중에 얼마 가지 않아 다들 우필의 목소리에 빠져들었다. 우필이 고등학교 때 잠깐 방송반에서 활동했었다는 사실이 알려진 후에는 역시 그랬구나, 하고 이유 있는 감탄을 연발했다.

나이 오십이 넘은 공장 주임 강정식은 때때로 회식 자리나 휴식 시간에 우필에게 고복수나 이난영, 이미자의 노래를 시키기도 했다. 그때 우필은 늘 가방 속에 문학소녀처럼 책을 가지고 다녔다. 대개 국졸이나 중졸이었던 동료들은 고등학교 중퇴이긴 했지만 그래도 고등학교 문턱을 넘었던 우필을 부러워하는가 하면 한편에서는 시샘했다. 어쨌든 학업에 대한 열망이 여전히 남아 있던 또래들 사이에서 친구가 읽고 있는 책은 종종 이야깃거리가 되곤 했다.

동료들이 책 제목을 물어오면 우필은 책의 앞표지 부분을 보여 줬다. 재미있느냐고 물으면 그렇다고 대답했고 무슨 내용이냐고 물으면 빌려주겠다고 말했다. 가끔 그냥 네가 좀 읽어줘 봐. 너 목소리 좋잖아, 하고 낭독을 부탁하는 동료들이 있었지만 모두 거절했다. 우필은 승명의 일을 겪은 이후 소리 내서 뭔가를 읽는 일은 절대 하지 않았다.

하지만 결국 주변에서 우필의 목소리를 가만두지 않았다. 우필이 공장에 출근한 지 서너 달쯤 지난 후, 강 주임이 작은 책자 몇 권을 내밀었다.

"점심시간에 말이야, 우리에게 한 편씩 읽어주면 괜찮을 것 같은데, 어때? 애들이 그러잔다. 라디오 방송으로 매일 유행가 듣는 것도 좋지만 가끔 이런 식으로나마 교양도 좀 쌓고 싶은 모양이야. 나야 뭐 어차피 나이 먹어 귓구멍에 잘 들어오지 않겠지만 너희처럼 앞날이 창창한 애들은 또 다르지. 다들 먹고살기 바빠 책이라곤 도통 들춰볼 시간이 없으니⋯⋯."

단순 반복 작업이 심심해 늘 라디오를 틀어놓곤 했지만 때론 일상에 질리듯 라디오 소리가 지겨워지기도 했다.

우필은 난감했다.

"죄송해요. 전 할 수 없어요."

"왜?"

우필은 이유를 댈 수 없었다. 내가 이런 것들을 읽으면 한밤중에 목소리가 멋대로 나돌아다니다가 사람을 꼬여 사라지게 만들어요. 제 목소리를 들은 글자들이 멋대로 허구의 세상을 창조하려 든다고요. 도대체 누가 이런 말을 믿어주겠는가. 그렇다고 자신의 말을 믿게 하기 위해 덥석 읽어 보이고 싶지도 않았다.

"봐봐, 옆집 사는 학생에게 얻은 건데 이상한 책 아니야. 그런 거면 내가 더 골 아파지지. 보자, 『이솝우화집』. 요건 너무 애들 것 같으니까 빼고, 크리슈나무르티? 『아는 것으로부터의 자유』, 좀 어려워 보이는구먼. 오래된 중국 민담, 좀 생소하긴 한데 이거 어때? 옛날이야기 분위기라 재미있을 것 같은데. 한 편씩 딱 떨어지기도 하고 말이야."

"전 정말 책을 읽으면 안 돼요."

"무슨 소리야? 자네 목소리가 얼마나 좋은데."

강 주임은 우필을 볼 때마다 설득했다. 우필은 문득 생각했다. 나쁜 사고가 일어나지 않을 이야기만 골라 읽으면 되지 않을까? 아냐, 안 돼. 하지만 목소리가 같은 방식으로 좋은 상황을 만들 수도 있잖아. 우필은 어떻게든 자기 목소리에게 개과할 기회를 주고 싶었다.

"순서대로 읽지 않고 세가 골라 읽어도 되죠?"

"그야 뭐, 좋을 대로 해."

우필이 처음 골라 읽었던 이야기는 구어체로 쓰인 필삼이란 사람에 대한 이야기였다.* 왜 하필 그 이야기를 골랐는지 우필은 지금도 이해가 되지 않았다.

필삼은 원래 부잣집에서 태어났어. 입만 벌리면 하인이 음식을 먹여주고, 손만 내밀면 옷도 입혀주는 철부지 도련님이었지. 하지만 큰 물난리를 겪고 부모님을 잃은 후 하루아침에 가난뱅이가 되고 말았어. 필삼의 누나는 남의 집 하녀로 팔려가 생사불

---

* 문언생(文彦生), 『중국귀화(中國鬼話)』, 상해문예출판사(上海文藝出版社), 1991, P.78.

명이 되었고, 필삼도 살기 위해 어쩔 수 없이 매일 새벽부터 밤 늦게까지 남의 집 소를 길러주는 일을 했어. 그때 필삼은 아직 열 살도 채 되지 않았지.

어느 해, 필삼의 주인은 축사를 고치기 위해 마을의 품팔이꾼 목수를 고용했어. 목수는 필삼이 외로운 처지라는 것을 알고 자기 제자로 삼고 싶어졌지. 그래서 필삼에게 말했어.

"보아하니 친척도 없는 것 같구나, 불쌍한 것. 나한테 목수 일을 배워보지 않으련? 굶어 죽지는 않을 거야."

필삼이 대답했어.

"저도 배우고 싶어요. 하지만 봄철은 일이 많아 바빠요."

여름이 되자 목수는 다시 물었지.

"낮이 길고 밤이 짧은 여름이 되었구나. 이제 목수 일을 배워보겠니?"

필삼이 다급하게 대답했어.

"안 돼요. 보세요, 날씨가 얼마나 더운지. 조금만 움직여도 땀이 비 오듯 쏟아지잖아요. 소를 치는 것만 해도 너무 피곤한데 좀 시원해지면 그때 하죠."

가을이 되었어. 목수가 또 말했단다.

"이제 날씨가 시원해졌으니 목수 일을 배워보자꾸나."

필삼이 고개를 저으며 대답했어.

"기술을 배우는 것은 좋은 일이에요. 그런데 가을은 추수기라

할 일이 너무 많아요. 겨울이 되면 좀 한가할 것 같은데……."

필삼은 또 미뤘어.

마침내 칼날 같은 북풍이 몰아닥쳤어. 목수는 긴긴 겨울밤 동안 여러 차례 필삼을 설득했단다. 결국 필삼은 마지못해 목수에게 기술을 배우기로 했지. 세월이 지나 필삼은 훌륭한 기술자가 되진 못했지만 스스로 먹고살 만큼은 배웠기에 목수의 집을 떠나 독립했어.

어느 날 저녁, 필삼은 일을 마치고 마을로 돌아오는 중이었어. 필삼은 황량한 묘지 옆을 지나가고 있었지. 달빛도 없는 음산한 밤이었단다. 주위가 너무 캄캄해서 손을 뻗으면 손가락도 보이지 않을 정도였지. 스산한 바람이 휘익 하고 불어 드는 순간 필삼은 알 수 없는 공포에 온몸의 솜털이 곤두섰어. 겁에 질린 필삼은 달리기 시작했단다. 두 시간을 달리고 또 달렸지.

그런데 정신을 차리고 보니 아직도 그 묘지 옆인 거야. 그제야 그는 귀신이 쳐놓은 경계에 갇혔다는 것을 깨달았지. 필삼은 너무 무서워 심장이 뛰었지만 그래도 계속 걸었어. 어떻게든 달아나야 했거든. 두 다리가 제멋대로 흐느적거려 말을 잘 안 들었지만 말이야.

갑자기 어디선가 요사스러운 웃음소리가 들려왔어. 필삼은 놀라 걸음을 멈췄지. 그의 눈앞으로 눈처럼 새하얀 귀신이 몸을 흔들며 나타났어. 빼빼 마르고 키가 아주 커 마치 젓가락 같은 몰골이었지. 머리에는 높은 모자를 썼고 입고 있는 옷은 백포였어. 허리에는 풀로 짠 새끼줄을 감았고 미투리를 신고 있었지. 찢어진 파초선을 손에 들고 흔들며 자기 얼굴을 보여줬다 숨겼다 해가며 필삼을 노려보고 있었어. 그 얼굴이 어땠냐고? 팔자 눈썹에 마늘코를 가지고 있었어. 눈은 옆으로 길게 찢어져 있었고 혀는 방금 살을 베어내 흘러나오는 피처럼 새빨갛고 길었지. 한밤중에 묘지 옆에서 이런 모습의 귀신을 만났다고 생각해봐. 얼마나 무섭겠어. 필삼도 그랬단다. 필삼은 손으로 눈을 가리며 헉헉 숨을 몰아쉬었어.

귀신은 큰 소리로 히히히히 웃으며 찢어진 부채로 필삼의 이마를 탁 쳤어. 필삼은 심장이 멎을 것 같았지. 필삼은 냅다 비명을 질렀단다. 그러자 귀신이 더 놀라며 말했어.

"어이구, 깜짝이야. 이봐, 필삼아, 소리 지르지 마. 오늘 밤 네가 날 만난 건 행운이라고. 난 가난한 사람들을 부자로 만들어 준단 말이야."

필삼은 귀신의 말에 악의가 없다는 걸 느꼈어. 조금 용기가 났지. 필삼은 반신반의하면서 물었어.

"네가 정말로 가난한 사람들을 부자로 만들어준단 말이야?"

"못 믿겠냐? 그럼 내가 쓴 모자에 뭐라고 쓰여 있는지 읽어봐."

그의 말이 끝나자마자 구름 뒤에 숨었던 달이 나타났어. 묘지가 갑자기 은빛 세상으로 변했지. 필삼은 분명히 보았어. 그의 모자 위에 '한 번 보면 돈이 생긴다'라고 쓰여 있는 것을 말이야.
그는 돌멩이 하나를 집어 들어 반으로 쪼갰어. 그러곤 돌멩이
반쪽을 필삼에게 주고 나머지 반쪽은 땅바닥에 버렸지. 필삼이
그걸 받아 들고 자세히 보니까 황금 덩어리인 거야.
"이거면 돌아가서 집도 새로 짓고 아내도 얻을 수 있겠다."
필삼은 그에게 고맙다고 절을 했어. 그는 벌써 사라지고 없었지
만 말이야. 필삼은 기쁨에 넘쳐 흥얼거리며 집으로 돌아왔어.
하지만 집 앞에 도착했을 때 문득 이런 생각이 들었지.
'부자로 만들어준다고 해놓고 겨우 황금 반쪽뿐이잖아. 새집을
짓고 아내를 얻는 네 돈을 다 쓰고 나면 다시 빈털터리야. 그럼
지긋지긋한 목수 일을 또 해야 하지.'
필삼은 아까 그가 내버리고 간 나머지 황금 반쪽을 찾아 묘지로
되돌아왔어. 필삼은 나머지 황금 반쪽을 찾아 원래 가지고 있던
황금 반쪽과 재빨리 맞춰보았지. 그 순간 황금은 돌멩이로 변해
버렸단다.
다음 날 한밤중이 되자, 필삼은 씩씩거리며 묘지로 가서 그를
기다렸어. 그가 나타나자 필삼은 부끄러워하며 말했지.
"네가 내버리고 간 반쪽짜리 황금을 찾아 맞췄더니 전부 돌로
변해버렸어."
그는 그 이야기를 듣고 막 웃었어.
"이봐, 다시 한 번만 황금을 만들어줘."

하지만 그는 홱 돌아서서 걸어가며 이렇게 노래를 했어.

"필삼아, 필삼아, 원래는 부자가 될 수 있었는데, 새집도 짓고 마누라도 얻고 자자손손 일가를 이루고 잘살 수 있었는데, 어리석게도 욕심쟁이 뱀 흉내를 냈구나. 자기 아가리 크기는 생각지 않고 코끼리를 삼키려 했으니 말이야. 필삼이 욕심을 부려 황금 덩어리가 돌로 변해버렸네. 이제 남은 건 옛날처럼 밥을 빌어먹고 사는 것뿐이네."

아무리 쫓아가도 필삼은 그를 잡을 수 없었어. 그의 노랫소리는 점점 작아졌고 어느새 그림자도 보이지 않게 되었지.

실력이 형편없던 필삼을 그나마 조수로 써주던 목수가 죽고 나자 필삼은 일거리가 떨어졌어. 사람들은 아무도 그에게 일을 부탁하지 않았지. 필삼은 길거리를 떠돌아다니며 밥을 구걸하는 거지가 되고 말았어. 그래서……

시간이 멈춰버린 듯 눈앞의 모든 것이 정지했다. 황금빛 안개, 흰 서리가 가득 낀 창문 너머로 보이는 매혹적인 세상, 묘지에 떨어져 있는 황금 반쪽처럼 반짝이는 희망들이 주워가라는 듯 대지를 굴러다녔다. 강 주임과 여공들은 꼼짝 않고 그것을 바라보았다.

마치 오랫동안 방치된 어떤 필름이나 장면 속에 들어가 사람들로부터 잊힌 채, 그러나 정작 자신은 잊힌지도 모른 채 언제부터인지 기억도 나지 않는 때부터 지금 그 자리에 앉아 있었던 것만 같왔다. 눈꺼풀이 파르르 떨렸다. 등줄기가 서늘해졌다. 이상한 정적이 그들 사이를 기웃거렸다.

그 순간 갑자기 오금을 저리게 하는 커다란 천둥소리가 쾅 하고 내리치더니 소나기가 내리기 시작했다. 여공들이 비명을 질렀다.

우필은 읽는 것을 멈췄다. 정적 속에 던져진 사람들이 이윽고 정신을 차렸다. 그들은 금세 착각에서 벗어났다. 황금빛 안개 대신 목구멍을 늘 괴롭히는 끔찍한 먼지, 겨울 서리가 아니라 뿌옇게 때가 낀 지저분한 창문, 그 너머에 잡힐 듯 펼쳐진 매혹적인 세상이 아니라 암울한 현실, 반짝이는 희망이 아니라 메마른 흙과 무의미하게 굴러다니는 돌멩이들, 순식간에 나타난 먹구름. 이야기 때문이 아니라 우필의 목소리가 만들어낸 기묘한 착각이었다.

"비가 온다."

누군가 외치자 다들 우르르 창가에 달라붙었다. 우필은 책을 덮었다.

모든 이야기는 사람을 끌어들이는 마력을 지니고 있다. 단지 어떤 사람에게는 먹히고 어떤 사람에게는 먹히지 않을 뿐이다. 또 어떤 이에게는 자유를 주고 어떤 이에게는 속박을 준다. 이는 다만 듣는 이가 가진 기억의 어떤 부분이 이야기와 통했는지에 달려 있다. 틈이 열리면 순간 이야기 속으로 끌려 들어가게 된다.

그날 밤 집으로 돌아가는 길에 강 주임은 그 노랫소리가 따라오는 것을 들었다. 처음엔 다른 여공들의 부추김에 한통속이 된 우필이 장난치는 줄 알았다. 노래를 부르는 목소리가 우필이었기 때문이다.

"정식아, 정식아, 원래는 부자가 될 수 있었는데, 새집도 짓고 마누라와 사이좋게 자자손손 일가를 이루고 잘살 수 있었는데……."

"어이, 장난치지 마!"

그러나 몇 번을 뒤돌아봐도 쫓아오는 이는 없었다. 고요한 골목길을 걷는 내내 노래가 계속 반복되자 강 주임은 슬그머니 모골이 송연해졌다. 그건 그에게 묻는 말이었다. 그의 이름이 불리지 않았던가.

이 강정식, 원래 부잣집 아들이었지. 그 재산 잘 움켜쥐고만 있어도 그럭저럭 보란 듯이 살 수 있었는데 그놈의 화투 때문에 패가망신했다. 마누라는 도망가고 애는 삐뚤어져 가출하고 나는 혼자 버려졌다. 말이 주임이지 손바닥만 한 남의 공장에서 부림을 당하며 생계를 이어가고 있다. 집도 절도 없이 떠돌며…….

그 사실을 깨달은 후부터 강 주임은 공포로 숨이 멎을 지경이 되었다. 달아나도 우필의 목소리는 악착같이 그를 쫓아왔다.

"네가 그걸 어떻게 알아? 네가 그걸 어떻게 아냐고!"

강 주임은 숨을 헐떡이며 고래고래 소리쳤다.

골목길은 어느새 어릴 적 그가 살던 동네의 고갯길이 되었다가 다시 집으로 돌아가는 골목길이 되었다가 또다시 고갯길이 되어 그를 경악시켰다. 강 주임은 초주검이 된 채 밤새 골목길을 뱅뱅 돌왔다. 아무래도 뭔가에 홀렸지 싶었다. 강 주임은 이제 자신이 집으로 돌아가고 있는 건지 필삼처럼 귀신에게 쫓기고 있는 건지, 꿈인지 생시인지, 급기야는 죽었는지 살았는지조차 헷갈리기 시작했다. 먼동이 터올 무렵에야 강 주임은 간신히 정신을 차렸다. 우필의 목소리는 더 이상 들리지 않았다.

내가 잘못 들은 걸까? 그래, 내가 착각한 게 틀림없어. 그런데 왜 하필 우필의 목소리가? 아마 그 이야기를 우필이 읽었기 때문이겠지. 우필의 책 읽는 목소리가 워낙 감탄스럽지 않던가. 들을수록 사람의 혼을 혹 하고 빨아들이는 오묘하고 몽롱한 마력이 있었다. 그때까지도 상 주임은 우필을 탓하시 않았다. 어릴 때 그의 아버지도 종종 술에 취해 집으로 돌아오다가 고갯길에서 도깨비에게 홀리곤 했다. 새벽녘 기진맥진한 채 대문 안으로 들어서는 아버지는 빗자루처럼 들쑤셔진 모습으로 얼굴은 반쯤 죽은 사람처럼 거무죽죽했다. 지금 그의 얼굴이 그때 아버지의 얼굴과 똑같았다.

정신을 수습하고 뒤늦게 공장으로 출근한 강 주임은 인사하는 우필의 목소리를 들으며 등골이 서늘해짐을 느꼈다. 그가 착각한 게 아니었다. 우필의 목소리를 다시 듣는 순간 분명해졌다. 오래전에 호랑이에게 물려 돌아가신 어머니의 목소리도 그런 식으로 그를 괴롭힌 적이 있었다. 강 주임은 머리끝이 얼음처럼 차가워지며 온몸에 소름이 돋았다.

그의 어머니는 그가 여덟 살 때 돌아가셨다. 그런데 어머니가 돌아가신 후에도 꽤 오랫동안 그는 자신을 부르는 어머니의 목소리를 들었다. 한밤중에 깨어나 이제 어머니가 계시지 않다는 사실에 새삼 서러워져 훌쩍이고 있는데 문득 어둠을 뚫고 먼 곳에서 바지런히 다가오는 어떤 기척을 느꼈다. 이윽고 방문 앞에 선 그 기척은 나지막한 어조로 그의 이름을 불렀다. 정식아! 어머니의 목소리였다. 반가운 마음에 벌떡 일어나 밖으로 나가려는데 옆에서 자고 있던 고모가 그의 부산스러움에 잠이 깨어 물었다.

"어디 가?"

"엄마가 불러요."

"얘가 무슨 소리야?"

고모가 소스라치게 놀라며 벌떡 일어나 그의 손목을 꽉 그러쥐었다.

"봐요. 엄마가 부르잖아요."

"네가 잘못 들은 거야."

"고모는 엄마 목소리가 안 들려요?"

"안 들려."

"난 들려요. 나가서 엄마가 왔는지 볼래요."

"네 엄만 죽었어. 땅에 묻었잖아."

그는 그만 다리 힘이 풀려 그 자리에 풀썩 주저앉았다. 고모의 말이 옳았다. 그는 어머니의 시신을 보았다. 거적에 덮어둔 것을 몰래 훔쳐보았다. 어머니의 손과 흙투성이 버선코가 비쭉 튀어나와

195

있는 것을 보고 처음엔 의아했다. 어머니가 왜 땅바닥에 누워 거적을 덮고 잠을 자지? 사람들이 왜 어머니를 깨우지 않지? 그는 지난 며칠 동안 어머니를 보지 못했다. 반가웠지만 어머니는 몹시 피곤한 모양이었다. 엄마, 방에 들어가서 이불 덮고 자! 그렇게 말해주려고 했다. 깬 김에 자기를 알은척해주기를 바랐다. 그는 어머니의 손을 잡아 일으키려 했다. 그걸 발견한 고모가 재빨리 다가와 그를 억지로 방에 데려다 놨다. 영문을 몰라 눈치만 살피던 그는 어른들이 동분서주하며 정신없는 틈을 타 남몰래 다시 다가가 거적을 들쳐보았다.

거무스레한 핏자국으로 얼룩진 치마와 저고리는 엉망으로 찢어져 있었지만 어머니가 입고 있던 옷이 분명했다. 버선 신은 발 모양도 어머니가 맞았다. 쪽진 머리 모양도 어머니와 흡사했지만 어머니인지는 알 수 없었다. 고개를 옆으로 하고 누워 있는 그 얼굴의 절반은 턱부터 으깨져 있었다. 그는 비명을 질렀다. 그 자리에서 먹은 것을 모두 게워냈다. 사람들이 허둥지둥 달려와 그의 눈을 가렸다. 그들 손에 이끌려 가는 동안 그는 깨달았다. 거기 누워 있는 것은 어머니였다.

"세상에 호랑이라니, 다 잡아 죽인 거 아니었나?"

아직도 호랑이가 있다는 사실이 다들 믿어지질 않는 모양이었다. 그는 일제 강점기였던 1925년에 태어났다. 당시 호랑이는 무차별 포획 이후 1922년 경주 대덕산에서 잡힌 것이 마지막이었다.

"북쪽에서 내려왔나 보지."

"거기가 어디라고?"

"호랑이는 하룻밤에 이백 리는 거뜬히 이동할 수 있다지 않은가. 지금이 딱 호랑이 교미 기간이라잖아. 짝을 찾아다니던 중이었겠지."

"호랑이 울음소리를 들었을 텐데 후딱 도망치지 어째 이런 일이? 고놈들이 교미 기간에는 내내 으르렁거린다잖아. 멀리 있는 짝을 끌어들이려고."

"글쎄, 정식이네가 호랑이 암컷도 아니고 들렸겠어? 수컷 호랑이 울음소리는 지 짝에게만 잘 들린다던데."

그의 어머니를 물어 죽인 호랑이가 수컷인지는 확실하지 않았지만 동네 사람들은 그렇게 말했다. 어머니를 죽인 호랑이는 끝내 잡히지 않았다. 짝을 찾아 또다시 하룻밤에 이백 리를 걸어 다른 곳으로 떠나버린 모양이었다.

그의 눈으로 직접 죽은 어머니를 봤다. 그러니 지금 밖에서 그를 부르는 목소리는 어머니일 수 없었다. 그는 이불을 둘러쓰고 귀를 틀어막았다. 어머니의 목소리는 바람 소리를 내며 밤새 문 앞을 서성였고 고모는 그의 손을 놓지 않았다. 어머니와 알고 지냈던 아주머니들이 고모를 통해 그가 하는 말을 듣고 우려했다. 처음엔 어머니의 부재에 대한 그리움 때문에 환청을 듣는 거라고 여겼다. 누구나 그런 법이라고, 누구나 가장 가까운 사람을 잃으면 그런 일을 겪는다고. 시간이 지나면 들리지 않게 될 거야, 기억도 조금씩 무뎌질 거고. 오로지 시간이 약이야.

그런데 어머니의 목소리는 날이 거듭될수록 점점 더 똑똑하고 선명하게 들렸다. 생전에 그의 방문 밖에서 어머니가 그의 이름을 불렀을 때와 다르지 않았다. 어머니의 목소리는 밤마다 그의 방문 앞을 배회했다. 나날이 심해지는 그의 증상에 고모와 동네 아주머니들이 수군대며 걱정했다. 제 어미가 자식을 무덤으로 불러들이는가 싶었다가, 어미 마음에 그럴 리 없다고 여겼다가 결국 저들끼리 한 가지 결론에 도달했다.

"아무래도 창귀가 되어버린 것 같네."

"그러게, 호랑이에게 물려 죽으면 창귀가 된다잖아."

창귀는 본디 호랑이에게 잡아먹혀 죽은 귀신이다. 호랑이에게 잡아먹힌 사람은 창귀가 되어 호랑이가 잡아먹을 사람을 부르러 다닌다.

"절대 대답하면 안 돼. 범에게 먹이로 주려고 널 부르는 거야. 알았지?"

고모와 동네 아주머니들이 그에게 단단히 주의를 줬다. 그들은 반복해서 그의 어머니가 이미 죽었다는 사실을 상기시켰다. 그는 죽는 것보다 죽으면 어머니처럼 끔찍한 모습으로 남는다는 사실이 더 무서웠다. 그러나 어린애는 어린애였다. 누구의 목소리도 어미의 목소리를 이길 수는 없었다. 자다가 목소리에 깨어 저도 모르게 벌떡 일어나 방문 앞으로 다가갈 때마다 고모의 손목과 연결된 끈이 조였다. 매듭지어진 끈을 풀기 위해 밤새 씨름하다 보면 날이 샜다. 어머니는 끝끝내 내다보지 않는 방문을 사이에 두고 그 겨울 내내 아들의 이름을 불렀다.

그 목소리에 홀리면 넌 죽는 거야. 고모가 분명히 그렇게 말했다. 홀리면 죽는다. 그는 자신에게 놀라운 감흥을 준 우필의 목소리가 무서워졌다. 이상하다고 생각하지 않았을 때 그는 우필의 목소리가 매혹적이라고 여겼다. 그러나 이상하다고 여기기 시작하자 아름다움은 금세 기괴함으로 돌변했다.

공장에서 해고된 우필은 서적 외판원으로 나섰다. 세계문학 전집, 삼국지, 각종 백과사전 전집의 팸플릿과 샘플 책이 든 묵직한 가방을 들고 우필은 하루 종일 이 집 저 집 초인종을 눌렀다.

"누구세요?"

"네, 좋은 책이……."

"안 사요."

혹은 대답도 없이 인터폰이 뚝 끊어지거나, 반대로 초인종을 눌러놓고 한마디도 하지 못한 채 우필이 먼저 도망친 적도 있었다. 다행인지 불행인지 우필의 목소리는 외판원으로서는 어떤 힘도 발휘하지 못했다. 목소리는 잡상인이란 신분에 가려졌다. 실적을 내지 못한 우필은 결국 그 일을 그만둘 수밖에 없었다. 백과사전 한 질을 판 것이 우필의 실적 전부였다. 그것도 우필이 자기 돈으로 산 것이었다.

우필은 새벽 신문 배달이 끝나면 집에 처박혀 백과사전을 읽기 시작했다. 우필은 일할 의욕을 잃었다. 그래도 습관처럼 뭔가 일거리를 찾아 나섰다. 일요일엔 적막이 싫어 종일 텔레비전을 켜놓고 잤다. 몸은 고단하지 않았지만 마음이 고단했다. 뭘 해야 할지 알수가 없었다. 마침내 가지고 있던 돈이 떨어졌을 때 우필은 자신의 목소리를 찾는 박현의의 전화를 받고 다시 세상으로 불려 나갔다. 목소리 쓰는 일은 절대 하고 싶지 않았지만 우필에게는 선택의 여지가 별로 없었다.

13

목요일 이른 아침, 나는 갑자기 찾아온 소정과 등교하는 노라에게 줄 아침을 만들고 있었다. 윤원은 아직 출근 전이었다. 소정은 원형 소파에 앉아 커피를 홀짝이며 내가 빌려준 책을 뒤적이고 있었다. 오늘은 몽모랑시의 정체에 대해 소정의 의견을 물을 수 있겠군. 소정은 오늘 안 사장의 개인 사정으로 사무실이 휴무였다는 사실을 깜빡 잊고 출근했다가 곧장 카페로 왔다. 그래서 노라에게도 오늘은 카페로 내려와 아침을 먹고 가라고 일러뒀다.

토스트와 계란을 굽고 있는데 노라가 양손에 륙색과 검정 비닐 봉지를 들고 카페로 들어서며 말했다.

"주방 가위 좀 줘봐요. 제일 잘 드는 걸로요. 오빠 책상 서랍에 있는 가위는 고무줄 가위인가 봐. 아무것도 안 잘려."

"뭘 자를 건데?"

나는 조리대 위에 걸려 있는 가위를 집으며 물었다.

"면도날."

노라는 들고 있던 비닐봉지를 카운터 위에 거꾸로 부었다. 면도날 수십 개가 와르르 쏟아졌다. 칼날들이 방금 잡은 갈치처럼 독하게 반짝이는 것이 예사롭지 않았다. 소정의 눈이 휘둥그레졌다. 내 머릿속에서 쩍 하고 갈라지는 소리가 들렸다. 노라에게는 처음부터 어떤 탈선의 조짐이 있었다. 다만 그 탈선이 이런 탈선일 거라고는 꿈에도 생각지 않았다. 내가 느낀 노라의 탈선은 나쁜 길이 아니라 나른 길이있다.

아마 내가 지나친 반응을 하고 있는 것이리라. 분명 이 작은 칼들에게는 다른 의미가 있을 것이다. 아니 있어야만 했다. 노라가 내 손에서 가위를 낚아챘다.

프라이팬에서 계란이 타고 있었다. 나는 서둘러 가스레인지의 불을 껐다. 그 와중에 뭘 어떻게 토스트기를 조작했는지 새까맣게 그을린 식빵이 발사대에서 분리된 로켓처럼 공중으로 튀어올랐다. 그런데도 전혀 신경 쓰이지 않았다. 왜냐하면 그때 가위를 든 노라가 면도날 수십 개를 수백 조각으로 잘라 륙색의 제일 앞쪽 주머니에 와르르 쏟아붓고 있었기 때문이었다.

"뭐하는 거야?"

"복수하려고요."

복수라는 단어가 나오자 나는 바짝 긴장했다.

"복수라니?"

내 눈이 커지면서 눈동자에 힘이 들어가는 것이 느껴졌다. 내 머릿속에서 다양한 학교 폭력 장면들이 찰칵찰칵 지나갔다. 룍색 앞쪽 주머니의 지퍼를 잠근 후 노라가 시선을 들어 나를 쳐다보았다. 노라의 표정에 여러 가지 감정들이 휙휙 지나갔다. 마치 내 머릿속 장면들을 들여다보고 느낀 감정처럼 여겨졌다. 어리석은 생각을 들켰나 싶어 당황했다. 나는 고개를 저었다. 그렇게 하면 멋대로 떠오른 장면들이 떨어져나가기라도 할 것처럼, 노라의 시선으로부터 내 생각을 숨길 수 있을 것처럼 말이다.

"어제 내가 이 앞쪽 주머니에 지갑을 넣어뒀는데 소매치기 당했어요. 그 소매치기 자식이 한 번만 더 여기에 손을 집어넣으면 어떻게 되는지 보여주려고요. 내가 그 손을 피투성이로 만들어줄 거야."

"노라, 그만. 좀 잔인하게 들려. 복수는 복수를 부른다는 말도 못들어봤어? 복수해서 잘된 놈 없어. 결과는 대개 너 죽고 나 죽는 거지. 설사 성공했다 해도 심리적으로 공허하다잖아. 그러니까……"

흥분해서 나도 모르게 떠들다가 어조가 높아졌다. 내가 지금 무슨 소릴 하는 건가 싶어 말을 멈췄다. 노라 역시 그런 표정으로 날보고 있었다. 노라는 늘 내 안에서 벌어지고 있는 감정의 언어들을 꿰뚫어보고 있는 것 같은 뉘앙스를 풍겼다. 나는 그것을 핏줄의 친밀함으로 여기려 했다. 같은 엄마의 자궁을 매개로 형성된 남매지

간의 교감이거나 공유 세포의 어떤 불가사의한 작용의 결과라고 말이다.

"오빠는 그 소매치기가 다시 내 가방에 손을 넣을 확률이 얼마나 될 거라고 생각해요?"

"확률적으로 보자면 그 소매치기가 아니라 다른 소매치기가 당할 확률이 더 크지."

"그러니까 복수는 복수지만 다른 방식의 방어인 거죠. 그건 그렇고 오빠, 돈 좀 줘요. 오늘 학교 준비물로 살 게 좀 많아요."

"용돈 준 지 얼마나 됐다고?"

"방금 지갑 잃어버렸다고 말했잖아요."

"문제는 지갑을 잃어버리지 않았을 때도 지금과 다르지 않다는 거야."

나는 노라에게 휴대전화부터 시작해 필요한 모든 것을 사줬다. 아버지가 핀란드에서 꼬박꼬박 돈을 보내준다고 말했으니 노라는 이중 용돈 수혜자로 풍족한 편이었다. 그럼에도 허기진 고아처럼 내 얼굴만 보면 손을 벌렸다. 도대체 노라는 그 돈들을 몽땅 어디에 쓰는 걸까?

"여기 물가 정말 비싸요. 그리고 학생이라도 의외로 돈 쓸 데가 많다고요. 오빠도 알면서."

"그야 그렇지만."

그렇다니까 또 그런 것 같기도 했다. 친구들과 군것질도 해야 할 거고, 좋아하는 가수의 음반이나 옷, 화장품, 머리핀 같은 꾸미는 물건들도 이것저것 사 모아야 할 거고. 하긴 그런 쪽으로는 내가 일일이 사다 줄 수 없는 영역이니까. 게다가 또 하나 미치도록 나를 어이없게 만드는 것은 노라가 나를 오빠라고 부를 때마다 노라에게 가졌던 내 불신이 순식간에 허물어진다는 것이었다.

노라는 내게 손을 벌린 채 돈 주기를 기다렸다. 지갑을 잃어버렸다니 오늘은 별수 없었다. 나는 노라의 손에 만 원을 쥐여줬다. 그럼에도 노라의 좋은 점은 주는 대로 받아가지 절대 더 달라고 하지 않는다는 것이었다. 어떤 날은 천 원을 줄 때도 있었고, 어떤 날은 오백 원짜리 동전 하나만 달랑 쥐여준 적도 있었다. 그래도 노라는 군소리나 불평을 한 적이 없었다. 그래서 가끔 나는 노라가 진짜 돈이 필요해서가 아니라 그냥 내게 손도장, 눈도장을 찍으려고 일부러 그러는 게 아닐까 싶기도 했다. 어떤 쪽이 진실이건 나는 노라에게만큼은 물러터진 오빠였다.

"고마워. 나중에 봐요, 오빠."

"아침은?"

"다 태워놓곤."

"우유라도 한잔 마시고 가."

"됐어요."

노라가 등교하고 나자 모른 척하고 있던 소정이 뒤적이던 책을 덮고 물었다.

"자기 눈에 말이야, 방금 전 노라가 거머리로 보였지? 그렇지?"

여지없이 빈정거리는 투였다. 언제는 내게 그 착각 증상이 바로 창조적 영감을 만들어주는 예술가적 성향이라며 위로해놓곤. 그러다가 언제부턴가 지적을 시작했다. 그 언제가 언제부터인지는 잘 기억이 나지 않는다. 그때 뭐라고 말했더라.

"나, 사실은 자기 증상에 대해 좀 알아. 책 같은 데 보면 가끔 나오거든."

소정은 그때 그렇게 말했다. 엄마도 내게 자주 그렇게 말했기에 나는 그 말이 몹시 반가웠다.

"자기 눈의 착각을 불러일으키는 그 강박증, 편집증, 신경증은 심적으로 부담이 되는 어떤 일에 빠졌을 때 여지없이 드러나. 루이스 씨도 그랬어. 그가 고민에 빠질 때면 주변에서 충고랍시고 떠들어대는 친구들이 몽땅 꽥꽥대는 오리들로 보였거든."

"루이스 씨가 누군데?"

"『루이스 씨에게 봄이 왔는가?』*에 등장하는 남자 주인공이야. 루이스 씨의 눈에 오리로 보이는 그 친구들은 턱시도를 입고 다리를 꼬고 앉은 채 점잖은 말투로 심리학에 관해 논하지. 이봐, 루이스 자네의 심리는 이런 거라네. 자네의 약점은 저런 것이지 해가며 사랑

---

* 만화가 이정애의 1990년 작품.

에 관해서만큼은 유달리 소심한 루이스 씨가 사촌 여동생 아니엘라와의 연애를 어떻게 이끌어나가야 할지 방향을 제시해주지.”

“세상에 나 같은 사람이 나만 있는 것은 아니라는 소리네. 보편적이라고 할 수는 없지만 그래도 아는 사람들은 아는 증상이니까 누군가 자기 창작물에 써먹을 수 있었던 거겠지. 고마워, 위로가 돼.”

소정은 이상한 신음소리를 내며 말했다.

“다행이네, 위로가 된다니. 그런데 말이야, 혹시 이런 생각은 안 해봤어? 그 증상 자체가 작가가 이야기를 좀 더 실감나고 재미있게 만들려고 창조해낸 것일 수도 있다는…….”

“그럼 내 착각이 누군가가 만들어낸 있지도 않은 증상이라는 거야? 그런 건 불가능해. 적어도 그런 게 있다는 것을 알아야 상상으로라도 가능한 거거든. 환상통이라는 것도 본래 있었던 것에 대한 기억에서 발생하는 고통이듯 말이야.”

“난 그런 거 몰라. 여하간 내가 보기에 그런 증상에 시달리는 남자들은 거의 모두 심리적 규범에 꼭 붙들려 사는 소심한 놈들이라는 거야.”

“놈들?”

“특히 사랑 표현에 인색한 남자들이지.”

소정은 내 얼굴을 뒤적이는 것 같은 눈빛으로 그렇게 말했다. 사랑 표현에 인색한 남자들 속에 십중팔구 내가 포함된다는 것을 깨달았다.

"소정아, 난 소심해서가 아니라 널 존중하는 거야."

"앙드레 지드가 마들렌에게 했던 그 몹쓸 짓처럼 말이지."

그때도 소정은 지금처럼 원형 소파에 앉아 책을 한 권 뒤적이고 있었는데 그게 하필 『좁은 문』이었다.

앙드레 지드는 사랑하는 사촌 누나 마들렌과 결혼한 후, 평생토록 그녀의 순결을 보호하고 존중해 처녀로 늙어 죽게 만들었다. 소정은 『좁은 문』의 책장을 보란 듯 소리 나게 탁 덮어 서고에 꽂으며 말했다.

"자기의 존중은 내가 갖고 있는 진심과 반대말이네. 구닥다리!"

"그게 아니라…… 아니야, 다음에 이야기하자."

소정이 토라지면 말했다시피 나는 입을 다문다. 해결하려고 들면 점점 더 복잡하게 꼬이기만 했기 때문이다. 소정이 그 점을 불만스러워한다는 것도 알고 있지만 나로선 극복하기 어려운 일이었다. 긁어 부스럼을 만들고 내내 시달리느니 흉터가 좀 남아도 딱지가 떨어질 때까지 기다리는 쪽을 택했다.

소정과 섹스를 할 기회가 전혀 없었던 것은 아니었다. 수없이 하고 싶다는 생각을 했다. 그녀의 마음이 변하기 전에 아기부터 만들어야겠다고 결심한 적도 골백번이었다. 그것을 빌미로 결혼을 서두르겠다는 계략도 마음 한구석에 진작 꾸미고 있었다. 그런데 소정의 가슴 복판에 새겨져 있는 살쾡이 발자국 모양의 타투를 볼 때마다 알 수 없는 의지가 나를 멈추게 했다.

"왜 하필 발자국이지?"

"신경 쓸 거 없어. 그냥 재미 삼아 한 건데 왜 자꾸 이상한 의미를 찾으려고 해? 이건 이 동네로 이사 오기 전, 그러니까 자기 건물에 나타나는 발자국 이야기를 몰랐을 때부터 있었던 거야. 왜 그래? 처음엔 이것 때문에 우리가 운명이라며?"

"운명이란 말은 하지 않았던 것 같은데."

왜냐하면 내가 쫓던 발자국은 살쾡이가 아니라 나뭇잎이었기 때문이었다. 하지만 발자국을 쫓아갔다가 발자국을 몸에 지닌 여자와 만나게 됐으니 기이한 인연인 것은 분명했다. 나는 그 점을 의심하지 않았다. 그럼에도 그 발자국 때문에 오히려 나는 옴짝달싹할 수가 없었다.

"난 그냥, 뭐랄까, 당신의 발자국이 어떤 금지의 표식처럼 보여. 절대 건드리지 말라는……."

그래서 나는 늘 소정의 가슴 앞에서 머뭇거릴 수밖에 없었다. 소정은 내 시선을 두드렸다. 똑똑, 왜 내 사랑을 받아주지 않는 거야? 나는 이미 준비가 되어 있다고. 사랑해, 사랑한다니까, 자기도 미쳐봐. 미쳐보면 내 진심을 이해할 거야. 나는 매번 진심인데 자기는 위선을 부려.

나도 진심이었다. 그러나 우리 사이에는 어떤 수수께끼 같은 이야기 하나가 도사리고 있었다. 나는 그 이야기가 무엇인지 알고 싶었다. 하지만 우린 둘 다 그 이야기가 무엇인지 알지 못했다.

어색해진 가운데 윤원이 출입문을 열고 들어섰다. 이제 생각났다. 그러니까 소정이 내 착각을 소심한 남자의 지병으로 여기면서 더는 위로하지 않게 된 그 언젠가라는 시점이 윤원이 가게에 출근하기 시작한 바로 그때부터였다는 것을.

"안녕하세요? 좋은 아침입니다. 소정 씨, 벌써 나오셨네요."

소정이 내게서 떠난 시선으로 윤원을 바라보았다. 소정의 눈빛이 달라졌다. 윤원을 향한 소정의 눈동자에서 꿈꾸는 본성의 잠재력을 느낀 순간 나는 순식간에 벼락 맞은 철근처럼 연기를 뿜으며 비참하게 꼬부라졌다.

소정이 말하는 우리라는 집합에 내가 민감해진 것은, 즉 그녀의 우리에 내가 포함되느냐 되지 않느냐, 그 우리에 나와 다른 녀석을 번갈아 끼워보다가 나라는 퍼즐이 점점 우그러져 지금 있는 자리에서 불편해진 것은 아마 그때부터가 아니었을까.

나는 소정에게 물었다.

"그런데 루이스 씨의 연애는 해피엔딩이었어?"

"응, 옛날이니까. 요즘 같으면 무조건 새드엔딩이지. 사촌끼리 어떻게 결혼해?"

그때 나는 소정이 우리 미래의 불안한 결말에 관해 언질을 주며 투정을 부린다는 것을 알았지만 심각하게 생각하지 않았다. 중요한 것은 나와 소정은 사촌지간이 아니라는 것이었다. 그러므로 해피엔딩의 여지는 여전히 남아 있었다.

"거머리라니?"

"지금 나한테 화났구나? 말해봐. 지금 자기 눈에 난 뭐로 보여?"

나는 소정에게 화가 나지 않았다. 소정은 지금 고부라진 긴 속눈썹을 치켜뜬 채 툭 튀어나온 커다란 눈알을 이리저리 굴리는 어항 속 금붕어로 보였다. 나는 금붕어 이야기는 하지 않기로 했다. 안 사장의 사무실은 오늘 문을 닫았다. 소정은 여기 내처 있다가 점심 먹고 차 마시고 저녁 먹고 차 마시고 조금 쉬었다가 또 차 마시고 화장실 다녀와서 또 차를 마시다가 평소처럼 퇴근하는 윤원을 쫓아나갈 것이다. 윤원 씨, 나도 지금 갈 건데, 같이 가.

두 사람이 나가고 나서 그다음 이야기가 어떻게 진행되는지는 알 수 없다. 어쨌든 지금 내가 이 자리에서 금붕어라고 대답하면 밤 열한 시까지 소정에게 시달리게 된다. 왜 하필 금붕어야? 아하, 내 목소리가 시끄럽다? 그러니 금붕어처럼 소리 내지 말고 뻐끔뻐끔 주둥이만 벌렸다 오므렸다 하라 이거야?

꼭 그런 건 아니지만 곰곰 생각해보니 그런 심보가 전혀 없다고는 말 못 하겠다. 소정이 그런 식으로 꼭 집어내 말하면 난 당황할 거고 가타부타 설명하는 대신 그냥 웃어 보이겠지. 그럼 소정은 또 왜 웃느냐고 덤빌 테고…….

나는 대답 대신 어제 팔다 남은 쿠키 하나를 재빨리 입에 집어넣고 우물거렸다. 소정은 입을 비죽거리며 다시 책을 펼치곤 보트 위의 세 남자에게로 돌아가버렸다. 소정은 책에 시선을 준 채 말했다.

"자기 동생, 자기랑 안 닮아도 너무 안 닮은 거 알아?"

"나랑 닮은 데가 없긴 해도 내 동생이야."

"그래? 솔직히 내가 보기엔 어디서 자기 정보를 훔쳐낸 후 거기 맞춰 가짜 노릇을 하고 있는 것처럼 보여."

"말이 심하잖아."

"그래도 그런 느낌이 드는 걸 어떡해? 여자의 육감은 솔직한 거야. 자긴 외로운 나머지 그 피붙이라는 것에 혹해서 또 착각하고 있는 건지도 몰라. 정신 차리고 잘 살펴봐. 가족에 대한 그리움으로 엉뚱한 상대를 자기 동생으로 보고 있는 건 아닌지 말이야. 여하간 자기 동생은 자기를 돈주머니로 보고 있는 것 같으니까."

"노라가 사기꾼이라는 거야?"

"누가 그렇대? 좀 수상하다는 거지."

"어디가 어떻게?"

"몽땅 다. 노라가 정말 자기 동생일까?"

"아니면? 지금 나보고 유전자 검사라도 해보란 거야?"

"그런 거 아니라도 얼마든지 확인해볼 방법은 있어. 일단 생각해봐. 상식적으로 딸이 여기 와 있는데 아버지란 사람이 어떻게 전화 한 통 없지? 뭐라고 인사라도 해야 하는 거잖아?"

"말이 통하지 않아서 그런 거겠지."

"하려고만 들면 노라를 통해서도 얼마든지 가능한 일이야. 실은 자기도 뭔가 비정상적이라고 생각하고 있지?"

"그야 그렇지만, 어차피 이쪽에선 내가 보호자니까."

"그러니까 보호자끼리 더더욱 뭔가 의사 교환 같은 게 있어야지. 잘 부탁한다든가, 걱정 마시라든가 뭐 그런 하찮은 인사라도 오가야 되는 거라구."

"좀 껄끄러워서 그러는 거겠지. 아내의 전 남편의 아들이잖아. 내 입장에서도 엄마의 새 남편이고."

"자기 십 대야? 그런 낯을 가릴 나이는 지났다고 봐."

"사진이 있었어. 노라는 엄마 딸이 맞아. 엄마 딸이면 내 동생이고."

"합성일 수 있지."

"점점……."

"그래도 난 하고 싶은 말을 다 할 거야. 솔직히 난 노라가 한국말을 지나치게 잘하는 것도 이상해."

"그쪽에서 계속 배웠겠지."

"자기 바보야? 해외에서 태어나 학교 다닌 교포 애들, 자기 집에서 한국말 사용한다고 한국말이 그렇게 유창하디? 걘 여기 토박이야, 확실해. 게다가 지난번 중간고사 성적표 봤지? 자기 반에서 일등이던데, 그게 정상이라고 생각해?"

"무슨 말도 안 되는 소리야? 공부 잘하는 게 뭐가 어때서?"

"과학적으로 짐승은 사람보다 공부를 못해야 정상이야. 고래의 뇌 용량은 인간보다 크지만 인간보다 머리가 좋지는 않아. 고래를 교실에 데려다 놓으면 교과 진도를 따라갈 수 있을 것 같아?"

"도무지 무슨 소릴 하는지 모르겠네. 노라를 왜 고래랑 비교하는 건데?"

"알게 뭐야, 그냥 고래가 생각났을 뿐이야. 내 말은 물에서 살던 생물이 아무리 적응력이 뛰어나도 뭍에 사는 생물을 이길 수는 없다는 거야."

"그만큼 노라가 똑똑하다는 증거잖아."

"그런 머리로 이 상황에 완벽하게 스며들었을 수도 있지."

"열여섯 살밖에 안 된 애를 너무 과대평가하는 거 아니야?"

"요즘 애들 중엔 상식 밖의 괴물인 애들이 종종 있지. 자기, 내 말 새겨들어. 노파심일지 모르겠지만 자기 동생에게는 뭔가 다른 것이 있어. 어딘가 이상하달까, 낯설달까? 솔직히 말할게. 난 자기 동생이 가끔 무서울 때가 있어. 어딘가 내가 모르는 세상에서 온 애 같다고."

난 소정이 네가 더 무서워. 나랑 헤어지자고 할까 봐. 또다시 동물적인 예감이 발동했다. 말없이 자신을 바라보고 있는 내 시선을 의식했는지 소정이 말했다.

"표정이 왜 그래? 내가 또 너무 겁을 줬어?"

나는 고개를 저었다. 소정과 노라가 서로 잘 지내지 못하는 이유가 있겠지. 어쨌든 난 노라를 의심하지 않았다. 노라는 내 동생이고 가족이었다. 어떻게 해도 날 떠나지 않을 누군가였다. 소정도 그래 주면 얼마나 좋을까. 나는 영원한 사랑을 꿈꾸지만 그건 현실이 될 수 없다는 것을 안다. 영원하지 않은 현실에 사랑만 영원할 수는 없기 때문이다.

나는 윤원을 고용하지 말았어야 했을까? 그랬다면 소정은 윤원을 만나지 못했을까. 알 수 없는 일이다. 다만 내가 이 모든 만남을 무효화시키고 싶어 하지 않는다는 것은 확신했다. 우리 중 누구도 존재하지 않는 그림을 더는 상상할 수 없기 때문이다. 어째서인지 나는 윤원이 오래 알고 지내던 친구처럼 편안했다. 우리는 한솥밥을 먹지도 않았고 한집 식구도 아니었으며 함께 나눌 어떤 기억이나 추억도 없었다. 그럼에도 이 짧은 기간 동안 어느새 그런 묵은 감정이 자리 잡았다.

윤원의 출근과 퇴근은 일상의 변함없는 평화를 약속하는 새끼손가락 같았다. 나는 그가 오래오래 여기서 일해주기를 바랐다. 윤원과 나는 매일 카페를 지키며 커피를 끓이고 빵을 굽고, 저녁이면 소정이 찾아와 빈정거리는 말을 툭툭 내던지고, 동오 형이 놀러오면 가끔 내 속내를 털어놓고, 노라는 2층에서 쿵쾅거리고. 나는 이 그림이 몹시 마음에 들었다.

"소정아, 요즘 날씨도 좋은데 윤원이랑 노라 데리고 하루 야유회라도 갈까?"

"보트 여행 같은 거?"

소정은 『보트 위의 세 남자』를 일으켜 세우더니 표지를 툭툭 쳤다. 스무 쪽은 넘긴 것 같은데 이제 몽모랑시에 대해 물어도 될까?

"나, 물 싫어하는데. 발로 젓는 오리 보트, 모터보트, 나룻배, 유람선 타는 것까지 다 별로야."

"그럼 등산은 어때? 지척에 산을 두고 멀리 갈 필요 없으니 교통 때문에 번거롭지도 않고. 괜찮지?"

"그렇게 우르르 떼거리로 몰려다니고 싶다면 그러던지."

소정은 썩 내키지 않는 기색으로 고개를 끄덕였다.

우르르 떼거리가 아니면 둘이서 오붓하겠는데 그 둘에 들어갈 사람이 내가 아니라 윤원일지도 모른다고 생각하자 머쓱해졌다. 그렇다고 나와 노라가 빠져줄 수는 없는 노릇이었다. 괜한 제안을 했나 보다 후회했다. 나는 소정의 시큰둥한 반응을 유감스러워하며 물었다.

"그런데 그 책은 어때? 재미있어?"

"재미있으면 여태 이만큼 읽었겠어. 내가 안 읽고 다른 사람이 읽어주면 좀 나으려나? 동오 씨한테 이 책도 녹음된 거 있는지 물어봐야겠다."

"굳이 다 읽을 필요는 없어. 난 단지 네가 몽모랑시에 대해 어떻게 생각하는지 알고 싶어서 읽어보라고 했던 거야."

"뭘 어떻게 생각해? 그냥 개지. 난 개에 대해서 특별히 어떻게 생각하지 않아. 개는 그냥 개일 뿐이야."

나는 어안이 벙벙해져서 물었다.

"어디서 개라는 것을 알았지?"

"처음부터."

"처음부터라니?"

"처음부터라니까. 처음부터 개로 나왔잖아."

"어디가? 어디에도 개라는 말은 없었는데?"

"개라고 쓰여 있지 않아도 개라는 건 알 수 있어. 그걸 꼭 말해줘야 아나?"

"난 몰랐어."

"그야 자기니까 그렇지. 자긴 의자는 사람으로 보고 사람은 쓰레기통으로 보잖아. 그러니 개야 당연히 사람으로 보였겠지, 새삼스럽게."

그때 윤원이 출입문 방울을 경쾌하게 흔들며 들어섰다.

"좋은 아침입니다. 어? 소정 씨, 오늘은 일찍 들르셨네요. 태주 형, 저번에 우리가 냅킨에 그렸던 그 발자국들 말인데요. 억지로 가져다 붙이면 한 가지 공통점을 찾을 수 있을 것 같아요. 나뭇잎은 정확한 품종을 모르니 일단 놔두고, 너구리를 제외하면 모두 멸종 위기의 짐승들이에요. 그런데 너구리 말인데요, 요건 좀 특별한 발자국을 남기는 습성이 있대요. 사냥꾼들이 추격할 때 헷갈리도록 앞으로 갔다 뒤로 갔다 하는 식의 속임수를 써서 발자국을 남긴다네요. 누가 너구리 아니랄까 봐 음흉하게 말이에요."

그게 누가 남긴 발자국이었더라? 맞다. 내가 윤원으로 착각한 놈이 남긴 발자국이었지.

14

 한밤중에 불쑥 나타나 해괴한 발자국만 남기고 사라지는 남녀 혼성 4인조 일당은 한동안 뉴스거리였다. 사실 그렇게 된 데는 텔레비전이 한몫을 했다. 원래는 게다를 신은 강도가 옆집에 들었다는 정도로 동네에서 떠들고 끝날 이야기였다. 하다못해 그해 2월 8일에 개봉된 아르헨티나 영화 〈나자리노〉*만큼의 이야깃거리도 아니었다. 그런데 한 주간 이슈가 됐던 사건 사고를 정리하는 텔레비전 프로그램 말미에 논설가 한 사람을 초대해 오 분 정도 대화를 나누면서 이야기가 꼬리를 물게 된 것이다.

---

* 일곱 번째로 태어나는 남자 아이는 늑대가 된다는 전설에 따라 나자리노 크루즈는 아름다운 그리셀다와 사랑에 빠진 후 결국 늑대가 되고 비극적인 결말을 맞게 된다. 온갖 영상 효과로 단련된 요즘 시각으로 보면 손발이 어마어마하게 오그라들지만 음악만큼은 여전히 근사하다.

"남자 둘, 여자 둘이라는 것은 어디까지나 목소리로 판단한 결과입니다. 목격자들은 그들의 용모를 직접 봤는데도 제대로 기억하지 못해요. 목격자들이 기억할 수 없도록 최면이라도 건 걸까요? 아니면 입막음을 당한 걸까요? 그리고 발자국과 목격 대상이 일치하지 않는다는 사실도 수상쩍은데요. 네 종류의 짐승 발자국과 네 명의 사람, 어떻게 생각하십니까?"

"글쎄요, 듣는 것과 보는 것 중 어느 쪽이 정확한지에 달려 있다고 봐요."

"백문이 불여일견이라고 했으니 아무래도 보는 쪽이 정확하지 않겠습니까?"

"그래서 목격자들은 사람의 목소리를 들었음에도 사람이 아닐 거라고 우기는 거죠. 우긴다는 건 결국 강요한다는 의미고요. 목격자들은 사람들에게 자신들의 말을 믿어야 한다고 강요하고 있어요. 왜냐하면 본 것은 틀림없는 사실이기 때문이죠. 하지만 본 것이 착각에 지나지 않았다면요? 목격자들은 짐승 발자국을 봤어요. 그래서 그 발자국에 어울리도록 대상을 왜곡해 기억하려 드는 거죠. 뇌는 눈앞에 벌어진 현상이 원래 자신이 알고 있던 정보와 맞지 않으면 어떻게든 타당하게 재조합하려는 습성이 있어요. 거기서 모호해진 거죠."

"그러나 현장을 직접 본 목격자들의 말을 완전히 착각으로 치부할 수는 없지 않습니까?"

"그렇다고 진실로 보기에도 무리가 있죠. 착각이란 게 뭡니까? 사전적 의미로 사물을 실제와 다르게 보거나 느끼는 겁니다. 환영이나 환시와는 다르죠. 대상이 실재하니까요. 다만 보고 싶은 부분만 보거나 보이는 것만 보려 하기 때문에 생기는 현상이에요. 자, 여기 이 사진을 한번 봐주시겠어요? 이 사람은 모자를 쓴 데다 이마에 손차양까지 하고 있기 때문에 그림자가 져서 얼굴이 잘 보이지 않아요. 그래서 우리는 이 사람이 남자인지 여자인지 알 수 없어요. 즉, 이 사람을 남자로 볼지 여자로 볼지는 전적으로 관찰자의 시각에 달려 있는 거죠. 그런데 이 사람은 지금 뭘 보고 있는 걸까요?"

"절 보고 있는 것 같은데요."

사회자가 웃으며 말했다. 논설가는 고개를 끄덕이며 말을 이었다.

"혹은 피안이라든가, 눈부신 햇빛이라든가, 그런 식으로 얼마든지 갖다 붙일 수 있겠죠. 하지만 한 가지는 확실해요. 이 사람이 바라보고 있는 것은 이 화면 밖에 있어요. 그리고 정해져 있지 않죠. 모든 사람은 자신의 잣대로 방향을 정하고 사물을 봅니다. 인간은 하나의 사물을 관조하는데 각기 다른 상상을 할 수 있도록 타고났기 때문이죠. 시쳇말로도 있지 않습니까? 착각은 자유라고요."

"하지만 한두 사람도 아니고 어떻게 목격자들 모두 동일 착각을 할 수 있습니까?"

"가능합니다. 속담에 자라 보고 놀란 가슴 솥뚜껑 보고 놀란다지 않아요? 그건 대상물에 공통적으로 연상 가능한 특정한 생김이 있다는 뜻이에요. 어쩌면 우리가 그들의 생김을 기억해낼 수 없도록 고의로 만든 분장일 수도 있고요. 예를 들면 광대 화장이나 짐승의 탈을 쓴다거나 하는 식으로요."

"그렇다면 역시 사람이 한 짓이란 뜻이로군요."

사회자와 논설가는 최대한 이성적인 결론을 끄집어내 놨지만 정작 사람들 사이에서 도는 소문은 그 반대였다. 세간에는 그들이 내놓으라고 하는 것이 사람의 영혼이나 정신, 운 같은 비물질적인 것이라는 말도 있었다.

"그들은 훔치는 것이 목적이 아니라 자기들이 잃어버렸던 여우 발자국을 찾고 있다던데요. 그 여우 발자국에 관해서는 어떻게 생각하십니까?"

"여우 발자국보다는 왜 하필 발자국인지에 주목해볼 필요가 있어요. 발은 에너지를 끌어들인다는 의미가 있지요. 아마 그들은 사람들의 믿음이나 지지 같은 것을 바라고 있는지도 몰라요. 부처의 발자국을 따라가다 보면 깨달음에 이른다는 말도 있잖아요. 그들이 남긴 발자국들을 보면 일종의 전위적인 행위예술 작품처럼 보이는 구석도 있어요. 만약 그 여우 발자국이란 게 말이에요. 대중의 발자국을 지칭하는 거라면 이렇게 해석될 수도 있다고 봐요. 우리 발자국을 보고 깨달았다면 당신들의 발자국도 보태라."

"그렇게 말씀하시니 다소 선동적으로 들립니다만."

"크게 우려할 사안이 되지 않기를 바랄 뿐이죠."

우필은 텔레비전을 껐다. 흑백의 텔레비전 화면이 눈앞에서 사라지자 비로소 주변의 색채가 우필을 에워쌌다.

*

재곤은 피곤해 보였다. 여러 날 잠을 자지 못한 듯 눈 주변이 숲에 내려앉은 땅거미처럼 거뭇했다. 체중도 어찌나 빠졌는지 야윈 모습이 흡사 손말명과 사는 남자 같았다. 재곤은 벌겋게 충혈한 눈을 끔벅이며 마른 입술을 열었다.

"오랜만이야. 잘 지냈어? 보아하니 넌 요즘 살 만한가 보네."

"넌 엉망이야."

우필이 쏘아붙이듯 대꾸하자 재곤은 까칠한 뺨을 손으로 쓸며 말했다.

"그러게 말이야. 전화에서도 말했다시피 요즘 좀 이상한 일에 시달리고 있거든."

우필은 그게 뭐냐고 묻고 싶지 않아 앞에 놓인 커피 잔을 잡았다. 재곤이 커피 잔을 잡는 우필의 손에 시선을 둔 채 물었다.

"서운한데, 무슨 일이냐고 안 물어봐?"

"관심 없어. 시달리다 삐쩍 말라 죽어도 그만이고."

"지독하네. 요즘 내 몰골을 보고 걱정해주지 않는 사람은 너뿐이야. 그런데 그게 오히려 날 더 자극하네. 아, 좋은 쪽으로 말이야."

"나쁜 쪽이어도 상관없어."

우필은 여전히 커피 잔을 잡은 채였다.

"그러지 마. 이래 봬도 너에게 나쁜 감정을 가져본 적은 한 번도 없었어. 넌 어땠는지 모르겠지만."

재곤은 우필에게서 눈을 떼지 못한 채 자신의 커피를 한 모금 마신 후 찻잔을 내려놓았다. 우필은 자기 커피 잔에서 손을 뗐다. 한 모금도 넘길 수 없을 것 같았다. 재곤이 말했다.

"하여간 옛날부터 나를 이런 식으로 삐딱하게 대하는 건 세상에 너뿐이었지. 다른 여자애들은 나한테 염려하는 말 한마디 해주지 못해 늘 안달이었는데 말이야. 솔직히 걔네들 하나같이 별로였어. 너무 적극적이거나 수줍어서 전혀 마음이 동하지 않았지. 오히려 한마디를 해도 쌩한 네 말투가 더 자극적이었어. 그 무심하고 덤덤한 태도까지 말이야. 이제 와서 고백하지만 내 고등학교 시절은 온통 너뿐이었어. 대학 다닐 때도 그랬고. 다른 여자애들은 그냥 좁쌀 같았지. 오로지 너만 그 좁쌀 속에 우뚝 박혀 있는 새빨간 강낭콩 같았어. 아직도 난…… 아냐, 됐다."

재곤은 창밖으로 시선을 돌리며 말했다.

"우필아, 우리 말이야, 옛날에 참 좋았지?"

223

우리 그리고 옛날, 과거를 가리키는 단어들이 뭉근한 바람 한 줄기가 되어 속절없이 우필의 가슴을 비집고 밀려들었다. 우필은 재곤이 방금 그 말을 내뱉는 순간 오래전에 가끔 무방비로 우필을 향해 내보이곤 했던 그 순진무구한 눈빛으로 되돌아간 것을 보았다. 우필은 그가 진심이라는 것을 알았다. 그가 자기 마음의 문 언저리를 서성이는 것도, 그 문을 열고 들어오고 싶어 한다는 것도, 더불어 그가 스스로 차버렸던 시간을 되돌리고 싶어 하면서도 같은 오류를 범하는 것에 대해서는 별로 개의치 않아 할 것도. 그러나 모든 시간은 한번 지나가면 다시 돌아오지 않는 것이다.

"새삼스럽게 옛날은 왜 들먹이는데? 난 옛날이 싫어. 다시는 옛날로 돌아가고 싶지 않아."

"하지만 다시 옛날로 돌아가 네가 고등학교를 제대로 졸업하면."

"내가 가장 되돌아가기 싫은 시절이 바로 그때야. 그때부터 모든 게 엉망이 됐거든. 헛소리 그만하고 내 발자국 스케치나 돌려줘."

"여기서 왜 갑자기 그 이야기가 나와?"

재곤은 멋쩍게 웃어 보였다. 구겨진 종이처럼 보였다. 재곤은 손가락을 깍지 껴 맞잡은 채 잠깐 머뭇거리다가 말했다.

"정말 잃어버렸어. 어디 있는지 몰라."

"원본이라 없애버린 게 아니고?"

"아냐. 정말 잃어버렸어. 그런데 말이야, 그들도 너랑 똑같은 걸 요구하더라."

"그들?"

"요즘 뉴스를 휘젓고 다니는 그 발자국 일당 말이야."

그들이 결국 재곤을 찾아낸 모양이다. 우필은 뭐라고 말해야 할지 잠깐 생각했다. 재곤은 우필의 반응을 관찰하는 듯 잠깐 틈을 놓았다가 입을 열었다.

"내가 알고 싶은 건 너랑 그놈들이 한패냐는 거야? 너 혹시 나한테서 그 스케치를 찾으려고 사람을 샀어?"

우필은 어이가 없었지만 재곤은 진지하게 대답을 기다리고 있었다. 중대한 결정을 앞에 두고 극심하게 고민하다 우필을 찾은 흔적이 그 표정에 역력히 드러나 있었다.

"내게 그럴 능력이 있다고 봐?"

재곤은 말라서 해골처럼 드러난 턱을 손으로 긁적이더니 조용히 입을 열었다.

"난 아직 그놈들을 신고하지 않았어. 왜인 줄 알아? 네가 사주했을지도 모른다는 생각이 드니까 그럴 수 없더라고."

"날 생각해서가 아니라 너 자신을 위해서겠지. 그 발자국 때문에 또다시 예전 구설수에 휘말리고 싶지 않은 거잖아. 거기에 내가 끼어드는 건 더더욱 끔찍할 거고."

"그건 너도 마찬가지잖아. 좋아, 인정할게. 네 스케치를 훔쳤어. 하지만 내가 너 대신 그 발자국에게 세상의 빛을 보게 해준 거라고 그렇게 좋게 생각해주면 안 될까? 물론 내가 네 재능을 잠깐 빌린 거긴 하지만 말이야. 그래도 내 덕에 네가 가진 재능을 발견한 셈이기도 하잖아."

"억울한 논리를 붙이고 있다는 건 알지?"

"훔친 것에 대한 보상은 충분히 할게. 네가 자꾸 이러면 내가 잃는 게 너무 많아져."

"난 너에게 아무 짓도 하지 않았고 앞으로도 할 생각 없어. 너를 흠집 내서 네 인생을 망치고 싶지도 않고. 그 스케치만 돌려줘. 그럼 돼."

그러면 서른두 장의 사진들이 만든 그림의 공백을 채울 수 있게 된다.

"잃어버렸다니까."

"거짓말!"

"거짓말이 아니야. 솔직히 그동안은 잃어버렸다고 대강 둘러붙인 게 맞지만, 그놈들이 들이닥친 후 정신이 번쩍 들었어. 그래서 작정하고 찾아봤지. 분명 집 안 어딘가에 숨겨둔 것 같은데 도무지 찾을 수가 없더라고. 걱정 마. 집 안에 있는 건 확실하니까 곧 기억나겠지. 내가 다시 잘 찾아보고 찾으면 바로 돌려줄게. 대신 너도 약속해줘. 두 번 다시 그런 이상한 놈들을 보내서 날 곤란하게 만들지 않겠다고."

"그들은 정말 내가 모르는 사람들이야. 내가 사람을 시켜 네 집을 뒤지고 싶었다면 처음부터 네 집으로 보내지 왜 다른 사람들의 집을 전전하게 했겠어?"

"나 역시 그런 생각을 안 해본 건 아니야. 아마 네가 사주했다는 것을 모르게 하고 싶어서 머리를 쓴 거겠지. 안 그래?"

의심이 골이 깊은 것은 그만큼 시달렸다는 뜻이다.

"그들이 네 집을 도대체 몇 번이나 다녀간 거야?"

"모르겠어. 세어본 적 없으니까. 홍우필, 잡아뗄 생각하지 마. 그거 네가 그린 거잖아. 네가 임자인데 너 말고 누가 그걸 찾겠어?"

"그래서 내가 자그마치 사람을 넷이나 샀다고? 정말 그렇게 생각해?"

"물론 네 상황을 따져보면 절대 말이 되지 않지만 너에겐 또 다른 재주가 있지. 그 목소리 말이야."

우필은 고개를 저었다.

"내가 아니야."

"그렇게 말하면 안 되지. 네 목소리는 가끔 네가 모르는 짓을 벌이곤 했어. 안 그래? 그들이 밤마다 찾아와서 내게 물어. 나는 모른다고 대답하지만 그들은 내 거기를 잡아당기며 협박하지. 매일 밤 그렇게 시달리면 난 죽게 될 거야. 그 이야기처럼."

"그 이야기처럼이라니?"

"방송에서 내가 쓸데없는 말을 했었지."

재곤은 부아가 나는지 입술을 깨물었다. 우필은 어리둥절해하다가 이내 깨달았다. 정지상의 시구를 훔친 '김부식 이야기', 제가 만약 남의 작품을 훔쳐 제 것으로 했다면 그 이야기대로 되겠죠. 재곤은 그렇게 말하곤 뻔뻔하게 웃었더랬다.

'이규보'의 『백운소설』에 의하면 '정지상'은 서경 천도와 금나라 정벌을 주장한 고려 인종 때의 시인으로 고려 열두 시인 중 가장 뛰어난 인재였다. 후에 정지상은 '묘청의 난'에 연루되어 김부식에 의해 참살당했다. 이 사건에 대해 사람들은 김부식이 정지상의 재주를 시기해 무고했다고 말했다.

김부식은 생전에 정지상이 지었던 '절에서 범어를 파하니 하늘빛이 유리처럼 깨끗하다'라는 시구를 좋아해 자기 것으로 삼으려 했는데 정지상이 들어주지 않았다고 한다. 이후 귀신이 된 정지상은 김부식을 쫓아다니며 그가 시를 지을 때마다 일일이 지적했다.

어느 날, 김부식이 어느 절 측간에서 뒤를 보고 있는데 정지상의 귀신이 쫓아와 음낭을 쥐고 물었다. '술도 마시지 않았는데 얼굴은 왜 붉은가.' 그러자 김부식은 대답했다. '언덕에 있는 단풍에 낯이 비쳐 붉다.' 그러나 정지상의 귀신은 김부식의 음낭을 놓아주지 않고 더욱 세게 쥐며 '이놈의 가죽 주머니는 왜 이렇게 무르냐?' 물었다. 김부식이 '네 애비 음낭은 무쇠여서 그렇게 단단한가'라고 대답하자 정지상이 더욱 세게 쥐어 김부식은 죽고 말았다.'*

---

* 안병국, 『귀신 설화 연구』, 규장각, 1995, 76쪽 축약 발췌.

"내가 세상에 대고 한 말이 있으니 어디 가서 지금 내가 당하고 있는 이야길 말할 수도 없고, 말한다 한들 제대로 믿어줄 것 같지도 않고. 너 그 방송 들었지? 그래서 옳다구나 하고 이런 일을 벌인 거지? 솔직히 말해봐. 네 목소리만이 이런 이상한 상황을 만들어낼 수 있어."

"난 그 고사를 소리 내어 읽은 적이 없어. 내가 한 짓이 아니라고. 설사 읽었다 해도 그 이야긴 너에게 아무 짓도 할 수 없어. 정지상과 김부식은 모두 실존 인물들이었으니까. 그리고 그런 일이 벌어지려면 넌 내가 그 고사를 읽는 목소리를 들었어야 해."

하지만 이상한 발자국을 남기는 사람들이라면 확실히 박현의의 녹음실에서 읽고 있는 그 책과 관련이 있었다.

재곤은 한숨을 내쉬었다.

"네가 아니라고 말하면 내게 벌어지는 현상을 설명할 길이 없어져. 매일 이런 식이면 난 죽을 거야."

"바보 같은 소리 하지 말고 얼른 그 스케치부터 찾아. 그런 다음 돌려주면 끝나는 거야."

"누구에게 돌려줘? 너에게 아니면 그들에게?"

"내게 줘. 그럼 그들이 날 찾아올 테니까. 내가 그 사람들을 만나볼게."

재곤은 그날 끝까지 우필에게 사과하지 않았다. 어쩌면 다음번에 만났을 때 스케치를 찾아 돌려주며 정식으로 사과하려고 했을 수도 있다. 다만 그럴 기회가 다시는 주어지지 않았을 뿐.

*

'어젯밤 열한 시경, 아나운서 지재곤이 욕실에서 사망한 채 발견됐다. 사인은 급성 심근경색으로 인한 심장마비였다. 지재곤은 본래 심장에 지병이 있던 것으로 알려졌다. 그럼에도 사망원인을 두고 여러 가지 석연찮은 점들이 발견되고 있다.

최근 세간에 화제가 되고 있던 발자국 일당이 그날 밤 그의 자택에 침입했던 걸로 보이는데 시신 주변에 같은 모양의 발자국들이 남아 있었기 때문이다. 경찰은 기존에 발견된 발자국들과 함께 새로이 여우 발자국이 추가 발견된 점을 주목하고 있다.

발자국 얼룩은 시신의 얼굴과 가슴에서도 발견됐는데 전문가들은 발자국으로 인한 압박사의 가능성은 없으며 오히려 이 흔적들은 쓰러진 사망자를 도우려 했던 것처럼 보인다고 밝혔다. 이를테면 기르던 개가 화재가 난 집 안에 쓰러져 있는 주인을 깨우려고 애쓴 흔적 정도로 추정하고 있다.

그럼에도 현장에 있던 그들이 왜 사망자를 곧바로 병원으로 옮기지 않고 방관했는지 의심을 자아낸다. 경찰은 혹시라도 그의 죽음에 누군가의 의도적인 개입이 있었는지 파악하기 위해 총력을 기울이고 있다. 새로 발견된 여우 발자국의 주인은 누구일까? 아직까지 신원이 밝혀지지 않은 다른 네 명과 마찬가지로 여전히 알 수 없다.

한편 경찰은 지재곤이 사망하기 전 그가 진행하던 라디오 방송에서 자신의 죽음을 암시하는 말을 남겼다는 정황에 따라 과거 지재곤의 공모전 대상 작품을 둘러싸고 원한 관계였던 홍우필을 찾고 있다. 만약 홍우필이 이 사건과 관련되어 있다면 나머지 네 명의 신원도 곧 밝혀질 것으로 보고 있다.'

우필은 사무실에서 신문 기사를 읽고 난 후 생각했다. 그러니까 내가 그 이상한 발자국을 남기는 사람 중 하나란 말이지, 바보들. 스케치는 영영 찾을 길이 없게 되었고 상황이 나빠진다면 억울한 누명을 쓰게 될 수도 있었다. 우필은 단지 자신이 그린 여우 발자국을 돌려받고 싶었을 뿐이었는데 그 여우 발자국이 우필을 점점 이상한 지경으로 몰아넣고 있었다. 우필은 그 발자국 일당의 일원이 아니었지만 무관하다고도 말할 수 없는 처지였다. 그러므로 엮어넣으면 얼마든지 이야기는 만들어질 수 있었다.

박현의는 지재곤의 죽음에 관해 우필에게 직접적으로 내색하지 않았다. 다만 미자가 우필의 얼굴을 보자마자 인사 대신 다짜고짜 "예전에 너와 스캔들 났던 아나운서가 살해됐다면서? 신문에 보니까 네 이야기도 나오고 그러던데, 형사가 찾아왔겠네? 뭐라고 했어?" 하고 호들갑을 떨며 물었을 때 이렇게 말했던 게 다였다.

"심장마비라고 했으니까 소란 떨지 마."

늘 온화하기만 한 박현의가 정색하고 미자를 나무랐다. 살해라니, 뉴스나 신문 기사 어디에도 그런 단어는 사용되지 않았다. 하지만 미자의 말대로 조만간 형사가 우필을 찾아올 것이다.

우필은 녹음 작업을 끝내고 집으로 돌아가는 버스를 기다리며 재곤을 생각했다. 우리 옛날에 좋았지? 라고 물었을 때, 두 번 다시 그에게 그런 질문을 받을 줄 몰랐다면 그냥 그 자리에서 대답해줄 걸 그랬다고 후회했다.

좋았다. 실은 많이 좋았다. 우필은 한때 재곤과 연인 비슷하게 지냈던 적도 있었다. 오래전 일이었다. 처음엔 그런 것을 따지지 않던 시절에 만났고 그다음엔 그러기에 아직 시기적으로 일렀고 그다음엔 너무 많은 감정들이 뒤엉켜버렸고 그다음엔…… 이유는 많았지만 무엇보다 우필에 대한 재곤의 마음이 복잡했기 때문이었다. 재곤이 먼저 다가왔고 재곤이 먼저 멀어졌다.

재곤은 우필이 고등학교를 그만두고 외톨이가 되어 세상 밖으로 나오지 못하고 있을 때 잊지 않고 찾아준 유일한 친구였다. 두려워하지 않고 언제나 우필의 목소리를 들어주던 사람이었다. 하지만 시간은 언제나 모든 걸 낡고 무감각하게 만든다. 기억은 옅어지고 감정은 식어버리고 주고받는 대화는 상대의 감성에 맞추는 말랑한 퍼즐 조각에서 시간에 쪼여 마르고 배배 꼬이고 뒤틀린 조각으로 변모한다. 그건 어쩔 수 없는 일이다. 우필은 담담하게 받아들였다.

버스가 왔다. 우필은 멍청한 얼굴로 버스를 그냥 보내버렸다.

학교 수업이 끝나면 우필과 재곤은 같은 버스 정류장에서 버스를 기다렸다. 만날 시각을 정해놓은 적은 없었지만 정류장에 나가면 상대를 볼 수 있었다. 운명 때문이 아니라 한쪽이 다른 한쪽이 올 때까지 늘 기다리기 때문이었다. 재곤은 윗동네, 우필은 아랫동네, 사는 동네가 완전히 달랐기 때문에 각기 다른 노선의 버스를 타야 했지만 재곤은 당연하다는 듯 우필의 버스에 무작정 뒤따라 오르곤 했다. 남고 진입로와 여고 진입로가 만나는 큰길 도로변 그 버스 정류장에는 당시 우필과 재곤의 기억이 낙인처럼 곳곳에 꾹꾹 찍혀 있었다.

승명이 사라졌을 때 우필은 울다가 죽고 싶었다. 영원히 그 어둠과 비탄이 지속될 줄 알았기 때문이었다. 그런데 울다가 깜빡 잠이 들어 깨어나 보니 어느새 날이 밝았다. 다시 돌아온 세상의 아침이 어찌나 환하고 화창하던지. 그러니 오늘 밤까지만, 고인 눈물이 마를 때까지만 여기 잠깐 주저앉아 있어야겠다. 어차피 내일 아침이면 그때처럼 세상은 다시 돌아올 테고 나는 별수 없이 자리에서 일어나 또 그 세상을 살게 될 테니까.

15

아침에 노라가 가정 통신문을 내보였다. 학부모 상담 주간이니 편한 시간을 선택해 학교를 방문하라는 내용이었다. 참석과 불참이라고 쓰인 글자 밑에 체크 표시란이 있었다. 참석할 경우 날짜와 시간을 기재해야 했다. 불참의 경우 전화나 메일 상담이 가능하다고 되어 있었다.

학부모 상담? 내가?

노라가 내 표정을 살피더니 말했다.

"바쁘면 안 가도 돼요. 내가 그냥 불참에 동그라미 할게."

노라가 불참 밑에 동그라미를 한 후 가정 통신문을 접어 가방에 넣고 집을 나선 후에야 나는 뒤늦은 번민에 휩싸였다. 내가 지금껏 좋은 오빠 노릇을 하고 있긴 했을까? 제대로 된 보호자이긴 했던가? 곰곰 생각해보니 들쭉날쭉한 노라의 귀가 시간도 제대로 체크하지 못했고 외국에서 왔는데 학교에 제대로 잘 적응하는지도 무심했었고, 그렇다고 그 흔한 학원 수강증 하나 끊어준 적도 없었다. 노라가 요구하지 않았더라도 내가 먼저 관심을 보였어야 했던 게 아닐까. 성적이 지나치게 좋은 건 어쩌면 함께 어울릴 친구가 없어서일지도 모른다. 공부가 아니어도 배우고 싶은 종목은 얼마든지 있을 텐데 나는 한심하게도 여태 노라의 취미가 뭔지도 모르고 있었다.

소정이 이미 한번 질러놓았기 때문에 새삼 노라 아버지에 대해서도 예전처럼 무심할 수 없게 됐다. 소정의 말대로 아무리 그와 내가 혈연적으로 남남이라 해도 최소한의 연락 정도는 해왔어야 옳았다. 아버지란 사람이 딸을 잘 알지도 못하는, 같은 엄마를 뒀다고는 하지만 전혀 인격을 알지 못하는, 아내의 아들이라고는 해도 완전히 타인인 남자에게 떠넘기고 모른 척하고 있다니. 노라의 아버지가 무례한 것인지, 아니면 진심으로 노라의 다른 쪽 가족을 인정해 간섭하지 않는 것인지 알 수 없으나 내 쪽에서라도 먼저 연락을 취해야겠다는 생각이 들었다. 더불어 이참에 학부모 상담도 해보기로 마음을 바꿨다.

오후에 노라가 학교에서 돌아오자, 나는 잠깐 짬을 내 2층으로 올라가 노라의 방문을 두드렸다. 노라는 불편한 기색을 드러냈다.

"아빠가 왜 내 걱정을 해야 하는데요? 친오빠하고 같이 있잖아요. 걱정하라고 해도 안 할걸요. 나 그렇게 허튼 애 아니에요. 그리고 나하고 아빠는 가끔 연락하고 있으니까 신경 쓰지 않아도 돼요."

"알아. 그래도 어른들은 어른들끼리 갖춰야 할 예의란 게 있어. 아버지가 내게 연락을 하지 않으시니 내가 먼저 아버지께 연락을 드리고 싶은데, 전화번호나 메일 주소 같은 연락처 있으면 줘봐. 아니다, 말이 안 통하니 전화 통화는 무리일 것 같고 메일 주소가 좋겠다."

노라는 입을 다물었다. 곤란한 표정이었다. 그제야 나는 지금껏 나 혼자 노라의 아버지를 오해했을 수도 있다는 것을 깨달았다. 양쪽이 연락을 하지 못하도록 중간에서 막고 있는 것은 아무래도 노라 같았다. 그쪽 아버지도 나와 연락을 하기 위해 필시 노라에게 내 연락처를 물었으리란 생각이 들었다.

"날 못 믿는 거죠?"

노라는 잔뜩 겁에 질린 얼굴이었다.

"그게 무슨 말이야?"

"내가 수상해서 조사하려는 거잖아요."

"뭘 조사해? 만약을 위해서잖아. 게다가 난 너에 대해 아는 게 별로 없어. 너의 다른 가족들이나……."

"난 오빠에 대해 잘 알아요. 그거면 된 거잖아요."

"네가 나에 대해 아는 만큼 나도 너에 대해 알고 싶어."

"나에 대해 알고 싶은데 왜 내 아빠가 필요해요? 내 아빠가 여기 있는 나보다 더 나를 잘 알 것 같아요? 아님 여기서 직접 날 보고 있는 오빠보다 더 잘 알 것 같아요?"

나는 대꾸할 말을 잃었다. 이런 식이면 답 없는 대화만 되풀이될 거라는 것을 깨달았다.

"당분간만 참아줘요. 정말 사정이 있어서 그래요."

"무슨 사정이기에 말을 못 하는데?"

노라는 대답하지 않았다. 아무래도 부녀 사이에 어떤 사연이 있긴 있는 모양이었다. 그래서 노라가 나를 도피처로 삼은 건 아닐까? 그렇다면 나는 그 역할에 충실해야 했다. 내가 선을 넘으면 노라는 다른 도피처를 찾게 될 테니까. 노라가 처음부터 언제든 나를 떠날 수 있다는 암시를 준 것이 떠올랐다. 내가 잠든 후에는 무슨 일이 있어도 절대 방문을 열어보면 안 돼요. 약속을 어기면 다른 살 곳을 찾아볼 거예요. 노라가 뭔가 감추고 있는 것은 확실했지만 더는 노라를 다그치지 않기로 했다. 노라가 나를 믿고 속사정을 털어놓지 못하는 것이 내게 느끼는 거리감 때문이라면 그건 모두 내 잘못이었다. 내가 노라에 대해 좀 더 알려고 노력하지 않았기 때문이다.

나는 노라에 대해 도대체 뭘 알고 있는가? 노라가 무슨 생각을 하며 이곳에서 어떻게 적응해 나가는지 그저 방관만 했다. 매일 멀쩡한 노라의 얼굴을 보면서 막연히 잘해 나가고 있구나 생각했다. 노라가 겉돌고 있는 것은 내 쪽에서 노라를 내 세계에 받아들이지 않고 있었던 탓일지도 모른다.

"알았다. 그럼 당분간만이다. 솔직히 난 네가 왜 아버지 쪽 연락처를 말해주지 않는지 전혀 납득이 되지 않지만 네 의사를 존중해 기다려주는 거야. 그리고 그 가정 통신문은 참석으로 바꿔줘. 학부모 상담하러 갈 거니까. 그럼 나 내려간다. 아니다. 같이 내려가자. 너 처음 여기 왔을 때 마셨던 것과 똑같은 맛으로 초콜릿 차 타줄게."

카페로 내려갔더니 동오 형이 와 있었다. 그는 늘 앉는 구석 자리에 혼자 앉아 눈을 감고 귀에 이어폰을 꽂은 채 주문한 우유와 브라우니 세 조각을 기다리고 있었다. 노라가 동오 형 곁에 슬며시 앉더니 그의 귀에서 이어폰 한쪽을 뽑아 자기 귀에 꽂았다. 동오 형이 깜짝 놀라 눈을 번쩍 뜨더니 나와 노라를 보고는 어색하게 웃었다. 동오 형과 노라는 나란히 앉아 눈을 감은 채 소리의 삼매경에 빠져들더니 곧 얼빠진 표정을 짓기 시작했다. 아무래도 홍우필의 목소리를 듣고 있는 모양이었다.

홍우필.

그녀의 목소리를 떠올리자 뜬금없이 심장이 심하게 두근거리며 숨이 조여왔다. 마치 우연히 기차를 탔는데 좋아하는 여자를 발견하고 엉겁결에 그 옆자리에 앉게 되었을 때처럼 배꼽이 저릿저릿해지며 몸이 달아오르는 것이었다. 갑자기 내가 왜 이러는 거지? 나는 당황했다. 홍우필의 목소리를 실제로 듣고 있는 것도 아닌데, 그저 동오 형이 카페에 올 때마다 듣고 있기에 몇 번 함께 들은 것이 전부인데, 그렇게 기억하고 있던 그녀의 목소리가 오늘따라 여름날 오후의 서풍처럼 내 마음을 황홀하게 흔들었다. 내 머릿속은 어느새 골다공증에 걸린 뼈다귀처럼 듬성듬성해졌다. 그 구멍 사이사이를 그녀의 목소리가 바람처럼 누비고 다녔다. 나는 그 목소리를 몰아내려 애썼지만 잘 되지 않았다.

어떤 것들은 내 의지대로 되지 않는다. 사물을 사람으로 착각하는 그런 것들은 아무리 주의를 해도 찰나에 벌어졌다. 적응했다는 의미는 착각하는 횟수가 줄어드는 것이 아니라 그것을 보고 놀라는 횟수가 줄어드는 것이다. 이제 나는 홍우필의 목소리를 떠올릴 때마다 이런 어처구니없는 증상에 떨어야 할 테지만 시간이 지나면 둔감해질 것이다.

나는 초콜릿 차와 우유, 브라우니 접시를 각자 앞에 놓아준 후 두 사람의 귀에서 이어폰을 잡아 뽑았다.

"정신 차려. 표정들이 그게 뭐야? 반쯤 녹아버린 아이스크림 같잖아. 동오 형은 간만에 왔는데 요즘 우리 노라가 어떻게 사는지 이야기도 좀 들어주고 그러지, 여기서도 계속 그렇게 귓구멍에 이어폰이나 끼고 앉아 있을 거야?"

동오 형은 교실 맨 앞자리에 앉은 착한 모범생처럼 고개를 끄덕이며 알았다고 말한 후 이어폰을 주머니 속에 넣고 바로 앉았다.

"미안해. 나머지 열세 개의 카세트테이프 중에서 오늘 열 개를 새로 빌렸거든."

동오 형은 카운터 밑에 내려놓은 자기 가방을 슬쩍 열어 카세트테이프들을 보여주었다. 저게 몽땅 홍우필의 목소리란 말이지. 젠장, 또 가슴이 제멋대로 벌렁거렸다.

"아직 세 개를 더 빌려야 하지만……."

"형, 그 카세트테이프 이야기는 그만. 우리 노라에게 관심 좀 보여줘."

"그래, 노라, 요즘 학교생활은 어때?"

동오 형이 노라를 향해 돌아앉았다. 물론 시선은 카운터 위에 매달린 등과 노라의 어깨 너머 어딘가를 오가며 무한히 배회했지만.

"뭐 그렇죠."

노라가 시큰둥하게 대답하며 방금 이어폰이 들어간 동오 형의 주머니를 탐내듯 쳐다보았다. 동오 형이 고개를 저었다.

"지금은 안 돼. 우린 이야기 중이니까 이야기에 집중해야지. 네오빠가 그러라고 했잖아."

노라가 나를 힐끔 노려보며 말했다.

"오늘따라 도대체 왜 그래요? 갑자기 그렇게 덤벼드니까 불순한 목적이 느껴지잖아요."

"무슨 목적?"

"그야 난 모르죠. 아무튼 상담 교사처럼 굴고 있잖아요. 난 아무 문제 없는데."

"넌 그렇다 치고 친구들은 어때? 왜 한 번도 친구들을 집으로 데리고 오지 않지? 더구나 오빠가 카페 한다는 거 알면 다들 놀러 오고 싶어 할 텐데."

노라가 흥미 없다는 듯 중얼거렸다.

"그러든지 말든지 알게 뭐야."

"뭐야? 여태 마음 털어놓을 친구 하나 못 사귀었어?"

"내 교우 문제는 걱정할 거 없어요. 다 잘 지내요. 지나치게 잘 지내서 탈이죠. 모두 골고루 말이에요."

"골고루? 그건 없다는 거랑 같은 말인데."

"그게 아니라 신비주의라니까요."

"왜 그런 콘셉트를 잡았는데? 역시 친구 사귀기가 힘들어서?"

"그냥 안의 일은 밖에서 까발리지 않는다는 주의일 뿐이에요. 그게 다 내 약점이 되거든요."

"어떤 식으로 그렇다는 건데?"

"여하튼 나에 대해 아무거나 이야기하는 건 위험한 일이에요. 그리고 오빠가 카페 한다는 게 알려져서 좋을 게 뭐 있어요? 공짜 손님들에게 뜯기기만 할 텐데."

"이 건물은 이미 흉흉한 건물로 소문 나 있어. 그래서 안 오는 거야."

동오 형이 고개를 까닥거리며 끼어들었다.

"에이, 아저씨는 참,"

노라는 동오 형의 브라우니 하나를 집어 들어 한입 베어 물었다. 동오 형의 얼굴이 사색이 되었다. 나는 재빨리 브라우니를 하나 더 가져와 개수를 맞춰주었다. 나는 노라가 우리 가게에서 구운 이런 저런 빵이나 쿠키를 잘 먹어줘서 고마웠다. 살쪄서 이런 건 안 먹어, 저런 건 못 먹어 하는 소정이 좀 보고 배워줬으면 싶었다.

"그런 거야?"

내가 묻자 노라는 고개를 저었다.

"아니에요."

"그럼 실컷 뜯겨줄 테니까 친구들 좀 데려와봐."

"쳇, 남의 숙제나 몰래 베끼는 애들을 뭐하러?"

"그건 또 무슨 소리야?"

"저번에 내가 잠깐 화장실에 간 사이 애들이 내 가방을 뒤져서 수학 과제물을 꺼내 베끼고 있더라고요."

"그래서?"

"그냥 내버려뒀죠. 근데 베끼려면 잘 좀 베끼지 급한 나머지 엉터리로 베껴서 반 이상 답이 틀렸어요. 그래서 수학 선생이 그 틀린 문제들을 다시 설명해주고 있는데 걔들은 안 듣고 계속 떠들었어요. 선생이 화가 나서 입을 다물고 걔들을 노려보다가 격하게 야단을 쳤거든요. 그러자 한 애가 코웃음을 치며 작은 소리로 그러는 거예요. 쟤 왜 저래? 그 애들이 선생을 화나게 했어요. 그런데 그 애들은 왜 그걸 모르죠?"

"알아. 알지만 그냥 이해를 못하는 거지. 그냥 그런 거야."

내가 말했다. 그동안 내가 묻지 않아 노라가 입을 다물고 있었던 건 아닐까 싶을 정도로 노라는 계속 이야기를 쏟아냈다. 학교 이야기, 이해할 수 없는 행동을 하는 친구들 이야기, 오가며 보았던 건물과 사람 이야기, 날씨 이야기, 그 밖의 등등.

우유를 몇 모금에 나눠 마셔야 하는지 정해둔 사람처럼 목구멍으로 우유를 꼴깍꼴깍 정확히 두 번 넘긴 후 동오 형이 물었다.

"그런데 말이야, 노라 넌 여기 왜 왔어? 다들 어딘가로 유학을 못 나가 안달인데 말이야."

"난 오빠를 보려고 왔어요."

노라가 날 보며 싱긋 웃었다.

"어릴 때 내가 잠자리에 들면 엄마는 침대 옆에 앉아 오빠 이야기를 해주곤 했어요. 나는 오빠 이야기를 들으면서 언제나 오빠를 만날 수 있을까 생각했죠. 엄마는 기다리라고 했어요. 이야기가 끝날 때까지. 그럼 오빠를 보게 될 거라고. 그래서 기다렸죠. 그랬더니 정말 오빠를 만나게 됐지 뭐예요."

노라는 자못 진지해진 얼굴로 나를 쳐다보았다. 노라의 입에서 아버지 이야기는 끝까지 나오지 않았지만 상관없었다. 노라의 비밀이 무엇이건 간에 나에 대한 노라의 애정은 진심이었고 나 역시 그랬다.

"참, 동오 형, 이번 주 일요일에 등산 가는 거 잊지 않았지?"

"당연하지. 잔뜩 기다리고 있어."

동오 형이 고개를 끄덕이며 벙싯벙싯 웃어댔다. 그걸 보고 노라가 웃었고 노라가 웃기에 나도 웃었다.

*

　주말 등산의 집합 장소는 당연히 '거기 구멍 눈 뒤에'였다. 아침 여덟 시, 오이 네 개를 양손에 나눠 쥔 동오 형이 도착했을 때 우리는 배낭에 이것저것 챙겨 넣느라 그에게 어딘가 앉으라고 말하는 것을 깜빡 잊었다. 동오 형은 삼십 분 동안 출입문 앞에 서 있었다.

　소정은 멍청한 행동만 일삼는 동오 형을 뭐하러 불렀느냐, 이 꼴로 오늘 안에 정상에 오를 수는 있겠느냐, 짐은 또 왜 이렇게 많은 거냐며 갖가지 불평을 해댔다. 조금 후에 소정은 자기가 한 불평들을 까맣게 잊고 동오 형이 있어 정말 유용하다며 짐을 점점 더 불리기 위해 이런저런 심부름을 시켰다. 윤원이 직접 구운 빵과 커피, 오이와 과일, 물을 챙기고 나서도 소정은 동오 형을 편의점에 여섯 번이나 다녀오게 했다.

　처음엔 음료와 주전부리할 거리를 사오라고 보냈고 두 번째는 그래도 점심으로 김밥 정도는 있어야지 하며 보냈다. 조금 후에 동오 형이 빈손으로 쫓기듯 돌아와 나는 동그란 김밥을 보면 화가 나, 하고 말했고 소정은 콧바람을 뿜으며 그럼 삼각 김밥으로 사오면 되잖아, 바보같이, 얼른 가서 사람 수대로 다섯 개 사와, 하고 말하며 세 번째로 내보냈다. 네 번째는 동오 형이 돌아오자마자 소정이 삼각 김밥이 생각보다 작네. 한 사람이 두 개씩은 먹어야 할 것 같아. 동오 씨, 다섯 개만 더 부탁해, 하고 말해 다시 사러 나갔고, 동오 형이 나간 후 즉석 볶음면 신제품이 나왔던데, 먹어봤어요? 하는 윤원의 말 한마디에 다섯 번째로 동오 형을 내보냈다. 물론 윤원은 말렸지만. 마지막으로 거스름돈 계산이 틀렸다며 또 다녀오게 했는데 알고 보니 소정이 잘못 계산한 것이었다.

이런 식으로 가벼운 등산이 아니라 거한 소풍 준비를 하다 보니 오전 열한 시가 넘어버렸고 우리는 결국 점심을 먹고 출발하기로 결정했다. 소정이 불평했다. 이럴 줄 알았으면 놀이동산으로 가는 건데, 명색이 나들인데 밥을 집에서 먹다니. 내가 달랬다. 여기가 무슨 집이야? 여기도 엄연히 영업집이라고. 그러자 노라가 말했다. 그래도 외식이라고 할 순 없잖아요. 윤원이 나를 거들었다. 외식이라고 할 수 있어, 카페에서 먹는 밥이니까. 노라가 입을 비죽 내밀었다. 완전 시시해. 동오 형이 불안한 표정을 지으며 말했다. 꼭대기까지 올라갈 시간이 부족해. 내가 말했다. 정상에 오르는 건 포기해야겠어요. 윤원이 덧붙였다. 그래요, 어차피 오늘의 목적은 코에 산바람을 넣는 거니까요. 괜찮죠? 동오 형?

콧바람? 산바람? 다행히 동오 형은 그 두 가지 단어에 몰입하느라 정상에 대한 집착을 버렸다.

먹은 것을 치우고 이를 닦고 손을 씻고 다시 배낭을 챙기고. 우리는 오후 두 시가 되어서야 간신히 출발할 수 있었다. 아침 일찍 산에 올랐던 사람들이 슬슬 내려오는 시각에 우리는 거꾸로 올라가기 시작했다. 카페 뒤쪽으로 난 언덕길을 따라 올라가면서 앞서 가던 윤원과 소정은 곧 내 눈앞에서 사라졌다. 동오 형과 함께 천천히 걸어가고 있던 나는 그들이 시야에서 사라지자 서둘러 쫓아갔다. 동오 형이 기린처럼 겅중거리며 빨라진 내 걸음에 맞췄다. 어느 정도 따라가자 저 앞에 그들이 다시 보였다. 내가 뭣 때문에 이러고 있는지 모르겠다는 생각이 들었다. 노라가 내 속을 눈치챘는지 팔랑거리며 달려가 고의로 두 사람 사이에 끼어들었다. 나는 어린 여동생에게 속마음을 들킨 것이 부끄러워 결국 마음을 비우고 모른 척하기로 했다.

시간이 지나자 다리 길이에 반비례해 걸음이 느린 동오 형이 자꾸 뒤쪽으로 처졌다. 나는 2킬로미터 지점 삼림욕 구역에서 만나자는 문자를 넣고 될 대로 되라는 심정으로 동오 형과 느긋하게 걸어 올라갔다. 도착해 보니 벤치에 나란히 앉아 쉬고 있는 윤원과 소정이 보였다.

"노라는?"

"자기랑 오는 줄 알았는데?"

소정이 말했다.

"아까 두 사람 가운데 끼어 같이 올라갔잖아?"

"그러다 처졌지."

"앞서 간 건 아니고? 우리 쪽으로는 돌아오지 않았어."

"혹시 옆길로 샌 건 아닐까요? 아까 올라올 때 보니 왼편 갈림길에 진입 금지 표지판이 놓여 있었던 것 같은데."

윤원이 말했다.

"신고해."

동오 형이 걱정스러운 얼굴로 말했다.

"아뇨, 일단 한번 찾아보고요."

나는 휴대전화를 꺼내 노라에게 걸어보려 했지만 신호 체계가 나쁜지 그새 먹통이 되어 있었다. 우리는 서둘러 왔던 길을 되돌아 내려갔다. 진입 금지 표지판이 세워진 왼편 길로 접어들었을 때 주위는 이미 어둑해져 있었다.

"노라!"

우리 넷의 목소리가 산을 타고 번갈아 울려 퍼졌지만 노라의 대답은 돌아오지 않았다. 노라는 꼭 산에 먹혀버린 것 같았다. 저 아래 시내 불빛이 보였다. 지척이었지만 가도 가도 가까워질 수 없는 신기루처럼 느껴졌다. 노라 없이 우리끼리만 불빛 속으로 돌아갈 수는 없었다. 나는 발 디딜 곳을 잃은 멍청한 돌처럼 거기 서 있었다. 머릿속에서는 온갖 나쁜 가능성들이 소용돌이쳤고 가슴속은 갈퀴로 죄다 후벼판 것처럼 선뜩선뜩했다. 휴대전화는 여전히 통화권 이탈이었다.

어디선가 부스럭 소리가 들렸다. 우리가 소리 나는 곳을 향해 돌아보자 수풀 뒤에서 거짓말처럼 노라가 모습을 드러냈다.

"어떻게 된 거야?"

"길이 아닌 곳으로 잘못 들어갔나 봐요. 집에 영영 못 돌아가는 줄 알았어요."

노라는 울먹거리며 절뚝절뚝 걸어 나왔다.

"뭐야, 다쳤어?"

"그냥 좀 넘어졌어요."

어디에 긁혔는지 노라의 연두색 운동복 바지가 피범벅이었다. 화들짝 놀라 달려가려는데 소정이 내 팔을 잡아당기며 가만히 속삭였다.

"잠깐만. 자기야, 이건 어디까지나 내 육감인데 말이야. 자기 동생 지금 어딘가 좀 이상한 것 같지 않아?"

"뭐가?"

"그게 뭔지 알면 내가 지금 이 상황에서 육감을 들먹이겠어?"

소정의 눈동자가 평소답지 않게 흔들렸다.

*

"노라의 오빠 분을 학부모 상담 주간에 뵙게 돼서 다행이에요. 혹시라도 불참하시면 제가 꼭 뵙자고 따로 연락을 드리려고 했거든요."

노라의 담임선생이 조심스럽게 말을 꺼냈다. 노라의 담임선생은
마른 사슴 같은 몸매를 가진 중년 여자였다. 부스스한 단발머리, 메
마른 피부, 자주색 뿔테 안경 뒤로 피곤에 지쳤으나 의욕은 충만한
눈동자가 예민하게 빛났다.

다른 선생들은 각자 자기 책상에 앉아 있거나 수요일인 오늘 시
간표에 맞춰 수업에 들어갔다. 그녀와 나는 창가에 놓여 있는 동그
란 탁자를 사이에 두고 마주 보고 앉았다. 탁자 위에는 서류와 교재
들이 산더미처럼 쌓여 있었다. 벽면에 붙어 있는 세면대는 물때로
얼룩덜룩 지저분했고 미니 냉장고와 블라인드에는 무관심에 지친
묵은 먼지가 소복하니 끼어 있었다. 늘 뿌연 빛 속에 잠겨 시시각각
모습을 바꾸는 '거기 구멍 눈 뒤에'의 깔끔하고 몽롱한 실내 풍경
과는 대조적이었다. 묘하게도 시간이 버리고 간 듯 정체된 이곳의
사실적 자연스러움이 시간에 따라 부지런히 변모하는 '거기 구멍
눈 뒤에'보다 훨씬 현실적 실재에 가깝게 보였다.

"노라는 모범생이에요. 성적도 우수하고 학교생활에도 잘 적응
하고 있어요. 그러니까 노라 개인적으로는 아무런 문제가 없어요.
단지 우려스러운 건 노라에 대한 다른 학생들의 시선이에요."

"무슨 말씀이신지 잘 모르겠습니다."

선생은 조심스러운 태도로 망설이더니 휴대전화를 꺼내며 말
했다.

"일단 이걸 좀 봐주세요."

선생은 휴대전화의 동영상 버튼을 누른 후 내게 건넸다. 노라가 걸어가고 있는 뒷모습이었다. 뒤쫓으며 촬영을 하고 있는 기척을 느꼈는지 노라가 슬그머니 고개를 옆으로 돌리는가 싶더니 쏜살같이 뛰어가버렸다. 순식간이었다. 영상이 찍힌 시간은 고작해야 오 초 남짓. 문제가 된 것이 무엇인지 나는 금방 알아챘다. 노라의 발자국이었다. 노라 주변의 다른 학생들은 아무런 발자국이 남지 않았다. 노라만 걸을 때마다 거뭇한 그림자 같은 발자국이 줄을 이어 시멘트 바닥에 어지러이 찍혔다. 햇볕 아래 더욱 선명한 작은 발자국. 나는 숨이 컥 하고 막혔다.

"수업 시간에 학생들끼리 돌려보고 있더라고요. 꼭 그림자처럼 생겼죠? 정오를 조금 넘긴 시간이니까 짧게나마 그림자가 생길 수는 있어요. 다만 그림자는 대상이 움직이면 따라가잖아요. 한데 노라가 걸을 때마다 남는 이 흔적들은 그림자가 아니라 말 그대로 발자국이에요. 그것도 사람 발자국이 아니라 마치 고양이 같은 동물 발자국처럼 보여요."

"뭔가……."

나는 더듬거리며 할 말을 찾았다. 나는 이 발자국을 알고 있었다. 이건 수달의 발자국이었다. 윤원이 그때 그렇게 말했다. 소정이 노라 또래의 여자애를 봤던 자리에서 발견한 그 발자국은 수달의 발자국이라고. 그럼 이게 진짜 노라가 남긴 발자국이란 건가? 소정이 그날 본 여자애가 노라였어? 그런데 왜 얼굴을 몰라?

　일단 화제를 바꿔야 했다. 이 문제는 나와 노라가 먼저 이야기해 본 후, 그러니까 여기서 확대시킬 문제가 아닌 것이다.

　"제가 보기엔 아이들의 편견이 작용한 것 같은데요. 다들 작당해서 노라를 이상한 쪽으로 몰아붙이는 것처럼 보입니다만, 좀 전에 선생님께서도 노라에게는 문제가 없는데 바라보는 아이들의 시선에 문제가 있다고 말씀하셨잖습니까? 혹시 노라가 학교에서 왕따를 당하고 있습니까?"

　"왕따요? 노라가요?"

　선생은 고개를 저었다.

　"노라는 씩씩한 아이예요. 아마 노라가 전교생을 왕따시키면 시켰지 왕따를 당하는 일은 없을걸요."

　딱딱하게 굳어 있던 선생의 표정이 다소 풀어졌다.

　"노라도 알고 있습니까?"

　"알고 있어요. 혹시 노라가 운동화 바닥에 뭔가 묻히고 애들에게 장난을 치는 건지도 모르겠다는 생각이 들어 불러다 물어봤어요. 오히려 노라가 어떻게 된 건지 영문을 몰라 하더군요."

　"그 동영상의 최초 유포자가 누굽니까?"

　"동영상은 조작된 게 아니에요. 실제로 본 아이들도 이미 여럿이니까요. 그래도 제 입장에서는 더 이상 확산되지 않도록 애들을 잘 설득해 덮으려 했어요."

선생이 난감하다는 듯 엉덩이를 움직이자 의자에서 삐거덕 소리가 났다.

"그런데 지난주에 저희 학교 선생님 한 분이 이상한 일을 당하셨어요."

나는 뭐라 대꾸하지 못한 채 그저 선생의 얼굴만 뚫어져라 쳐다볼 뿐이었다.

"학교에 낯선 사람이 침입해 한바탕 추격전을 벌이셨다는데요, 담장에 덩치 큰 그림자가 보이기에 누구냐고 물었더니 그대로 달아나더랍니다. 그래서 도둑인가 싶어 무조건 쫓아갔다더군요. 밤 늦은 시각이라 교내에 학생들이 남아 있을 시각이 아니었거든요."

"덩치가 컸다고요?"

"그게, 원래 과장이 좀 있으신 분이라 목격담을 좀 황당하게 펼치셨는데 처음엔 그 그림자가 호랑이만 했다고 말씀하셨다가 나중에는 호랑이보다는 작았던 것 같다고 털어놨어요. 큰 개만 했던 것 같은데, 라고 하셨다가 다시 어쩌면 그보다 더 작을지도 모른다고. 아마 고양이만 했던가, 족제비였을지도 모르겠네, 라고 하시더군요. 하지만 분명 사람은 아니었다고 하셨어요. 그리고 정말 짐승 발자국이 발견됐고요."

"발자국요?"

"일단 경찰에 신고했어요. 발자국은 아침이 되자 모두 사라져버려 확인을 못 했지만 아무튼 이 근방에 떠돌이 개나 들짐승이 출몰

한 적이 있는지 조사해보겠다고 하더군요."

이제 노라의 담임이 내게 하고자 하는 말의 의도를 파악했다. 나와 노라가 살고 있는 건물 이야기를 하고 있는 것이다. 이 동네에 우리 건물에 대한 소문은 이미 알려질 대로 알려져 있었다.

"그런데 그 선생님이 이 동영상을 보더니 그러시더군요. 그날 본 발자국이 지금 이 영상에 찍힌 노라의 발자국과 같다고요."

나는 이미 우리 건물에 출현한 발자국 모양 다섯 가지를 확보하고 있었다. 아침이면 사라지는 발자국이라니 확실히 우리 건물에 나타나는 발자국과 같은 부류일 것이다. 하지만 그 기묘한 발자국들은 순전히 우리 건물하고만 관계있는 게 아니었던가? 그런데 왜 학교에 나타났지? 정말 그 이상한 발자국을 남기는 사람들 중 하나가 노라인 걸까? 내 머릿속이 복잡하게 돌아가고 있을 때 선생이 말했다.

"한 가지 더 마음에 걸리는 게 있어요. 이상하게 들릴지 모르겠지만 확인을 해둬야 할 것 같아서요. 그날 그 선생님께서 홧김에 그것이 달리는 방향으로 어림잡아 나뭇가지를 던졌는데요. 그게 급한 대로 부러뜨린 거라서 날카로웠답니다."

어디선가 찌지직 찌지직 하는 불길한 소리가 귀를 파고들었다.

"놓치긴 했지만 아마 다리에 맞은 것 같더래요. 그런데 월요일에 등교한 노라가 공교롭게도 다리에 부상을 입고 나타나는 바람에 다들 거의 전율을 일으켰어요. 노라 말로는 가족들과 등산 도중 길을 잘못 들어 미끄러지면서 나뭇가지에 찔려 얻은 상처라던데요?"

"네, 맞습니다."

"그게 언제였죠?"

"지난주 일요일 오후요."

나는 분명 그렇게 알고 있었다. 하지만 직접 본 것은 아니었다. 노라는 우리 눈앞에서 다치지 않았다. 어딘가 다른 곳에서 상처를 입고 나타났다. 우리는 노라가 어떤 식으로 그 상처를 얻었는지 정확히 알지 못했다. 그날, 소정이 내 팔을 잡으며 노라가 어딘가 이상하다고 했던 말이 다시금 뇌리에서 맴돌았다. 문득 노라에게 여기 왜 왔냐고 묻던 동오 형의 질문도 뭔가 다른 의미가 있는 것처럼 여겨졌다. 나만 모르는 노라의 어떤 것을 다른 사람들은 느끼고 있는 걸까? 정말 소정의 말대로 피붙이란 말에 혹해 나만 그 냄새를 맡지 못하고 있는 건 아닐까? 천진한 소녀의 희고 아름다운 얼굴과 뒤통수를 덮고 있는 검은 머리카락 속에 은밀하게 숨어 부유하고 있는 또 다른 짐승의 얼굴, 두 개의 얼굴을 앞뒤로 달고 있는 노라의 그로테스크한 모습이 머릿속에서 펄떡였다.

"그럼 역시 우연의 일치인가 보네요. 그 일은 금요일 밤에 있었거든요. 일단 오빠 분이 그렇다고 하니 그런 줄 알겠습니다. 저희도 이 문제를 잘 해결하기 위해 애쓰겠지만 가정에서도 노라를 신경 써서 지켜봐 주셨으면 좋겠어요."

상담을 끝내고 카페로 돌아오자 소정이 내 얼굴을 보고는 물었다.

"왜 그렇게 우거지상이야? 선생이 뭐랬는데?"

내가 선생과 나눈 이야기를 들려주자 소정이 말했다.

"객관적인 입장에서 말해줄 테니 잘 들어. 그렇게 의혹 다발 속에서 혼자 헤매지 말고 기왕 이렇게 된 거 노라 아버지에게 연락해봐. 이런 말 하면 자기 기분 나쁘겠지만 그 김에 노라가 정말 자기 동생인지도 확인할 수 있잖아. 그건 그렇고 나, 자기한테 할 말 있는데."

16

마침내 형사가 우필을 찾아왔다.

"최근 지재곤 씨와 다시 만났죠?"

만난 적이 있는지 몰라서 묻는 것이 아니라 만난 것을 확신하고 묻는 것이었다.

"거기 제 발자국이 남아 있었나 봐요."

우필의 대답에 형사는 도의적인 웃음을 내보이며 말했다.

"뭐 이미 아시겠지만 새로운 발자국이 추가되긴 했어요. 그게 홍우필 씨의 발자국인지는 아직 모르겠고요. 제 생각엔 신발 밑창을 좀 손보면 그런 발자국을 남기는 것이 불가능할 것도 없다고 봐요. 지금 다들 열심히 증거를 수집하고 있으니 곧 밝혀지겠죠."

형사는 방 안을 눈으로 휙 둘러보았다. 우필이 자신을 속이고 있는 것을 알고 있다는 듯. 우필이 말했다.

"저한테 그런 신발이 있었으면 벌써 갖다 버렸든가 어딘가 잘 숨기지 여기 뒀겠어요?"

"역시 그렇겠죠? 하지만 우리가 찾고 있는 건 신발만이 아니니까요."

작달막한 키의 형사는 광고 카탈로그를 찍는 영화배우처럼 턱을 만지작거리며 말했다.

"그런데 말입니다. 그 발자국 일당, 여기도 다녀갔죠?"

정말 알고 있는 걸까? 아는 척하고 있는 걸까? 다녀갔다는 의미가 함께 모의를 하기 위해 만났다는 이야기일까? 단순히 피해자의 입장이었냐고 묻는 걸까? 우필은 고민하지 않았다.

"네, 다녀갔어요."

"역시 그랬단 말이죠. 발자국 일당의 습격 대상이었던 사람들 모두 한 가지 공통점을 갖고 있더군요. 한때 모두 같은 집에서 살았어요. 그렇죠?"

우필은 고개를 끄덕였다.

"그런데 거기 살았던 사람들의 명단을 뽑아봤더니 홍우필 씨만 신고자가 아니더군요. 이유가 뭘까 궁금하더라고요."

"한패니까 신고를 하지 않았다는 뜻이에요?"

우필의 말에 형사는 눈썹을 치켜세우며 말했다.

"그거야 본인이 더 잘 알 테죠. 어쨌든 바로 그 점 때문에 우리는 홍우필 씨를 주목하게 됐어요. 더욱이 그들 중 지재곤 씨와 직접적인 관계가 있는 사람은 홍우필 씨뿐이고요. 사망한 지재곤 씨는 그 집에 산 적이 없어요. 물론 자주 드나들긴 했었죠. 홍우필 씨가 거기 사는 동안 말입니다. 그렇죠?"

우필은 다시 고개를 끄덕였다. 이 남자는 사건 전개를 매 단락씩 정리하고 확인해야 직성이 풀리는 모양이었다.

"그 발자국 일당이 찾으러 다니는 물건이 여우 발자국이라죠? 그게 아마 홍우필 씨의 스케치를 말하는 것 같은데 맞지요?"

거기서 형사는 다시 우필의 표정을 살폈다. 우필은 가만히 있었다.

"홍우필 씨는 지재곤 씨로부터 그 발자국 스케치를 돌려받고 싶었어요. 그게 있으면 지재곤 씨가 과거 홍우필 씨의 작품을 훔쳤다는 사실을 증명할 수 있으니까요. 홍우필 씨가 그들에게 스케치를 훔쳐달라고 부탁했어요?"

"아뇨."

"그럼 왜 신고하지 않았어요?"

"귀찮은 일을 피하고 싶었을 뿐이에요. 전 이미 한 번 데였던 적이 있었으니까요."

"단지 사람들의 눈과 입에 오르내리는 게 싫었단 말이죠?"

"그래요."

"지재곤 씨의 사인은 쇼크로 인한 심장마비예요. 그건 평소 지재곤 씨의 심장 상태를 잘 알고 있는 사람이 의도적으로 죽음을 꾸밀 수 있는 좋은 조건이죠."

"재곤의 심장에 대해서는 알 만한 사람들은 다 알아요. 그리고 전 재곤에게 원한 같은 거 없어요. 묵은 감정 정도라면 몰라도요. 그 감정이 그를 죽일 만큼 대단한 것 같지도 않고요."

"음, 그런가요?"

미소를 버린 형사의 눈빛은 탐색전에 깊숙이 빠져든 악어 같았다.

"게다가 재곤이 제 스케치를 갖고 있다는 것을 이미 알고 있는데 굳이 사람을 넷씩이나 사서 이 집 저 집 습격하러 다니게 할 필요가 있었을까요?"

"처음부터 지재곤을 타깃으로 삼으면 금방 들통이 날 테니까 연막을 쳐야 할 필요가 있었던 거죠. 그 스케치 어디 있어요? 홍우필 씨가 가지고 있죠?"

"스케치가 재곤의 집에 없던가요?"

"우린 지재곤 씨의 자택을 샅샅이 뒤졌지만 그 스케치를 찾아내지 못했어요. 우리가 그 발자국 일당보다 한 발 늦은 거죠. 이런 일 처음 아니죠?"

"네?"

"우린 생각보다 홍우필 씨에 대해 많은 것을 알고 있습니다. 고등학교 때 친구인 이승명이 홍우필 씨 때문에 실종됐다죠? 뭐 결정적인 증거가 나오면 그때 다시 봅시다."

*

    우필이 외출 준비를 하고 있는데 집주인 아줌마가 문을 두드렸다. 오전에 미장원에 다녀왔는지 오늘따라 유난히 고불거리며 바짝 말려 올라간 머리 모양이 까만 고동이 잔뜩 달라붙은 바위처럼 보였다. 우필은 아줌마 뒤에 자기 또래의 낯선 남자가 서 있는 것을 보았다.

    "출근하는 거야? 미안한데, 잠깐 방 좀 보겠대서."

    며칠 전 주인아줌마가 계약 기간이 다 되어가니 슬슬 방을 내놓겠다는 언지를 했던 기억이 났다. 우필은 재계약을 하고 싶었지만 주인아줌마는 완곡하게 거절했다.

    "요즘 보증금뿐 아니라 월세도 많이 올라서 말이야. 미안해. 나도 우리 주인 양반 돌아가시고 월세 받아 근근이 먹고사는 형편이라서."

    우필은 마음이 조급해졌다. 이러다 저 사람이 당장이라도 이 방이 마음에 들어 이사 들어오겠다고 하면 어쩌지? 그나저나 내가 가진 보증금으로 다른 방을 구할 수는 있을까?

*

 녹음이 끝나고 회식 자리에서 미자는 새끼를 품은 토끼처럼 극
도로 예민해진 얼굴을 하고 박현의의 옆에 찰거머리처럼 붙어 앉
아 있었다. 건드리지 마. 내 거야.

 우필은 일부러 그 두 사람에게서 멀찌감치 떨어져 앉았다. 솔직
히 처음부터 이 회식 자리에 그다지 끼고 싶지 않았지만 박현의가
자꾸 붙잡는 바람에 마지못해 끌려왔다. 우필은 자신이 여기 낄 만
한 자격이 있는지 알 수 없었다. 엄밀히 말하면 우필은 여기 직원들
과 같지 않았다. 출근 시간부터 하는 일까지. 우필은 단체에 소속되
어 있긴 했지만 늘 겉돌고 있었는데 직원들의 고의는 아니었다. 우
필은 오후에 사무실에 나오는데 미자를 제외한 다른 직원들은 그
시간이면 대개 외부에 나가 있었기 때문에 친해질 기회가 없었다.

 사실 고집을 부리자고 들면 회식 자리 같은 건 얼마든지 거절할
수 있었지만 아마 우필도 기분 전환이 필요했던 모양이다. 잡는다
고 잡혀 있는 걸 보면 말이다. 그날 우필은 양복 조끼를 입은 토끼
를 쫓아 이상한 구멍 속으로 떨어진 앨리스가 되어도 좋고, 오래전
승명이 그랬던 것처럼 둑 아래 보이지 않는 구멍을 통해 영원히 땅
으로 꺼져버렸으면 싶기도 했다.

 화장실에 다녀온 박현의가 우필의 옆자리로 옮겨 앉으며 소주잔
을 내밀었다. 우필은 마지못해 받아 마셨다. 미자가 이쪽을 바라보

고 있었다. 미자와 상관없이 우필은 박현의의 호의가 부담스러웠다. 그럼에도 박현의의 눈빛이나 태도에는 어떤 불순함도 읽을 수 없었다. 어느 정도 취기가 돌았을 때도 그는 변함없이 예의 발랐다.

"이제 얼마 안 남았죠? 첫 책의 녹음이 드디어 끝나네요. 고마워요. 우필 씨 덕분에 살았어요. 이제부터 우필 씨를 내 남은 인생의 은인이라 여기며 살 겁니다."

우필은 뭐가 고맙다는 건지, 자기가 뭘 어쨌기에 그가 살았다는 건지 알 수 없었다. 박현의는 발그레한 얼굴로 계속해서 알쏭달쏭한 말만 넋두리처럼 늘어놓았다.

"우필 씨, 난 말이에요, 내가 사는 세상이 싫어요."

"어떤 사람은 좋다고 살고 있을걸요."

우필이 덤덤하게 대꾸했다. 박현의는 웃었다.

"세상에 대한 각자의 호불호가 달라 세상을 계속 이렇게 그냥 놔두나 봐요. 누구 입맛에 맞춰야 할지 몰라서 말이에요. 살고 싶은 세상을 골라 살 수 있으면 얼마나 좋겠어요."

"하지만 세상은 하나뿐인걸요. 선택할 수 없어요."

"아뇨, 현실이 하나뿐인 거죠. 여기서는 어디로 떠나도 다 똑같아요. 게다가 여긴 사랑도 없어요. 내 사랑은 우필 씨가 읽고 있는 『거기 구멍 눈 뒤에』 숨어버렸어요. 그래서 나한텐 아주 오래된 이야기가 되어버렸죠."

그의 사랑이 『거기 구멍 눈 뒤에』 있다는 고백에 우필은 이종희를 떠올렸다. 이종희는 그 책의 작가이면서 동시에 우태주의 어머니에게 이름을 빌려주며 스스로 등장인물이 되기도 했다.

"오래된 이야기요? 우리가 살고 있는 세상보다 삼십 년 후인데요."

"그렇군요. 제 기억이 오래된 것일 뿐 그쪽 세상은 미래였죠. 참. 그럼 제가 종희에게 삼십 년 전 옛날 사람이 되어버린 거군요. 종희가 아직 나를 기억할까요? 저는요, 종희에게 더 잊히기 전에 우필 씨가 읽는 그 책 속으로 들어가고 싶어요. 종희가 있는 그 세상 속으로 말이에요."

"현실은 하나뿐이라면서요? 거긴 현실이 아니잖아요."

우필이 말했다. 박현의는 소주잔에 남은 소주를 입 안에 털어넣고 눈을 지그시 감은 채 고개를 끄덕였다.

"알아요. 헛소리처럼 들린다는걸요. 하지만 종희가 거기 있어요. 전요, 종희가 있는 곳이라면 뜨거운 불구덩이도 시퍼런 바닷물 속으로도 얼마든지 뛰어들 수 있어요. 그러니 그까짓 종이 몇백 장쯤이야 못 건너뛸 것도 없죠."

박현의의 횡설수설을 멀찍이 앉아서 듣고 있던 미자가 더는 못 참겠다는 듯 벌떡 일어났다. 미자는 박현의와 우필이 있는 쪽으로 오더니 둘 사이에 끼어 앉았다. 미자가 그의 옆구리를 찌르며 반말로 속삭였다.

"선배, 이제 그만 좀 하지. 취했어."

박현의가 싱긋 웃더니 말했다.

"우필 씨, 얘는 말이에요, 술자리에만 오면 취해서 저한테 자꾸 반말을 해요. 제가 만만한가 봐요. 자, 제 잔 한잔 받으세요."

회식 자리가 파하고 나선 6월의 여름밤 거리는 이른 더위로 후덥지근했다. 미자가 박현의의 팔에 매달렸다.

"선배, 나 좀 취한 것 같아요. 집에 데려다 줘요."

"나한테 다시 존댓말 쓰는 걸 보니 다 깬 것 같은데, 뭘."

박현의는 조심스럽게 미자를 밀어내며 우필에게 말했다.

"우필 씨, 집이 어디예요? 데려다 줄게요."

미자가 눈을 샐쭉 흘기며 말했다.

"그럼 택시 잡아서 우필 씨랑 다 같이 타고 가면 되겠네요."

미자가 도로변으로 나가 택시를 잡았다. 택시가 서자 미자는 박현의의 팔을 끌며 말했다.

"빨리 타요."

박현의는 미자에게 끌려가며 말했다.

"우필 씨도 어서 와요."

미자는 박현의를 택시 안으로 밀어 넣고 자기도 그 곁에 바삐 올라탔다. 그러곤 서둘러 택시 문을 탁 하고 닫았다. 따라오지 말라는 뜻임을 우필도 알기에 가만히 서서 잘 가라는 손짓만 보냈다. 박현의가 택시 안에서 우필을 향해 뭐라고 말하고 있었지만 택시는 그대로 쌩하니 출발해버렸다.

남은 사람들끼리 다시 인사를 나눴다. 여름밤의 한구석으로 사람들의 목소리가 하나둘 꺼져갔다. 안녕히 가세요. 네, 들어가세요. 내일 봬요. 어느새 우필 혼자 남았다. 그제야 참고 참았던 취기가 올라왔다. 시계를 보았다. 아직 열한 시였다. 속이 울렁거렸다. 우필은 은행나무 가로수가 우거진 길을 따라 버스 정류장을 향해 걸었다. 아무리 걸어도 이 막연하고 모호한 취기에서 헤어나오기는커녕 점점 더 끌려 들어가는 기분이었다. 이건 어쩌면 취기가 아닐지도 몰랐다. 머릿속은 이미 맑아져 있었다. 단지 감각만이 엉뚱한 곳을 헤매고 있는 듯했다. 통금 사이렌 소리에 우필은 퍼뜩 정신을 차렸다. 내가 여기서 뭘 하고 있는 거지? 사방을 둘러보았다. 버스 정류장은 한참 전에 지나쳤고 우필은 어느새 서대문구에서 마포구까지 걸어와 있었다.

경찰서에서 밤을 보낼 수도 없고 우왕좌왕하던 우필은 좋은 생각이 떠올랐다. 당시 마포구 일대는 재개발 지구로 지정되어 개발이 한창 진행 중이었다. 우필은 철거를 기다리는 빈 동네 쪽으로 서둘러 걸음을 옮겼다. 가장 먼저 눈에 띈 집의 반쯤 열린 대문을 열고 좁은 마당으로 들어섰다.

다 쓰러져가는 폐가는 아니었지만 사람이 떠난 빈집은 스산하기 이를 데 없었다. 버려진 동네에 밴 질척하고 비척지근한 바람이 무덤에서 일어난 죽은 이의 몸짓처럼 이 집을 기웃거리다 물러났다. 알지 못하는 사람들의 시간과 추억이 서서히 묻혀가고 있는 곳. 우필은 그 기억들 중 하나에 접촉한 듯 전율을 느꼈다. 동시에 어디선가 나지막하게 흐느끼는 소리가 들려왔다. 우필은 움찔 놀라 걸음을 멈췄다. 등줄기가 서늘해졌다. 우필은 머뭇거렸다. 이집 말고 더 멀리 떨어진 다른 집으로, 아니 동네에 사람들이 다 떠나진 않았을 테니 아직 남아 있는 사람이 사는 집의 옆집 정도로 찾아봐야겠다.

그런데 발이 땅에서 떨어지질 않았다. 숨죽여 꼭꼭 틀어막은 울음소리가 가지 말라며 우필을 잡았다. 어떤 독한 냄새도 일정 시간이 지나면 코를 마비시키듯 소리도 조금씩 귀에 익숙해졌다. 낯선 남자의 울음소리는 이제 무섭다기보다 구슬프게 들렸고 우필은 호기심이 일었다. 이게 귀신의 울음소리라 해도 들어주고 싶었고, 산 사람의 울음소리라면 더더욱 들어주고 싶었다.

우필은 울음소리를 좇아 마루 위에 올라서면서 저도 모르게 신발을 벗었다. 발소리를 죽이려고 그랬던 건 아니고 그저 습관이었다. 버려진 집이라 해도 누군가의 집이었고 집 안에서는 신발을 벗는 것이 옳았다. 대청마루에 올라서자 건넌방의 열린 방문 틈 사이로 사람의 형체가 언뜻 보였다.

한 남자가 방구석에 등을 기댄 채 두 무릎을 세우고 앉아 울고 있었다. 우필은 한참 동안 그 남자를 바라보기만 했다. 바라볼 수밖에 없었다. 우필은 울고 있는 남자를 처음 보았다. 남자는 어린애 말고는 울지 않는 줄 알았다.

희푸른 달빛 아래, 그 달빛이 그려낸 듯 섬세하고 빼어난 용모를 가진 젊은 남자가 소년의 순수와 청년의 청량함이 오묘하게 드러난 기막히게 아름다운 표정으로 울고 있다. 우필은 집게에 꼭 집힌 것처럼 꼼짝달싹 못하고 얼어붙었다. 온몸으로 차가운 바람 같은 것이 스며들었다. 우필은 인기척을 낼 수도 없었고 그 방문을 두드릴 수도 그 문턱을 넘을 수도 없었다.

이윽고 우필의 시선을 느낀 남자가 흠칫 놀라 고개를 돌렸다. 눈이 마주치자 우필은 깜짝 놀랐다. 남자의 눈물이 허공에서 빛으로 반짝 사라졌다. 우필은 뒤로 한 발짝 물러서며 말했다.

"아, 미안해요. 그냥 지나다가 소리가 들려서……."

차마 울음소리라고 말할 수 없었다. 남자가 자리에서 일어섰다. 맨발이었다. 그가 다른 곳으로 가려는 것을 깨닫자 우필은 다급하게 말했다.

"아니에요. 가지 마세요."

우필은 남자를 잡아놓고 이내 부끄러워졌다.

남자는 다시 자리에 앉았다. 우필은 낯선 남자에 대한 경계심을 잃었다. 우필은 그의 맞은편 벽에 기대앉았다. 남자가 우필을 가만히 쳐다보더니 물었다.

"당신도 혼자 울고 싶은 곳을 찾고 있어요?"

"비슷해요. 딱히 갈 곳도 없는 데다가 앞으로 살아야 할 나날들이 너무 많이 남아 있는 것도 쓸쓸해서요."

"사는 데 싫증났어요?"

"그렇진 않아요. 그냥 버둥거리며 살지 않으려고 애쓰는 중이에요. 누구나 삶이 익숙해지면 기나긴 권태로운 시간만 남는 법이죠. 어느 것도 예외 없어요. 별도 달도 구름도 하늘도 다 그래요."

"그들은 남아 있는 억만 겁의 시간을 헤아리며 소요해야 하지만 우리 세계의 시간은 그렇게 하염없이 남아 있지 않으니 마음을 달리 먹어봐요. 어떤 이야기도 영원히 계속될 수는 없으니까요."

언제 잠들었는지 모른다. 앉은 채 깜빡 잠이 든 우필이 새벽녘에 깨어났을 때 남자는 어디에도 없었다. 주변을 둘러보던 우필은 어안이 벙벙했다. 그녀가 예전에 그렸던 그 스케치의 정경이 방 안에 그대로 옮겨와 있었다. 그렇게 다시 보고 싶었던 여우 발자국이 우필의 눈앞에 있었다.

*

"현의 선배는 아직 출근 전이야. 어제 너무 마셨나 봐. 한 시간쯤 후에 도착한다니까 나랑 잠깐 커피 한잔해. 뭐해? 거기 앉으라니까. 너랑 할 말 있다고."

우필은 할 수 없이 미자가 가리키는 의자에 앉았다. 커피 한잔하자고 말했지만 미자는 이미 커피 같은 건 까맣게 잊고 있었다.

"녹음은 얼마나 남았어?"

"이삼 일이면 끝날 것 같은데요."

미자는 입을 앙다물고 잠깐 생각하더니 말했다.

"현의 선배 말이야, 어젯밤에 우리 집에서 잤어."

그래서요? 하는 얼굴로 우필은 미자를 쳐다보았다.

"신경 쓰이지 않아?"

"아뇨."

"왜?"

미자의 눈매가 도드라졌다. 왜라니? 우필이야말로 미자가 왜 더 곤두섰는지 이해할 수 없었다. 그에게 별 관심이 없다고 밝혔으니 오히려 반겨야 하는 게 아닌가.

"눈 높네."

미자는 비아냥거렸다.

"우리 현의 선배가 어디가 어때서? 네가 뭐 그렇게 대단해서 눈에 안 찬다는 건데?"

"제가 대단하다고 말한 적 없는데요."

"그 말이 그 말이잖아."

우필은 난감해졌다. 미자가 현의 선배, 현의 선배 해가며 시선을 주고 있기에 우필 딴에는 미자의 마음을 헤아려 말한 것이었다. 그러나 미자는 오히려 우필이 더 싫어졌다는 듯 미간을 찡그렸다.

"그렇게 튕기는 게 본인 매력이라고 생각하나 본데, 그래 봤자야. 어차피 너한테 관심이 있어서 그러는 게 아니니까. 예전에 한번 말했지, 현의 선배는 이종희를 좋아한다고. 지금도 그렇고 앞으로도 영원히 그럴 거야. 지나친 집착처럼 보일 수도 있겠지만 달리 생각해보면 그보다 더 지고지순한 사랑은 없지."

우필은 그래서 미자가 더더욱 박현의에게 매달린다는 것을 깨달았다. 죽어도 자신을 바라보지 않는 남자이기에.

"나도 처음엔 그가 널 좋아하는 줄 알았어. 현의 선배와 칠 년째 알고 지냈지만 한 번도 그가 여자에게 관심 갖는 걸 본 적이 없었거든. 이제 그 지긋지긋한 이종희를 잊었나 보다 여겼지. 하지만 그게 아니더라고. 지금 그가 애면글면 너만 바라보고 있는 건 혹시라도 네가 끝까지 그 책을 다 읽지 못하게 될까 봐서야. 무슨 말인지 모르겠어? 나, 네가 처음 녹음실에서 그 책을 읽었을 때 네 목소리를 들었어. 한 번 듣고 그가 널 왜 불렀는지 알았지."

미자가 어떤 것을 경험했을지 우필은 헤아렸다.

"그는 네 목소리가 필요했던 거야. 너에 대해 좀 알아봤어. 솔직히 네 목소리에 대한 소문, 사실이라고 생각하지 않았어. 그냥 어쩌다 만들어진 학창 괴담 같은 거라고 생각했지. 그런데 이젠 알 것 같아. 네 목소리가 어떤 짓을 벌이는지 말이야. 예전에 내게 물었지? 그 책을 읽어봤냐고? 그 책에 네가 나온다고 했을 때 난 뭔가 잘못됐다는 것을 깨달았어. 그래서 현의 선배가 퇴근하고 나면 몰래 캐비닛을 열고 그 책을 꺼내 읽었지. 거기 이종희가 나오더군. 어쩐지……."

미자는 기가 막힌다는 듯 코웃음을 터뜨렸다.

"거기서부터 시작할 생각인 거야."

"뭘 말이에요?"

"그도 이종희의 행방을 찾고 있어. 너에겐 사정이 있어 이종희를 당장 만나게 해줄 수 없다고 둘러댔지만 사실 그도 이종희와 연락이 닿지 않았던 거야."

"하지만 녹음이 끝난 후 이종희 씨를 만나게 해주겠다고 했는데요."

"그랬겠지."

미자는 머리가 아픈지 손끝으로 이마를 눌렀다.

"내 말이 바보 같은 소리로 들리겠지만, 뭐 네 목소리는 그보다 더 해괴하니까 말할게. 네가 그 책을 다 읽으면 그 이야기 속에 등장하는 이종희를 만나게 될지도 모르지. 현의 선배가 기다리고 있는 것도 그거야."

"아마 소용없을 거예요. 저에 대해 알아봤다니 아시겠지만 제 목소리는 허구의 이미지만 보여줄 수 있어요. 그런데 이종희는 실제 인물이고 단지 그 이야기에 이름만 빌려줬을 뿐이에요."

"글쎄, 그래도 그 말도 안 되는 수상한 발자국을 가진 사람들은 튀어나왔어. 안 그래? 뉴스에서 한동안 떠들어댔잖아. 그래서 현의 선배는 더더욱 확신하게 됐지. 하필 네가 녹음 작업을 수락하고 난 시점에서 그런 사건이 일어났으니 얼씨구나 했을 거야. 사람이 뭐에 빠지면 판단력이 흐려지는 법이지. 모든 우연이 운명으로 둔갑하고 말거든. 내가 보기에 현의 선배는 알지만 넌 모르는 게 있어."

우필은 그게 뭐냐고 묻는 대신 그저 미자의 입만 쳐다보았다. 묻지 않아도 어차피 미자가 지금부터 술술 말할 작정이라는 것을 알고 있었기 때문이었다.

"어제 우리 집에서 현의 선배와 엄청 마셨어. 뭐, 난 좋았지. 딱 거기까지만. 잔뜩 취한 그가 내게 작별 비슷한 말을 하더라. 그동안 고마웠다. 난 좋은 데로 갈 거니까 너도 잘 살아라. 죽겠다는 소린 줄 알고 깜짝 놀랐는데 잘 들어보니까 그게 아니지 뭐야. 완전 깨더라구. 그가 말하길 어떤 목소리가 들려주는 어떤 이야기를 끝까지 들으면 그 이야기 속으로 들어가게 된다는 뭐 그런 황당한 이야기였어. 솔직히 화가가 그림을 완성한 후 그림 속으로 들어가버렸다는 이야긴 들어봤지만 목소리 이야긴 처음 들어봤어. 어제 그가 회식 자리에서 불구덩이와 시퍼런 바닷물이 어쩌고 했던 거 기억나지? 책 속으로 들어갈 수 있다고 여기는 건 불에 타 죽고 물에 빠져 죽겠다는 것보다 더 심각한 거야. 미쳤다는 증거니까."

미자가 자리에서 일어나더니 자기 책상 서랍을 열어 『거기 구멍 눈 뒤에』를 꺼내 우필에게 던지듯 건넸다.

"너 이 책의 뒷내용을 미리 읽고 싶어 했지? 가져가서 실컷 읽어봐. 네가, 아니 등장인물 우필이 어떻게 될지 궁금하지 않아? 이 녹음을 끝내면 어떤 일이 벌어지는지 거기 모두 쓰여 있어. 너의 결말이 거기 들어 있다고."

책을 쥐고 있는 우필의 손과 눈가가 파르르 떨렸다.

"왜? 겁나서 못 읽겠어? 너 저번에 보니까 감정이입 끝내주던데 새삼 왜 그래? 내가 말해줘? 네가 이 책을 다 읽으면 아니, 홍우필은 이 책을 다 읽고 난 후 행방불명돼. 어디로 갔냐고? 자기가 읽던 그 이야기 속으로 기어들어갔지. 다음은 네 목소리가 담긴 카세트 테이프를 듣는 사람들이 그 이야기 속으로 넘어가게 돼. 맙소사, 이 허황된 이야기가 지금 사람 하나 잡게 생겼다고."

미자는 흥분한 나머지 자리에서 벌떡 일어나 서성거리기 시작했다.

"이건 그냥 이야기일 뿐이야. 그런데 현의 선배는 모두 사실이라고 믿고 있어. 이 책에 나온 대로 이루어질 거라고 말이야. 이루어지길 바라기 때문에 이 책에 나온 여자와 똑같은 이름을 가진 너를 찾아내 그 이야기대로 끌고 가는 중이지. 그러니까 이 책 영원히 너 줄게. 대신 이 책과 함께 다시는 현의 선배 앞에 나타나지 마."

"믿지 않는다면서요? 그가 미쳤다면서요? 제 이름이야 얼마든지 똑같을 수 있어요. 하지만 목소리가 가진 능력은요? 어떻게 그것까지 똑같을 수 있죠?"

미자는 책을 곁눈질을 하며 말했다.

"그래, 네 말이 맞아. 책이 문제가 아니라 네 목소리가 더 큰 문제지. 어떻게 설명해도 이상하다는 거 나도 알아. 하지만 이 책과 너,

그 두 가지만 사라지면 해결돼. 네가 그 책을 가져가 끝까지 소리 내어 읽건 말건 상관없어. 하지만 현의 선배는 안 돼. 네가 이 책과 함께 사라지면 그 사람도 결국 현실을 직시하게 될 거야. 그냥 사랑이 그의 마음을 미치게 만든 것뿐이야. 그는 여기서 두 눈 똑바로 뜨고 살아야 해. 여기가 바로 그가 사는 세상이니까. 그 사람만 바라보는 내가 사는 세상이니까."

미자의 눈이 젖어 있었다. 그녀는 진심이었다. 진심은 언제나 상대의 마음을 움직이는 법이다.

17

"자기한테 할 말 있어. 중요한 거야."

소정은 고개를 뒤로 젖히고 심각하게 입을 열었다. 결혼하자고
말할 것 같은 표정은 절대 아니었다. 나는 이미 네 번이나 청혼했지
만 네 번 모두 거절당했다. 아직 준비가 되지 않았을 뿐 절대 거절
은 아니라는 뉘앙스를 풍겼기에 여전히 우리 관계는 지속되고 있
었지만 어쨌거나 결혼하지 않겠다는 뜻이니 거절은 거절이었다.
나는 물었다. 도대체 무슨 준비가 되지 않았다는 건데? 여러 가지
지. 일단 심리적으로 준비가 되지 않았어. 그건 날 사랑하는지 확신
이 가지 않는다는 말처럼 들렸다. 연애의 종점이 결혼인 시대는 끝
났다. 그래도 나만은 종점에 제대로 도착할 수 있을 줄 알았다. 예
감은 그렇지 않은 쪽으로 진작 기울었지만 나는 여전히 멀리 돌아

가는 한이 있더라도 종점이 나오길 소망했다.

"설레는 사람이 생겼어."

"그래서? 나랑 헤어지자고?"

소정은 장단을 맞추는 것처럼 고개를 끄덕였다.

올 것이 오자 오히려 담담해졌다. 공포는 오지 않았을 때는 공포
지만 일단 닥치고 나면 체념하게 된다. 물론 죽을 각오를 했을 경우
에만.

"양다리는 싫을 거 아냐."

"싫어."

"좋아, 이걸로 우리 사이 청산된 거네."

"잠깐만, 그쪽도 네가 좋대?"

"몰라, 이제부터 물어보려고."

"그런데 왜 벌써 날 잘라? 그쪽에게 거절당할 수도 있잖아."

"하지만 자기가 있는 상태에서 고백할 수는 없잖아. 먼저 자길
정리해야 고백할 자격이 생기는 거야."

소정은 맺고 끊는 것이 분명했다. 원래 그런 성격이었다. 그런 성
격이 좋아서 사랑하게 됐지만 매번 그 성격에서 불거져 나온 대사
로 상처를 받았다. 무뎌질 때도 되었는데 좀처럼 굳은살이 돋질 않
는다.

"만약 그쪽이 싫다고 하면 어쩔 건데? 그쪽과 잘되면 그때 내가
떨어져 나가도 늦지 않잖아?"

"중요한 건 자기에 대한 내 마음이 식었다는 거야."

"다시 데워지면 내게 돌아올 수도 있지 않을까?"

소정은 대답하지 않았다. 긍정도 부정도 아니었다. 그냥 본인도 잘 모르는 것 같았다. 나중 일을 누가 알겠는가? 버린 것을 절대 후회하지 않을 자신은 누구도 쉽게 가질 수 없는 것이다.

소정은 나를 처음 만났을 때도 설렌다고 말했다. 나와 시작하기도 전에 소정은 사귀고 있던 남자를 미리 신속하게 정리하고 내게 왔다. 아마 그 남자도 그때 소정이 이별을 고하는 자리에서 지금 내가 하고 있는 것과 똑같은 대사를 쳤을지 모른다. 언젠가 지금 소정을 설레게 한 그 남자도, 그 남자가 윤원이라면, 윤원도 똑같은 상황을 거치겠지. 물론 같은 패턴의 이야기라도 결말이 다르게 나오는 이야기도 있으니 꼭 그러란 법은 없지만.

"윤원이야?"

"다른 쪽으로는 둔하면서 그거 하나는 눈치 빠르네."

눈치챌 것도 없었다. 노골적으로 드러냈으니까.

"왜 하필 윤원이야?"

"윤원이 어때서?"

"만만한 타입이 아니잖아."

두 사람 사이를 초치려던 건 아니었다. 그렇다고 두 사람이 잘되기를 바라는 마음도 없었다. 나와 헤어지고 나서도 소정은 윤원을 보기 위해 계속 이 가게를 들락거릴 텐데 내가 얼마나 관대하게 그 상황을 받아들일 수 있을까, 하는 개인적인 입장을 떠나서도 윤원은 쉽지 않은 상대였다. 무엇보다 윤원이 일반적인 결말을 전제로 한 진지한 관계에 빠질 수 있을지 의심스러웠다. 물론 이건 어디까지나 내 생각이지만 아무리 봐도 소정은 윤원과 어울리지 않았다. 하긴 다른 사람들은 나와 소정도 어울리지 않는다고 말했다.

"그건 자기가 신경 쓸 일 아니잖아. 어쩔 거야?"

나는 뭐라고 대답해야 할지 알 수 없었다. 내가 분명하게 동의해주지 않으면 우리 셋의 관계는 묘하게 되고 만다.

"알았어, 지금 이 순간부터 헤어진 걸로 해."

내 말을 들은 소정의 눈빛이 흔들렸다. 당황하는 기색이었다. 왜 그래? 네가 바라는 말이었잖아? 혹시 내가 매달릴 것을 기대했던 걸까. 사실은 내가 싫어져서가 아니라 나를 자극하려고 그랬던 거 아냐? 그래서 일부러 드러내놓고 윤원을 좋아하는 척 연극을 했던 거라면? 나는 바보같이 그것도 눈치채지 못하고 헤어지자는 소정의 말에 덥석 그러자 대답한 거고?

소정이 아무런 말을 하고 있지 않으니 나로선 그 속을 알 도리가 없었다. 왜 그런지 나도 굳이 물어보고 싶은 마음이 들지 않았다. 헤어지기로 결정하자 그토록 잘 알고 있던 소정의 마음이 갑자기 내가 모르는 여자의 마음으로 변해버렸다. 나는 아마 내가 생각했던 것만큼 소정을 사랑하지 않았을지도 모른다는 생각이 불현듯 들었다. 그저 혼자이고 싶지 않아 관계에 끈덕지게 매달리고 있었던 건 아닐까. 나는 내 감정에 속은 걸까 아니면 현실에 굴복한 걸까. 어떤 기적도 일어나지 않는, 어떤 달콤한 반전도 없는 무료함에 말이다. 소정을 처음 봤을 때의 신비로운 충격을 떠올리려 애썼지만 한참 전에 지나간 일상에 묻혀 있었다.

소정은 잠시 내 눈을 바라보더니 표정을 바로 잡고 말했다.

"고마워."

그러곤 카페를 나갔다. 소정은 내게서 원하는 답을 얻은 걸까? 정말 내가 이렇게 해주길 바란 걸까? 나는 소정이 예전에 내게 보낸 문자메시지들을 죽 띄워 보며 그녀가 내게 남긴 마음의 자국을 하나씩 되새겨보았다.

'갈 거야. 보고 싶으니까.'

이 문자는 어묵 때문에 서운했을 때였다. 이때는 날 보고 싶다고 했었는데. 그러나 나는 곧 그녀가 그때 보고 싶다고 말했던 상대가 내가 아닐 수도 있다는 것을 깨달았다.

*

하루 종일 윤원과 한마디도 나누지 않았다. 마음이 비틀려 있어서가 아니라 어색했기 때문이었다.

"형? 무슨 일 있어요?"

279

있지, 있지만 지금은 말하고 싶지 않아. 윤원을 퇴근시키고 텅 빈 카페 안에 혼자 앉아 시계를 보았다. 자정이 넘었는데 노라는 아직 돌아오지 않고 있었다. 다리도 불편한데 어딜 나돌아다니는 걸까? 휴대전화는 불통이었고 문자는 보내는 족족 허공으로 날아갔는지 도무지 답이 없었다. 노라가 연락 없이 다니는 일이 가끔 있긴 했지만 이렇게 귀가 시간이 늦은 적은 없었다. 어쩌면 벌써 돌아와 있는 게 아닐까. 올라가는 것을 내가 미처 보지 못했을 수도 있었다. 아니면 노라가 내게 들르지 않고 그냥 올라갔거나. 제발 그랬기를 바라며 2층으로 올라갔다.

노라의 방문을 두드렸지만 기척이 없었다. 방문은 안으로 잠겨 있었다. 문이 잠겨 있다는 것은 안에 노라가 있다는 뜻이었다. 노라가 방에 없을 때는 잠겨 있지 않았다. 가끔 나는 노라가 잠자리에 들고 난 후 그 방 앞에서 머뭇거리곤 했다. 내가 잠을 자고 있을 땐 절대 내 방문을 열어선 안 돼요. 다른 건 몰라도 그 부탁만큼은 꼭 들어줘야 해요.

금기를 쳐두면 어기고 싶은 게 사람의 심리다. 무슨 일이 벌어질지 두려우면서 알고 싶기 때문이다. 그러나 일반적으로 금기를 깨뜨려 좋은 결과를 보는 경우는 거의 없었다. 물론 멀리 내다보자면 때론 금기를 깨뜨림으로써 개인의 성숙이 이루어졌고 인류의 삶이 진보했지만 그 과정은 길고 험난했다. 그래서 나는 매번 열쇠를 가져와 몰래 열어보고 싶은 충동을 꾹 참곤 했다.

노라는 벌써 돌아와 자고 있는 모양이다. 괜한 걱정을 했군. 오늘 학부모 상담 중에 보았던 동영상에 관해 노라와 이야기를 하고 싶었지만 이 시각에 자는 녀석을 굳이 깨울 필요는 없었다. 내일 아침에 찬찬히 이야기하자, 노라가 좋아하는 초콜릿 차라도 끓여놓고.

샤워를 마친 후 차가운 물 한잔을 마시려고 주방에 들어서니 개수대 속에 설거지 거리가 전혀 없었다. 이 녀석이, 저녁도 안 먹고, 대체 몇 시에 돌아왔기에? 나는 반쯤 마신 물 잔을 들고 책상 앞에 앉아 컴퓨터를 켜고 메일을 열었다. 기다리고 있던 영문 메일 한 통이 도착해 있었다. 발신자는 후고 스텐.

노라는 내가 자기 아버지와 연락하는 것을 마다했지만 아무래도 손 놓고 있기에는 무책임한 것 같아 직접 노라 아버지에게 연락할 방법을 찾았다. 그런데 노라 스텐의 아버지로는 찾기가 어려워 이종희의 남편으로 알아볼 수밖에 없었다. 나는 그에게 내가 이종희의 아들임을 밝히고 메일 한 통을 보냈는데 그 답장이었다.

'노라 스텐이 누군지 나는 모릅니다. 이종희와 저에겐 아이가 없었습니다. 당신의 신상에 관해 알고 있는 누군가가 당신을 속이고 있는 것 같습니다. 이종희는 지붕에서 추락사 하지 않았습니다. 저와 헤어지고 나서 출국했습니다. 행선지를 밝히지 않아 어디로 갔는지는 모르겠지만……'

이게 무슨 소린가 싶었다. 뭐가 잘못돼도 한참 잘못됐다는 생각이 들었다. 이 남자가 내게 거짓말을 하는 것이 아니라면? 거짓말을 할 이유가 없지 않은가. 이제 노라는 내게 의혹 덩어리가 되었다. 노라 넌 도대체 누구지? 노라와 이야기를 해야 했다. 노라는 지금 당장 내게 이 상황을 설명할 의무가 있었다. 나는 벌떡 일어나 노라의 방문 앞으로 되돌아갔다.

"노라, 일어나서 문 좀 열어봐. 노라?"

노라의 방문을 두드렸지만 대답이 없었다. 바람 소리가 들렸다. 어쩐지 방이 텅 비어 있는 느낌이 들었다. 조바심이 났다. 문이 잠겨 있을 때는 절대 열어보지 않겠다고 약속했지만 이제 그런 건 아무래도 상관없었다.

주방 서랍에서 열쇠 꾸러미를 찾아 들고 와 열쇠 구멍에 열쇠를 꽂았다. 순간 문짝이 움찔하더니 내 머리 위로 차가운 물결이 부딪혔다. 나는 소스라치게 놀라 몸을 꼿꼿이 세웠다. 노라의 방문 너머에 무언가 있었다. 좀 전까지 텅 비어 있던 방 안으로 어떤 것이 들어와 있었다. 그것이 지금 나와 똑같은 자세로 문 앞에서 서서 나처럼 머뭇거리며 문 밖을 경계하고 있었다. 숨을 죽이며 내가 물러가기를 기다리고 있는 것이다. 아니다. 이건 착각일 것이다. 이제 눈이 아니라 감각이 착각을 일으키는 중증에 접어든 모양이다.

용기를 내어 열쇠를 돌렸다. 뭔가 나쁜 짓을 하고 있는 것 같았다. 문을 열자마자 침대에 반듯이 누워 자고 있던 노라가 눈을 번쩍 뜨고 벌떡 일어나 앉는다. 노라는 어둠 속에서 푸른빛을 띤 시선으로 나를 노려보며 말한다. 오빠는 약속을 지키지 않았어. 이제 난 오빠를 떠나야 해.

문을 여는 순간 벼락처럼 엄습하는 차가운 물결이 한바탕 나를 흔들고 지나갔다. 방 안은 텅 비어 있었다. 열린 창문 밖으로 커튼이 둥그런 천막처럼 부풀어지며 빠져나갔다. 침대는 말끔하게 정리되어 있었다. 노라는 아침에 나간 이후 다시 돌아온 적이 없는 것이다.

나는 소스라치게 놀랐다. 주인 없는 빈방에 낯선 발자국들이 어지러이 찍혀 있었다. 내가 아는 발자국이었다. 학교에서 동영상으로 본 그 발자국과 같은 발자국, 수달의 발자국. 수달의 발자국은 곧장 창문을 향해 걸어가더니 그 앞에서 끊겼다. 활짝 열린 창으로 산 냄새를 머금은 축축한 바람이 기웃거렸다. 나는 창가로 다가섰다. 이 방의 전망은 산을 향해 있었다. 어둠 속에 가라앉은 섬 같은 산, 아래를 내려다보니 희미한 가로등 밑에 거뭇한 발자국들이 보였다. 창문에서 뛰어내린 수달의 발자국이 거기서부터 다시 산을 향하고 있었다.

이 발자국이 노라의 발자국이라는 것은 의심할 여지가 없었다. 다리가 후들거려 나는 침대 위에 주저앉고 말았다. 이제 어떻게 해야 하지? 저 발자국을 따라가야 할까? 그럼 노라를 찾을 수 있는 건가? 나는 눈을 감았다. 엄마의 목소리가 내 머릿속에 잠긴 기억을 끌어올렸다.

"겁을 먹고 머뭇거리면 발자국을 놓치게 되지."

그럼 다시 되돌아오면 되잖아.

"하지만 되돌아오는 건 생각만큼 쉬운 일이 아니야. 한번 가면 돌아올 수 없어. 그러니까 발자국을 따라가기 전에 잘 생각해봐야 해. 가끔 그것들이 너구리 발자국 같은 수를 쓸 때가 있거든. 너구리는 앞으로 갔다 뒤로 갔다 종잡을 수 없는 발자국을 남겨 쫓는 이를 헛갈리게 만들지. 넌 돌아가고 있는지 앞으로 가고 있는지 여전히 알 수 없게 되고 결국 길을 잃게 될 거야."

너구리 발자국은 내가 윤원이라고 착각했던 남자가 남긴 발자국이었다. 수달의 발자국은 소정이 노라라고 착각했던 여자애가 남긴 발자국이었고, 황새 발자국은 윤원이 동오 형으로 착각한 사람이 남긴 발자국이었다. 수달이 노라의 발자국이라면 너구리는 윤원의 발자국이고 황새는 동오 형의 발자국이다. 이게 도대체 어떻게 된 걸까? 이걸 어떻게 짜 맞춰야 이야기가 되는 거야? 겁이 더럭 났다.

문득 엉덩이 밑에 뭔가 딱딱한 것이 닿았다. 이불을 들춰보니 책이다. 『숲 너머 완두콩 집』. 아래층 기둥 책장에 꽂아두었던 내 책이었다. 삽화가 아름다운 책이었는데 영어가 아니라 핀란드어로 된 책이라 나는 읽을 수가 없었다. 하지만 노라라면 읽을 수 있었을 테니 가지고 올라온 모양이다. 어릴 때부터 이 책이 갖고 싶어 벼르던 참이었는데 대학 때 친구가 북유럽으로 패키지여행을 간다기에 사다 달라고 부탁해 구한 책이었다. 그러곤 오랫동안 다른 책들 사이에 묻어두고 잊었다.

새삼 책장을 한 장 두 장 넘기다 보니 오래전에 엄마가 해준 이야기 내용이 새록새록 떠올랐다. 나는 이 책을 읽을 수 없었지만 엄마가 해준 이야기를 들었기에 내용을 모두 알고 있었다. 핀란드 눈 덮인 산골에 사는 소녀가 잠자리에 들 때면 엄마가 머리맡에 와서 오빠 이야기를 해주곤 했다. 소녀의 엄마는 아주 먼 다른 세상에서 왔는데 거기 아들을 두고 왔다. 소녀는 언젠가 엄마의 아들을, 절반은 자기와 피가 섞인 오빠를 만날 꿈을 꾼다. 그 소녀의 이름이 뭐였더라, 젠장, 갑자기 이마가 찌르르해졌다. 난 왜 진작 이 이야기를 기억해내지 못했지? 나는 내 머리를 쥐어뜯고 싶어졌다. 그 소녀의 이름은 노라였다.

노라가 말했다. 어릴 때 내가 잠자리에 들면 엄마는 침대 옆에 앉아 오빠 이야기를 해주곤 했어요. 나는 오빠 이야기를 들으면서 언제나 오빠를 만날 수 있을까 생각했죠. 엄마는 기다리라고 했어요. 이야기가 끝날 때까지. 그럼 오빠를 보게 될 거라고. 그래서 기다렸죠. 그랬더니 정말 오빠를 만나게 됐지 뭐예요.

노라는 오빠를 만나기 위해 엄마가 가르쳐준 길을 따라 숲 속으로 들어간다. 숲 속에 가면 여우 발자국이 보일 거야. 그 여우 발자국을 따라가면 어떻게 되는지 알아? 여우 발자국을 남긴 그 사람을 만나게 된단다. 그 사람은 완두콩 색 이층집에 살아. 동생이라고 말하고 문 열어달라고 해보렴. 열어주면 네 오빠고 거절하면 기다려야 해.

나는 탁 하고 책을 덮었다. 토막으로 내 기억을 떠다니던 그 여우 발자국 이야기가 이거였어. 그날, 노라는 토끼 꼬리털 방울이 달린 뜨개 모자를 쓰고 완두콩 색으로 단장한 이 건물 앞에 서서 내가 문 열어주길 기다렸다. 아아, 노라를 보고 내가 왜 뜬금없이 북구의 어떤 나라를 떠올렸는지 이제 알겠다.

말했다시피 엄마는 내게 많은 이야기를 해주었지만 끝까지 해준 적이 거의 없었다. 하지만 이 이야긴 끝까지 들었다. 아주 가끔 엄마는 이야기를 끝까지 들려준 적이 있었는데, 그건 내가 앞으로 살면서 꼭 알아둬야 하는 이야기들이거나 책을 읽어주다가 엄마 스스로 너무 재미있어서 놓지 못했던 경우였다.

예를 들면 헤타이라 같은 여자들에 관해 읽어줬을 때가 그랬고, 잠깐, 헤타이라라고?

육체적 욕구와 정신적 욕구를 동시에 만족시키는 완벽하고 이상적인 상대. 여자는 열등한 존재라는 편견을 지닌, 여자는 목재고 남자는 목수라 비유한 아리스토텔레스조차 헤타이라인 '필리스'의 매력에 빠져 죽을 때까지 그녀에게서 헤어나지 못했다……고 엄마가 읽어줬는데, 아니 그건 내가 소정을 처음 봤을 때 느꼈던 감정이었는데?

그 여자는 남자의 시선이 머무는 곳에 타투를 하고 있었어. 그녀의 타투는 주술적인 의미로 남자를 홀리기도 하지만 자신의 정체를 스스로 드러내는 상징이기도 했지. 그녀는 절대 한 남자에게 정착하지 않아. 그녀는 호기심이 많고 지루함을 금방 느끼기 때문에 늘 새로운 것을 찾아다니거든. 만약 그런 여자와 연애를 하고 있다면 마음의 준비를 하고 있어야 해. 언제 여자가 헤어지자고 말할지 모르거든. 여자가 아니라 남자도 마찬가지야. 그런 남잔 말이야, 광대 같은 남자지. 앞의 얼굴과 뒤의 얼굴이 달라. 그의 머릿속은 진지하지만 삶은 절대로 그렇게 살지 않으려고 하지. 타투의 그녀가 가장 호기심을 느낄 상대야. 숨겨진 한쪽 표정이 마력으로 작용하기 때문에 변화를 갈망하는 여자는 끌릴 수밖에 없지. 여기 모필에 먹물을 흠뻑 적셔 휘갈긴 듯 날카로우면서 굵은 선을 가진 눈매, 가무잡잡한 피부, 웃으면 통통한 뺨이 볼록해지며 유난히 큰 앞니가 드러나는 한 남자가 있어…….

기억이 거기까지 미쳤을 때 나는 그만 자지러지고 말았다. 그 남자는 윤원이었다. 그 여자는 소정이었다. 엄마는 오래전에 내가 윤원과 소정을 만나게 될 것을 미리 알고 있었던 것처럼 그들에 관해 이야기해줬다.

엄마의 이야기들이 어떤 마술을 부리고 있다는 것을 깨달았다. 엄마가 내게 끝까지 해준 이야기들이 나의 현실이 되었다는 것을. 그래서 엄마는 모든 이야기를 끝까지 해주지 않았던 것이다. 그렇다면 노라와 소정, 윤원이 모두 엄마의 이야기 속에서 튀어나온 사람들이라는 건가? 아예 없는 사람인데 내가 착각한 거라고? 이게 말이 돼? 누가 설명 좀 해봐. 내가 어디서부터 착각하고 있는 건지 가르쳐달란 말이야. 혹시 엄마가 풀라던 발자국 수수께끼가 이거였어? 그럼 이제 소정이 살쾡이 발자국을 찍을 차례인가. 도대체 뭐가 어떻게 돌아가는 거야?

갑자기 전화벨 소리가 울리는 바람에 나는 소스라치게 놀랐다.

*

"동오 형? 이 시간에 웬일이에요?"

"카세트테이프를 잃어버렸는데 너희 카페에 있는지 좀 확인해줄래?"

동오 형의 발자국은 황새 발자국, 있지도 않은 사람이 내게 뭘 찾아달란다. 이게 말이 돼? 하고 의아해하면서 나는 여전히 그의 존재를 부정하지 못했다.

"가게 문 닫았어요. 내일 아침에 찾아봐줄게요."

"지금 찾아줘. 불안해서 죽을 것 같아. 부탁이야. 확인하고 전화해줘."

동오 형이 걱정으로 과부하에 걸린 사람처럼 굴어 나는 결국 그렇게 해주겠다고 대답한 후 다시 카페로 내려갔다. 지금 당장 찾지 못하면 숨이 끊어질 것 같다는데 어쩌랴. 동오 형이 강박증 환자처럼 그 녹음테이프에 집착하는 것이 아무래도 홍우필의 목소리로 인한 부작용처럼 느껴졌다.

"형, 조심해요. 최면에 빠뜨리는 효과가 있는 것 같다니까요."

"그럴지도 몰라. 하지만 최면은 우리가 모르는 것을 기억나게 해줘."

"그 여자 목소리를 들으면서 뭔가 생각해내야 하는 게 있기라도 한 거예요?"

"아냐, 난 기억력이 아주 좋아. 거의 모든 것을 기억하고 있지. 하지만 다른 사람들은 그렇지 않을 수도 있어. 잊고 있는 것이 있다면 그 목소리가 기억을 살리는 데 도움이 될 수도 있지."

늘 거리를 두고 우리를 피해다니던 동오 형의 시선이 기묘하게도 그 순간 나와 마주쳤다. 마치 그 다른 사람들 중 하나가 나라는 것을 알려주려는 듯. 물론 이건 어디까지나 내 느낌이었고 당황한 형의 시선은 스프링처럼 튀어올랐다가 바닥으로 처박혀 어찌할 줄을 몰랐다.

"형이 보기엔 내가 뭔가 잊고 사는 사람처럼 보여요?"

"다들 뭔가 잊고 살아. 나도 내가 모든 것을 다 기억하고 있다고 큰소리치지만, 어쩌면 나 역시 내가 기억하고 있는 것이 기억의 전부라고 착각하고 있는 것일 수도 있어."

동오 형은 특유의 그 복잡하고 어색한 표정을 지으며 물었다.

"그래도 이 여자 목소리 좋지?"

나쁘다고는 할 수 없었다. 솔직히 지나치게 좋아서 꺼려지는 것에 더 가깝다고 해야 할까.

"난 말이야, 이 여자의 목소리를 듣고 있으면 남몰래 남의 방문을 슬며시 열고 그 안을 훔쳐보는 것처럼 심장이 두근거려."

"그거 나쁜 짓인데요."

"그래도 그 방에 놓여 있는 게 내 기억이면 상관없는 거 아닐까."

동오 형이 늘 앉는 카운터 구석 자리에서 카세트테이프 하나를 발견했다. 나는 그 카세트테이프를 오디오에 집어넣었다. 카세트테이프를 찾았다고 동오 형에게 먼저 전화했어야 했는데 어찌 된 일인지 까맣게 잊고 있었다. 아마 오늘 하루 동안 내게 벌어진 일들에 온 기억이 줄줄이 꿰여 있던 탓이리라. 나는 논리적인 설명이 필요했지만 기대할 수 없었다. 대신 위로받을 수는 있었다. 바로 이 모든 사단의 원흉인 엄마의 목소리로 말이다. 공교롭게도 홍우필의 목소리는 엄마의 목소리와 비슷했다. 엄마의 목소리에 대해 품은 내 의혹은 정확할 것이다. 홍우필이 들려주는 이야기 속에서 그녀의 목소리는 엄마의 목소리와 아주 흡사한 효과를 갖고 있었다. 그렇다면 이 이야기의 작자인 이종희는 동명이인이 아니라 정말 내 엄마일지도 몰랐다.

플레이 버튼을 누르고 원형 소파 구석에 등을 기대고 앉았다. 쉭쉭 돌아가는 카세트테이프 소리, 나는 홍우필의 목소리를 기다리며 나를 주시하는 서른두 개의 창을 의식했다. 우연의 숫자 서른둘, 홍우필은 서른두 장의 발자국 사진을 갖고 있었다. 그녀가 그린 여우 발자국 스케치만 있으면 서른세 장의 퍼즐이 모두 맞춰질 텐데, 도대체 그 스케치는 어디로 사라진 걸까? 내가 가지고 있는 여우 발자국 스케치가 아무래도 딱 그거 같은데…….

이윽고 홍우필의 목소리가 흘러나왔다. 서른두 줄기의 달빛에 죽은 듯 잠겨 있던 흑백의 공간에 그녀의 목소리가 근사한 색을 입히기 시작했다.

아, 미안해요. 그냥 지나다가 소리가 들려서…….

홍우필은 통금에 걸려 버려진 집으로 들어갔고 거기서 울고 있는 한 남자를 만났다.

그녀의 목소리가 점점이 뚫린 내 기억의 구멍 속에서 발자국을 하나씩 건져 올렸다. 내 안에서 걸어 나온 발자국이 내 눈에서 점점 멀어지자 내 기억은 그 발자국을 놓칠세라 부지런히 쫓아간다. 그 발자국이 어디로 가는지 보려고 애를 쓰며.

엄마는 내게 너무 많은 것을 보려 애쓰지 말라고 했다. 그러나 나는 애쓴 적이 없었다. 그저 보였을 뿐이었다. 사람들은 엉뚱한 상상력을 탓했지만 내게는 생생하고 또렷한 현실이었다. 엄마의 목소리와 홍우필의 목소리가 겹쳐졌다. 목소리는 다시 나눠졌다가 하나가 되었다. 이 여자는 생긴 것도 엄마를 닮았을까? 엄마 얼굴을 떠올려본다. 그런데 엄마 얼굴이 또 생각나지 않는다. 아무려면 어떤가? 삼십 년 전 사람이어도 좋고 이미 백골이 되어버린 여자라 해도 좋으니 그 목소리로 위로해주고 그 손으로 나를 쓰다듬어준다면……

나는 두 발을 소파 위에 올리고 무릎을 세웠다. 부드러운 소파 천에 맨발을 가만히 비비고 있자니 나도 모르게 눈물이 고였다. 무릎 위에 팔꿈치를 괴고 거기 얼굴을 묻은 채 소리 죽여 울음을 터뜨렸다. 이렇게 울고 있으면 내가 우는 소리를 듣고 그녀가 지금 읽고 있는 이야기처럼 아, 미안해요, 지나다가 소리가 들려서, 하고 말하며 저 문을 열고 들어와 주면 좋겠다. 그럼 나는 그녀에게 묻겠지. 당신도 혼자 울고 싶은 곳을 찾고 있어요?

바로 그때 거짓말처럼 카페 문이 벌컥 열렸다. 나는 울음을 그치고 고개를 번쩍 든 채 출입구를 쳐다보았다. 방울 소리가 딸랑딸랑 흔들리는 중에 동오 형이 숨을 헐떡이며 말했다.

"카세트테이프 찾으러 왔어. 찾으면 전화 준다고 하구선."

나는 재빨리 얼굴을 훔쳤다.

동오 형이 내 표정을 보더니 고개를 갸웃거리며 말했다.

"얼굴이 젖었어."

오디오에서는 여전히 홍우필의 목소리가 흘러나오고 있었다. 동오 형은 알았다는 듯 손가락으로 오디오를 가리켰다. 나는 아무 대답도 하지 못한 채 동오 형을 쳐다보았다. 동오 형은 눈을 끔벅이더니 말했다.

"카세트테이프 찾았구나. 그럼 조금 있다가 다시 올까?"

"아뇨, 괜찮아요."

나는 자리에서 일어나 정지 버튼을 누르고 카세트테이프를 꺼내 동오 형에게 건넸다. 동오 형은 카세트테이프를 받아 주머니에 넣으며 물었다.

"얼굴이 왜 그래?"

"그냥, 하룻사이에 모든 게 엉망진창이 됐어요. 노라는 어제 아침에 학교 간다고 나가서 여태 돌아오지 않고, 소정과도 헤어졌어요. 그리고 온통 이상한 일들만 계속 생기는데……."

온통 이상한 그 일들을 어떻게 설명해야 할지 나는 도무지 알 수가 없었다.

"소정이랑 헤어졌어?"

되묻는 동오 형은 고개를 끄덕거리고 있었다. 마치 장마나 태풍이 오면 홍수가 나는 것이 당연하다는 듯 자연스런 결과로 받아들인다는 뜻이었다. 좋아, 다들 그렇게 여긴다면 나도 담담하게 받아들여보지 뭐. 그런데.

"그런데 왜 하필 지금인지 모르겠어요."

"왜 하필 지금이면 안 되는데?"

동오 형은 천천히 눈을 굴리면서 곰 같은 표정으로 물었다. 카세트테이프를 찾았으니 이제 온 세상 근심 걱정은 하나도 지고 있지 않다는 듯 아까 전화할 때와는 완전히 다른 차분한 어조였다.

"고민은 한 번에 하나씩만 생겼으면 하거든요. 버거워요."

창밖에서 폭풍을 예감한 듯 여름 나뭇가지들이 흔들어대는 파도 소리가 들렸다.

"노라는 어떻게 된 건데?"

"나도 몰라요. 도통 전화도 안 되고."

"노라 친구들에게 전화해봤어?"

"노라는 친구가 없어요. 친구 전화번호랍시고 알려준 것도 없고. 친구는커녕 제 아버지와도 연락 못 하게 했으니 말 다했죠 뭐. 이대로 영영 돌아오지 않을까 봐 걱정이에요."

"그건 또 무슨 소리야?"

"그 녀석하고 약속한 게 있거든요. 노라 방의 방문이 잠겨 있을 때는 절대 열어보지 않겠다고 했는데, 어쩔 수 없었어요. 애가 안에 있는지 없는지 알 수가 있어야죠."

"그래서 하지 말라는 짓을 해놓고는 이렇게 좌불안석인 거구나."

"형, 나 지금 심각해요. 자고 있을 때 방문을 열어보지 말라는 게 무슨 뜻인지 이제야 알 것 같거든요. 열어보면 여길 떠나겠다고 했는데 그게 아무래도 자기 모르게 자기에 대해 알아보지 말란 뜻이었던 것 같아요. 나와 연고가 없다는 것이 드러나면 더는 여기 있기 곤란해질 테니까 말이에요."

"연고가 없다는 게 무슨 뜻이지?"

나는 결국 동오 형에게 학교에서 본 노라의 동영상과 후고 스텐이란 남자에게서 받은 메일의 내용뿐 아니라 노라의 방에서 발견한 책과 관련된 이야기까지 모두 털어놓았다. 그러지 못할 것도 없었다. 동오 형도 이야기 속에서 나온 사람일지 모르는 판이었으니.

"결국 노라는 네 동생이 아니라 그 책 속에서 나온 아이란 거야?"

"아마도요. 말이 안 되는 것 같지만 그래야 말이 되거든요. 하지만 엄마와 함께 찍은 사진은 어떻게 설명해야 할지, 어쨌든 노라는 엄마와 분명 어떤 연관이 있어요. 엄마가 내게 해줬던 오래된 이야기들을, 그러니까 내가 잊고 있던 이야기들을 하나하나 떠오르게 만들었거든요. 특히 그 여우 발자국 스케치는."

"여우 발자국 스케치?"

"그게, 형한테는 말하지 않았는데 노라가 수수께끼를 풀라는 엄마의 말씀과 함께 제게 여우 발자국 스케치를 전해줬거든요."

"그 여우 발자국 스케치는 홍우필의 이야기 속에 나오는 거잖아? 그 이야기 속에서 그 스케치는 사라졌어."

"그래서 말인데요, 사라진 그 스케치가 아무래도 제가 가지고 있는 스케치 같아요. 허무맹랑하게 들리겠지만 엄마가 내놓은 수수께끼가 바로 그거 아닐까 싶어요. 홍우필의 이야기 속에서 수상한 발자국을 가진 사람들은 모두 그 스케치를 찾고 있어요. 그리고 그들이 찾고 있는 스케치는 바로 저한테 있고요. 그래서 그들은 그 스케치를 찾아 이 건물에 나타나는 거예요. 실제로 지금까지 우리가 발견한 발자국과 홍우필의 이야기에 나오는 발자국의 종류는 거의 일치해요. 발자국과 발자국의 주인도 매치시킬 수 있어요. 수달은 노라의 발자국, 너구리는 윤원의 발자국, 황새는 형의……."

"잠깐, 잠깐만. 알 것 같아."

동오 형이 갑자기 내 말을 가로막으며 허둥거렸다.

"어떻게 된 건지 내가 알 것 같아. 지금 가야겠어. 거기 가서 마저 생각해야겠어."

"여기서 생각하고 말해줘요."

"안 돼. 여기 말고 생각이 더 잘 되는 곳이 있어."

"어디요?"

"3233동 경비실 안에 있는 화장실."

동오 형은 정신없이 고개를 갸웃거리더니 내가 잡을 새도 없이 카페를 나가 바삐 언덕길을 내려갔다. 나는 동오 형이 이 모든 기이한 상황을 명쾌하게 설명해줄 수 있을 거라 여겨 털어놓은 것이 아니었다. 하지만 형은 의외로 기발하게 똑똑한 구석이 있어 뭔가 답이 될 만한 것도 자주 꺼내놓기 때문에 역시 문제가 생기면 형에게 이야기할 수밖에 없었다. 멀뚱히 서서 그의 뒷모습을 바라보다가 돌아섰을 때 나는 카운터 아래에 또 다른 카세트테이프 한 개가 떨어져 있는 것을 보았다.

18

장마가 시작됐다. 밤새 쏟아붓던 장대비가 그치고 잔뜩 찌푸린 우중충한 새벽하늘 밑에서 사람들이 습한 일상을 시작했다.

우필은 간단하게 짐을 싸서 살던 집을 나왔다. 그날 방을 본 남자가 마음에 든다며 계약을 하고 갔다. 아직 말미가 있었으나 우필은 이미 어디로 갈지 생각해뒀기에 미룰 필요가 없다고 여겼다. 오히려 하루라도 빨리 그곳으로 옮겨야겠다고 생각하던 참이었다. 여우 발자국은 진작 사라졌을 테지만 기다리다 보면 다시 나타날지 누가 알겠는가. 우필은 틀림없이 다시 보게 될 것을 확신했다. 동네가 언제 철거될지 모르지만 상관없었다. 며칠이면 족했다.

책이 없어지고 우필이 녹음실에 나오지 않았으니 박현의가 우필을 찾느라 애가 탈 것이다. 박현의뿐 아니라 재곤의 사건을 수사하고 있는 형사 역시 우필이 어디로 이사했는지 알아내고자 백방으로 뛰고 있겠지.

전기가 끊어진 터라 우필은 양초를 사다 켜놓고『거기 구멍 눈 뒤에』의 남은 부분을 소리 내어 읽어나갔다. 그날 밤, 마지막 장의 두 쪽을 남겨두고 우필은 잠자리에 들었다. 한밤중, 우필은 낯선 기척에 잠을 깼다. 황급히 등을 돌리고 사라지는 누군가의 뒷모습을 언뜻 보았지만 그것이 현실인지 꿈인지 분간이 가지 않았다. 다만 등을 돌리기 전 우필을 바라보며 여운을 남겼던 그 눈빛만은 선명하게 우필의 눈 속에 각인되었다. 세상의 시간에 파인 숙연한 시선, 그리고 돌아서는 남자의 맨발이 기억났다. 그때 그 남자야!

우필은 정신이 퍼뜩 들었다. 자리를 박차고 일어나 앉았다. 꿈이 었던가? 희미한 어둠 속에서 우필은 점점이 찍힌 여우 발자국을 발견했다. 우필은 고개를 들고 시선으로 발자국을 쫓았다. 발자국은 창문 앞에서 끊겼다. 우필은 창문 너머 어둠에 휩싸인 저 아랫동네를 내려다보았다. 가슴이 선뜩해졌다. 먼 곳에서 붉은빛으로 살랑 거리는 어떤 것이 휙 하고 튀어올랐다가 이내 사라졌다. 잠은 진작 달아났고 더 자고 싶지도 않았다.

우필은 마지막 백지 한 장만 남은 승명의 스케치북을 꺼냈다. 서른세 번째 퍼즐은 지금 여기 우필의 눈앞에 있었다.

*

우필은 박현의에게 전화를 걸었다.

"여보세요?"

박현의의 점잖은 목소리가 전화를 받았다.

"저, 홍우필이에요."

박현의는 상대가 우필이라는 것을 안 순간 자다가 일어나 보니 자기 침대가 망망대해에 둥실 떠 있는 것을 발견한 것처럼 다급해졌다.

"우필 씨? 도대체 어떻게 된 거예요? 도무지 연락이 되질 않아서 걱정했어요. 몇 번 집으로 찾아갔었는데 이사를 갔다고 하더군요. 이대로 연락이 끊기는 줄 알았어요. 저기 말이에요, 혹시 그 책, 우필 씨가 가져갔어요?"

"네, 어쩌다 보니 그렇게 됐어요. 미안해요. 연락을 하려고 했는데."

거기서 우필은 잔기침을 뱉었다. 연락을 하려고 했지만 어려웠다. 물론 전화 한 통 거는 일이 그리 어려울 것은 없었다. 그냥 골목길을 걸어 나가 공중전화 수화기를 집어 들고 동전을 넣은 후 번호를 누르면 된다. 다만 그것이 마지막 인사가 될 것이기에 자꾸 미루다 보니 이렇게 됐을 뿐이다.

"음……."

박현의의 목에서 할 말을 푹 꺼뜨린 신음 소리가 흘러나왔다.

"괜찮아요. 녹음하러 나오실 때 가지고 나오세요. 언제 다시 나오실래요? 아니 지금 당장 저부터 좀 봅시다."

"아뇨. 그리고 이제 녹음실에는 나가지 않을 거예요."

"왜 그래요? 무슨 일 있어요? 저한테 말해요. 제가 도와드릴게요. 혹시, 지재곤 씨의 죽음과 관련해 형사가 찾아왔던 문제라면 걱정 마요. 아버지 친구분 중에 도와주실 분이 계시니 잘 처리해주실 거예요."

"그건 상관없어요."

"그럼 왜 그래요?"

우필이 대답하지 않자 박현의는 초조한 듯 계속 말했다.

"그러지 말고 제발 돌아와요, 꼭 당신 목소리로 녹음을 끝내야 한단 말이에요."

"왜 꼭 제 목소리여야만 하는데요?"

수화기 너머에서 잠깐 침묵이 흘렀다.

"됐어요. 이제 그만합시다. 미자가 다 이야기했다고 하더군요. 알아요, 제가 바보 같다고 생각하시는 거. 하지만 그건 사실이에요. 종희가 그런 목소리를 갖고 있었어요. 그래서 우필 씨의 목소리를 듣고 단박에 그 목소리라는 것을 알았던 거예요. 제가 예전에 말씀드린 적 있죠? 처음 우필 씨의 목소리를 듣고 충격을 받았다고요. 종희와 목소리가 너무 똑같아서 그랬어요. 오랫동안 종희를 찾았지만 아무리 찾아도 찾을 수가 없었어요. 종희가 이 세상에 없다는 것을 깨달았죠. 종희가 그 책을 다 읽은 후 그 안으로 들어간 것을 나는 알아요. 종희는 거기 살고 있어요."

어떤 사람은 이렇게도 사랑을 하는구나. 좋아하던 여자가 쓴 책, 그 책 속에 그 여자의 이름이 있고, 그 이름을 좇아 그 나이에도 여전히 책 속으로 들어갈 꿈을 꾸다니.

"하지만 이종희 씨는 이름만 있을 뿐 실제로 등장하지 않아요."

"제가 그 남자를 만나볼 거예요. 종희가 그 남자와 헤어져 어디로 갔는지 제가 찾아낼 수 있어요. 그러니까 우필 씨가 돌아와서 날 좀 도와줘요."

"그럴 수 없어요. 제 목소리로 대표님을 어딘가 모르는 세계로 보내고 싶지 않아요."

"우필 씨, 제발요, 나는 매일 죽는 꿈을 꿔요. 매 순간 자살하고 싶은 충동을 느낀다고요. 죽는 것보다는 차라리 당신이 읽는 그 이야기 속에서라도 사는 게 낫잖아요. 나는 행복하지 않아요. 나는 내가 좋아하는 사람 곁에서 살고 싶어요. 종희는 틀림없이 거기 있어요. 난 알아요. 우필 씨?"

우필이 수화기를 놓으려는 순간 박현의가 귀신같이 알아채고 필사적으로 소리쳤다.

"잠깐만요, 우필 씨, 전화 끊지 마요. 난 어딘가 알지 못하는 곳에 갇혀 살아요. 당신이 그런 내 입장이라고 생각해봐요. 빈센조 나

탈리 감독의 〈큐브〉라는 영화 알죠? 똑같이 시작해볼게요. 눈 뜨고 깨어났더니 우필 씨 혼자인 거예요. 정육면체로 이루어진 큐브의 방 하나마다 접해 있는 옆방으로 빠져나갈 수 있는 여섯 개의 출구들이 있지만 어느 출구로 나가야 할지 우필 씨는 알 수 없어요. 어떤 방에는 우필 씨를 죽일 함정이 설치되어 있거든요. 우필 씨는 선택해야 할 여섯 개의 출구들 중 한 곳에서 누군가의 발자국을 발견했어요."

발자국이라, 우필은 여우 발자국을 떠올렸다. 창문을 통해 허공으로 떠나버린 발자국, 우필에게 따라오라고 유인하던 그 발자국, 우필을 여기서 데리고 나가줄 발자국.

"반가운 마음에 우필 씨는 일단 출구를 열어봐요. 물론 겁이 나서 감히 건너가 볼 엄두는 내지 못하고 살펴보기만 하죠. 영화에서처럼 말이에요. 시체도 없고 핏자국도 없어요. 그 발자국의 주인은 무사히 그 방을 빠져나가 또 다른 방으로 건너간 것 같아요. 자, 이제 어쩔 거죠? 우필 씨는 그 발자국을 따라갈 거예요? 아님 거기 그 자리에 마냥 앉아 있을 거예요? 방들은 계속 움직여 위치를 바꿔요. 탈출을 하지 않으면 당신은 죽어요."

"하지만 처음 깨어났던 그 방을 벗어나면 점점 더 복잡한 큐브 속으로 들어가게 되는 거예요. 영화의 결말에서는 처음 주인공이 깨어났던 그 방 곁으로 밖으로 나가는 출구와 연결된 스물일곱 번째 방이 돌아온다고요."

"그래서 우필 씨는 거기 계속 있겠다고요? 하지만 나는 이 이야기가 싫어요. 난 이 이야기 속에서 살고 싶지 않아요. 난 내가 원하지도 않은 이야기 속에 그냥 던져진 거라고요. 어느 날 깨어나 보니 큐브의 낯선 방에 던져진 것처럼요. 내 의지와는 상관없이. 나는요, 내가 살고 싶은 이야기 속에서 살고 싶어요."

박현의는 울고 있었다. 어째서 우는 걸까? 박현의는 우필보다 이 이야기 속에서 더 좋은 조건을 가진 인물이었다. 그런데도 슬퍼하고 있었다. 많은 것을 가졌음에도 자기가 갖지 못한 한 가지 때문에 빈곤을 느꼈던 재곤처럼.

"나는요, 꼼짝 못하고 이 세상에 갇혀 종신형을 살고 있어요. 더 많은 사람들을 행복하게 해주려다 아버지를 잃었어요. 나는 이제 이 세상이 바뀌기를 기대하지 않아요. 그러니까 나를 살려줘요. 우필 씨, 제발……."

흐느끼는 그의 목소리를 듣고 우필은 잠시 마음이 흔들렸다. 하지만 박현의에게는 미자가 있었다. 노심초사 그를 걱정하는 정 많은 어머니가 있었다. 만약 내게도 당신처럼 나를 생각해주는 사람이 한 사람만이라도 있다면 절대 이곳을 떠나지 않을 텐데.

언젠가 그는 눈을 뜨고 깨어나 미자의 말대로 자기 곁에 있는 사람들을 보게 될 것이다. 그가 좇는 이종희는 꿈에 지나지 않다는 것도. 꿈으로 들어가야만 하는 건 슬픈 일이다. 꿈만 좇다가, 꿈만 꾸다가, 꿈속에서만 살다가 죽는 건…….

달칵, 우필은 전화를 끊었다.

*

우필은 서른두 장의 사진을 꺼내 바닥에 펼쳐놓았다. 마지막으로 자신이 그린 스케치를 비어 있는 자리에 얹었다. 크기가 맞지 않았지만 상관없었다. 이미 우필의 눈에는 완벽한 풍경이 펼쳐져 있었다. 우필은 『거기 구멍 눈 뒤에』의 남겨둔 마지막 부분을 읽기 시작했다.

"길 중간에서 우리는 약속이나 한 듯 걸음을 멈췄다. 그녀가 홍우필의 목소리로 내게 말을 걸었다. 여우 발자국을 따라왔더니⋯⋯."

시커먼 어둠이 먹물처럼 짙었다. 열린 창을 통해 몰아닥친 여름 밤바람이 순식간에 방바닥에 펼쳐놓은 발자국들을 흔들었다. 발자국들은 흩어지면서 사방으로 날렸다. 우필은 그것들을 잡으려고 이리저리 펄쩍펄쩍 뛰었다.

발자국은 다른 발자국을 끌어들이지. 뒤따르는 발자국이 오면 이야기는 앞으로 나가는 법이야. 발자국을 따라와. 그럼 다음 이야기를 들려줄게.

19

동오 형이 돌아간 후 나는 홍우필의 목소리가 녹음된 카세트테이프를 들으며 소파에 누워 있다가 그대로 잠이 들어버렸는데 그 사이 꿈을 꿨다. 거기서 나는 어떤 영화를 보고 있었다. 영화 내용은 전혀 생각나지 않았다. 어디선가 불이 번쩍 하더니 갑자기 아직 한창 상영 중인 영화 스크린에 '다음 이 시간에 계속'이라는 자막이 뜨고 영화가 끝나버렸다. 다음 이 시간이라니? 둘러보니 객석은 텅 비어 있었고 관람객은 나 혼자뿐이었다. 함께 영화를 보고 있는 사람이 아무도 없다는 사실에 당황했다. 이 이야기를 나만 봤으니 이 이야기에 대해 물어볼 사람이 없는 것이다. 나는 다음 이야기가 궁금해 애가 탔지만 정작 영화의 내용을 전혀 기억하지 못하고 있었다. 그나저나 다음 이 시간에 계속 이어 보려면 다음 꿈은 이 꿈의 다음 장면부터 시작해야 하는데, 아니 기왕이면 처음부터 다시 꾸면 좋겠다. 그럴 게 아니라 아예 이 꿈에서 나가지 않고 기다려볼까. 나는 우두커니 앉아 이어지는 다음 이야기를 기다리다가 결국 잠에서 깼다.

깨어나면서 나는 그 영화 내용이 혹시 내 이야기였을지도 모른다는 생각이 들었다. 이 종잡을 수 없는 수수께끼를 고민하다가 나도 모르게 꿈속으로 끌고 들어간 것이다. 발자국 넷이 얼굴을 드러냈다. 여우 발자국과 나뭇잎 발자국의 주인만 아직 드러나지 않았다. 발자국의 주인들은 자신들이 그런 괴상한 발자국을 남긴다는 사실을 알지 못했다. 윤원이 자기 발자국이 너구리 발자국이라는 것을 알았다면 절대 그 발자국들을 냅킨에 그려가며 호들갑을 떨었을 리 없었을 테니까.

뜨거운 커피를 거푸 세 잔이나 마셨다. 제대로 잠을 자지 못해 머릿속이 온통 들쑤셔놓은 쓰레기통 같았다. 계속해서 밀려드는 복잡한 예감에도 어찌 됐건 카페 문을 열었다. 소정과 나 사이에 무슨 일이 벌어졌는지 아무것도 모르는 윤원이 평소처럼 출근해 발랄한 인사를 던지고 주방으로 들어갔다. 소정도 점심 무렵이 되자 들렀다. 노라만 여전히 돌아오지 않고 있었다.

"자기도 커피 할래?"

소정이 물었다. 소정이 너무 아무렇지 않아 보여 나는 슬며시 억울한 마음마저 들었다. 게다가 소정은 "자기 왜 그래? 어디 아파?"

하고 천연덕스럽게 묻기까지 했다. 아니 그걸 몰라서 물어?

"아픈 데 없어. 괜찮아. 멀쩡해."

소정이 끓고 있는 어묵 통 뚜껑을 열어보며 말했다.

"이제 와서 하는 말인데, 이건 정말 기가 막힌 발상이었어."

소정의 발밑에 살쾡이 발자국이 잔뜩 찍혀 있는 것이 보였다. 그녀의 가슴에 찍힌 타투 발자국과 똑같은 모양이었다. 그럴 거라고 예감했다. 이제 놀랄 기력도 없었다. 그런데 소정은 왜 아직까지 나를 자기라고 부르는 걸까. 소정과 나 사이는 어제 그랬던 것처럼, 내일도 역시 그럴 것처럼 달라진 것이 없었다. 단지 관계가 애인에서 친구로 바뀌었을 뿐. 영 헤어지기 곤란한 지경의 연인들이 때로 그런 방식을 택한다. 이제 좋은 친구 사이예요. 가끔 안부 문자도 날리고 전화 통화도 하는 좋은 오빠 동생이죠.

"이제부터 날 자기라고 부르지 마."

"그럼? 자기 대신 오빠 같은 걸로 불러줘?"

"아니, 싫어, 절대로."

소정은 내 말을 듣고 있지 않았다. 소정은 커피 두 잔을 들고 당당하게 윤원이 있는 주방으로 들어가며 내게 말했다.

"자기야, 건투를 빌어줘."

자기라고 부르지 말랬지. 젠장, 소정을 출입 금지시키고 싶었지만 명분이 없었다. 헤어진 옛날 애인 집이니까 스스로 알아서 발길을 끊어줘야지. 나보고 어쩌란 거야. 그러나 소정은 절대 그렇게 하지 않을 것이다. 물론 나를 약 올리려고 고의로 그러는 건 아니고 윤원이 여기 있기 때문이다. 내 입장을 배려하기보다는 윤원과 함께 있고 싶은 것이다. 어쩔 수 없군. 죽어도 내 카페로 향한 발걸음을 끊지 못하겠다면 좋으실 대로. 곰곰 생각해보니 뭐 그다지 크게 불편할 것 같지도 않다. 나는 질투에 불타 점점 나락으로 빠지는 대신 몽땅 시들해졌다. 나는 스툴에 엉덩이를 걸친 채 멍하니 앉아 서른두 개의 구멍창들이 만들어내는 빛줄기들을 눈으로 좇고 있었다. 서른두 개의 조명 아래 드러난 서른두 개의 작은 조각 세계들.

윤원이 커피 향을 풍기며 주방에서 나오다가 날 보고 물었다.

"형? 왜 그렇게 넋을 놓고 있어요? 냉수 한 컵 줘요? 어제 오늘, 도대체 무슨 일이에요? 말씀도 거의 없으시고."

"별일 아니야. 소정이랑 헤어졌어."

"정말요?"

윤원은 다소 놀란 듯 소정이 있는 주방 쪽을 힐끔 쳐다보았다. 아직 소정이 윤원에게 고백하지 않은 모양이다. 윤원이 가만히 속삭이듯 말했다.

"하긴 그렇게 됐다니 말씀드리는 건데요, 솔직히 두 분 그다지 어울리진 않았어요. 보기엔 근사했지만 소정 씨 성격이 워낙 강해서 어쩐지 형이 좀 죽는 느낌이었거든요."

"위로하는 거야?"

"아뇨. 진실을 말씀드리는 거예요."

"그럼 소정이는 도대체 어떤 남자랑 어울린다는 건데?"

윤원은 어깨를 으쓱하더니 말했다.

"글쎄요? 아마 저 같은 남자요?"

"맞아, 소정이는 네가 좋대."

"네에?"

이번엔 상당히 놀란 듯 눈이 휘둥그레졌다. 잘 익은 복숭아처럼 뺨이 발그레해졌다.

"너도 좋은 거로군."

"미안해요. 형만 괜찮다면……."

"괜찮아. 좋을 대로 해."

나는 자리에서 일어섰다.

"형, 화났어요? 전 정말 아무 짓도 하지 않았어요. 형의 여자 친구를 뺏을 생각은 추호도 없었고요……."

"알아, 나에 대한 소정의 감정이 유효기간을 넘긴 거야. 원래 감정이란 게 상하기 쉬운 거라서 말이야. 가게 좀 보고 있어라. 나, 잠깐 나갔다 올게."

"어디 가는데요?"

"동오 형 좀 보고 올게."

답을 알고 있을 사람은 동오 형뿐이었다. 어젯밤 형은 내 이야기를 듣다 말고 알 것 같다며 카페를 나갔다. 지금쯤이면 마저 생각을 끝냈을 것이다. 답을 알 수 있는 사람이 왜 형이어야 하는지 홍우필의 이야기가 내게 가르쳐줬다. 형이 가고 난 후 주운 홍우필의 카세트테이프 속에 그 답이 담겨 있었다.

박현의는 홍우필에게 자신이 살고 있는 세상이 싫다고 말했다. 그는 자신의 의지와 상관없이 원하지 않는 이야기 속에 밑도 끝도 없이 던져졌다고 원망했다. 그리고 영화 〈큐브〉에 대해 말했다.

그는 알파벳 스물여섯 개의 체계로 규정된 큐브의 방 하나하나를 이야기 하나하나라고 여긴 것이다. 이야기 하나는 매 인물이 사는 하나의 세상이다. 박현의는 언어의 체계로 규정된 하나의 이야기를 그가 사는 하나의 세상으로 설정하고 다른 이야기로 만들어진 다른 세상으로 탈출하려 했던 것이다. 큐브의 결말에서 유일하게 큐브를 탈출하는 한 사람은 자폐증을 가진 사람이었다.

동오 형이 일하는 아파트 단지는 걸어서 십오 분 정도의 거리에 있었다. 동오 형은 경비실 안에 앉아 있다가 창유리를 통해 내가 오는 것을 보고 자리에서 일어났다. 형은 웬일이야? 하는 표정으로 "어서 와!" 하고 말했다.

"마저 생각해봤어요? 어젯밤에 형이 알 것 같다고 했던 거요. 뭘 알았는지 이제 말해줄 수 있어요?"

"들어와."

나는 좁은 경비실 안으로 들어가 구석에 놓여 있는 접이식 의자에 앉았다. 동오 형도 다시 자리에 앉았다. 형은 고개를 갸웃거리며 나를 피해 사방으로 시선을 휘둘렀다. 물론 나는 알고 있었다. 형이 그런 식으로 나를 보고 있다는 것을. 형이 말했다.

"네가 발자국을 맨 처음 봤을 때를 기억해봐. 그때 넌 맨발의 그 여자를 왜 쫓아갔지?"

"모르겠어요. 호기심이라기보다는 무의식적으로 반응한 것 같은데, 아마 어릴 때 엄마에게 들은 발자국 이야기 때문이겠죠."

"그렇지만 넌 그 여자를 쫓아갈 때는 그 이야기를 기억하지 못했어. 노라가 여우 발자국 스케치를 내밀면서 어머니가 남긴 수수께끼를 풀라고 하자 그때부터 기억해내기 시작했지."

"무슨 소리예요?"

동오 형이 눈을 끔뻑이며 내 어깨 뒤로 흔들리는 시선을 준 채 말했다.

"이야기란 말이야, 말하는 대로 적힌 대로 이루어져. 그러니까 이 모든 이상한 일을 일으킨 장본인은 이 이야기를 말해주고 쓴 네 어머니야. 그리고 네 어머니는 홍우필이 읽고 있는 그 책의 작자인 이종희일 거고."

"나도 어쩌면 그럴지 모른다고 생각하고 있어요. 하지만 내가 알기로 엄마는 글을 쓴 적이 없어요."

"넌 어머니에 대해 얼마나 알고 있지? 얼마나 기억하냐고? 아니 어디서부터 기억해? 어머니와 몇 살에 헤어졌어? 그때 어머니가 몇 살쯤 되어 보였지?"

"글쎄, 모르겠어요. 엄마의 목소리는 여전히 생생하지만 얼굴은 전혀 기억나지 않아요."

"어머니의 얼굴도 모르면서 노라의 사진에 등장한 여자가 어머니인 것은 어떻게 한눈에 알아봤지?"

"아마 무의식 속에 박혀 있던 기억이 낯익은 형태를 보는 순간 떠오른 게 아닐까요."

"정말 그런 걸까? 넌 어쩌면 어머니에 대한 기억이 아득해서 잊은 게 아니라 아예 그런 기억이 없었던 건지도 몰라."

나는 멍해졌다.

"노라가 사진을 보여주고 어머니에 대해 이야기해주면서 기억이 나기 시작했잖아. 그렇지? 노라가 아니었으면 넌 여전히 어머니에 대해 기억하지 못한 채 살고 있었을 거야. 요컨대 내 말은 네가 다른 사람의 말을 통해서만 기억을 찾을 수 있었다는 거야. 다른 사람이 말해주지 않은 대부분의 기억은 뭉뚱그려져 있지."

"기억이란 게 다들 그렇지 않아요? 잊고 살다가 다른 사람이 말하면 그때서야 아, 그랬었지, 하고 기억해내잖아요."

"하지만 모든 기억들이 그렇게 만들어지진 않지. 그런데 넌 그랬어. 잘 생각해봐. 누가 말해주면 거기서부터 네 기억이 만들어졌던 게 아닌지 말이야."

형의 말이 틀리지 않다는 사실에 나는 슬슬 한기가 들었다.

"넌 어머니의 목소리만 기억해. 오직 어머니가 이야기를 해주던 목소리, 책을 읽어주던 목소리만 말이야. 그건 어쩌면 어머니가 아니라 책을 읽어주던 사람의 목소리일지도 몰라."

그가 하고자 하는 이야기의 정체를 깨닫자 소름이 돋았다.

"내 말은 말이야, 우린 그저 누군가가 해주는 이야기 속 등장인물에 불과할지도 모른다는 거야. 우리 이야기를 해주는 사람의 목소리를 어머니라고 여기고 있는 거지. 홍우필의 목소리처럼 말이야. 홍우필의 목소리가 네 어머니의 목소리와 닮았다면서? 말해봐, 어머니와 직접 대화해본 적 있어? 네가 말을 걸면 어머니가 대답을 해준 적이 있냐고?"

기억이 가물가물했다. 그랬던 적이 있었던가?

"난 말이야, 누군가가 내게 어떤 이야기를 해줘야지만 그때부터 그것에 관해 알게 된다는 것을 깨달았어. 다른 사람이 내가 있다고 말해줘야 내가 있다는 것을 알아. 다른 사람의 목소리가 나를 움직이게 하지. 그래서 가끔 그런 생각이 들었어. 이 모든 게 누군가 우리에게 해주는 이야기가 아닐까 하는, 그 이야기를 내 이야기라 착각하고, 그 이야기가 내 기억이라 여기는 거야. 그리고 발자국 말인데, 내가 너를 처음 만났을 때 나는 여우 발자국을 따라가고 있었어. 여우 발자국을 따라가면 어떻게 되는지 알아?"

"형……?"

"여우 발자국의 주인을 만나게 돼. 그게 너였어."

형은 벙싯 웃었다.

"자기가 남긴 발자국을 돌아보는 사람은 드물어. 아마 다들 자기가 발자국을 남긴다는 사실조차 깨닫지 못하고 있을걸. 그러니까 다른 사람이 남긴 발자국이 이상하다고 여길 필요 없단 거야. 어쩌면 그건 발자국이 아니라 책장을 넘기는 손자국일 수도 있지. 우리 눈은 언제나 합리성에 근거해 착각을 일으키니까. 땅바닥에 있어야 하는 건 손자국이 아니라 발자국이어야 하거든."

"말도 안 돼."

"홍우필의 이야기가 어떻게 시작됐는지 기억해봐. 어디서 왔는지 모르는 아이는 어디서 왔는지 모르는 목소리를 가지고 태어나 어디서 왔는지 모를 것들을 불러낸다고 한다. 그리고 이 모든 일은 홍우필에게서 비롯된 거라고 했지. 홍우필의 이야기에서 거슬러 올라가면 결국은 이종희가 뿌린 씨앗이기도 하고."

"그러니까 우린 다 허구고 홍우필만 실재라는 거예요?"

"홍우필의 목소리는 허구만 살려낼 수 있거든."

"하지만 홍우필의 이야기 속에 우리 이야긴 없었어요. 이상한 발자국을 남기는 사람들과 여우 발자국 스케치 같은 것들이 등장하지만 어쨌든 그건 엄밀히 말해 홍우필 자신의 이야기였어요."

"네가 듣지 못한 부분이 있어. 홍우필이 그 이야기 속에서 읽는 책 속의 이야기는 우리 이야기였어. 거기 네 이름이 나와. 우태주. 그리고 우태주는 그 이야기 속에서 홍우필의 카세트테이프를 들어."

*

　다들 어디 갔지? 카페로 돌아와 보니 아무도 없었다. 윤원은 어딜 갔지? 설탕이라도 사러 갔나? 오븐 뚜껑이 열려 있었고 그 안에 여러 가지 동물 발자국과 나뭇잎 모양의 쿠키가 줄지어 누워 있었다. 아직 뜨거운 기운이 식지 않은 걸 보니 자리를 비운 지 얼마 되지 않은 모양이다. 커피 머신에서는 까만 커피 물이 검은 눈물처럼 똑똑 떨어지고 빵 반죽이 재미있는 모양으로 우그러진 채 도마 위에 혼자 앉아 있었다.

　텅 빈 카페에 혼자 오도카니 앉아 나는 서른두 개의 구멍창을 타고 넘실대는 먼지와 어스름하게 지는 빛의 향연을 바라보았다. 구멍창들은 모두 활짝 열려 있었다. 밀가루가 하얗게 날리며 사방이 흐려졌다.

　동오 형을 만나고 카페로 돌아오는 길에 나는 난생 처음 내 뒤에 남겨진 내 발자국을 보았다. 내가 남긴 여우 발자국이 다른 사람들의 발자국을 끌어들였다. 홍우필의 이야기처럼. 수상한 발자국을 가진 네 명의 사람들은 여우 발자국을 남기는 사람을 찾고 있었다. 그 여우 발자국을 남기는 사람이 나였으니 이야기대로 된 셈이다.

　"나의 이야기가 너의 이야기를 끌어들이고 너의 이야기는 또 다른 누군가의 이야기를 끌어들이지."

　엄마는 노라에게 그랬던 것처럼 밤이면 잠자리에 든 나를 토닥이며 속삭이곤 했다.

"모든 이야기는 닿아 있고 모든 이야기는 이야기 속의 사람들에겐 현실이야."

내게 벌어진 이 모든 이야기가 정말 엄마가, 아니 이종희가, 아니 어쩌면 홍우필이 들려주는 이야기에 불과한 걸까?

아무렴 어떤가. 나는 여기 있고 이 이야기는 내 이야기임으로 나는 엄연히 현실이다. 내가 내 이야기를 부정하면 나도, 나를 둘러싼 다른 사람들도 허구가 되고 말 테지. 어디든 내가 있는 곳이 현실이야. 이야기가 아직 끝나지 않았으니 소정도, 윤원도, 노라도, 동오형도 모두 돌아올 것이다.

홍우필의 이야기는 어떻게 끝났을까? 그녀가 박현의와 전화를 끊는 데서 녹음테이프는 끝나버렸다. 그 이후에 그녀는 스케치를 찾았을까? 어쩌면 그전에 이미 스케치를 찾았지만 내가 듣지 못했을 수도 있었다. 그녀의 이야기가 무사히 끝나려면 서른세 번째 조각인 그 스케치를 찾아 그림을 완성시켜야 한다.

서른셋이라는 숫자에서 나는 멈칫했다. 그녀의 이야기에서 숫자가 서른셋이라면 내 이야기에서도 숫자는 서른셋이어야 했다. 서른두 장의 발자국 사진과 발자국 스케치 한 장. 서른두 개의 구멍창과 서른세 개의 구멍을 가진 바깥 담장. 그동안 내가 놓치고 있었던 것이 무엇인지 깨달았다. 이 건물에 구멍창이 하나 더 있어야 했다.

나는 건물 양 벽과 바깥 담장 두 개에 나 있는 구멍창의 위치를 서로 비교해보며 서른세 번째 구멍창이 있어야 할 자리를 찾아냈다. 이쯤이다 싶은 그 자리엔 주방 수납장이 자리 잡고 있었다. 이 수납장 뒤에 만약 구멍창이 있다면 내 무릎 언저리쯤 될 것 같았다. 나는 수납장 문을 열었다. 공사 중 쓰고 남은 잡동사니들이 아무렇게나 처박혀 있었다. 나중에라도 혹 쓸 일이 있을까 싶어 버리지 못하고 쌓아둔 것들이었다. 나는 허리를 구부리고 앉아 전선이며 연장들을 끄집어냈다. 그러나 수납장 뒷벽은 막혀 있었다. 멍청하긴, 마음이 조급한 나머지 한심하게도 옷장을 통해 나니아의 세계로 들어갔듯 수납장을 통해 구멍창을 볼 수 있을 거라 여기며 덤벼든 것이다. 나는 내 자신에게 화를 내며 벌떡 일어나 수납장을 앞으로 끌어냈다.

수납장이 비켜난 후 드러난 벽돌 벽의 구멍창이 있어야 할 자리는 막혀 있었다. 내가 공사 당시 모든 구멍창을 살리라고 부탁했고, 처음 이 건물에 들어왔을 때 세어본 구멍창의 숫자도 서른두 개였으니 공사 중에 막은 건 아니었다.

찬찬히 살펴보니 창틀인 것으로 추정되는 선을 따라 바깥쪽으로 약간 튀어나온 흔적을 찾을 수 있었다. 옆 벽돌과 모양이 어긋나지 않도록 세심하게 주의를 기울여 쌓아 올렸지만 벽돌과 벽돌 사이에 개어 넣은 진흙 양이 많았던 모양이다. 이 건물에서 마지막으로 살다 나간 사람이 이 구멍창들 중 한 곳에서 헛것을 보았다고 했다. 아마 그 때문에 이 서른세 번째 구멍창을 꼭꼭 발라버린 후 거짓창으로 둔갑시킨 것이리라.

거짓창 뒤에서 무슨 소리가 들렸다. 쪼그려 앉은 채 가만히 귀를 대자 누군가 서성이는 발자국 소리가 들렸다. 가슴이 쿵쿵 뛰었다. 벌떡 일어나 바로 곁에 있는 다른 구멍창으로 밖을 내다보았다. 이 건물 입구로 올라오는 길에 마주 서 있는 두 개의 담장이 보였다. 담쟁이덩굴로 한창 우거진 담장은 온통 황록색이었다. 언덕 아래로 사람의 그림자라곤 보이지 않았다. 서성이는 발자국 소리라니? 누군가 거기 서 있다고 해도 이 거리에서 소리가 들릴 리 만무했다.

발자국 소리는 거짓창 뒤에서만 들렸다. 나는 거짓창과 구멍창을 번갈아 보았다. 거짓창의 거짓을 벗겨내면 무엇이 보일까? 구멍창을 통해 본 정경과 절대 같지 않으리라는 예감이 들었다. 소리가 덧입혀진 다른 어떤 것을 보게 될 것이다.

나는 벽을 깰 도구를 찾았다. 모두 부숴버리려는 건 아니었다. 내 시선이 통과할 만큼의 구멍이면 족했다. 주방 칼로 긁적이고 망치로 두드렸다. 칼을 벽돌 틈새의 단단한 진흙에 대고 망치로 칼 손잡이 끝의 뭉뚝한 부분을 반복해서 내리쳤다. 흙가루가 투두둑 떨어지며 벽돌 파편이 튀었다. 잿빛 먼지 사이로 희미한 틈새가 벌어졌다. 나는 그 틈새 구멍에 눈을 가져갔다.

담쟁이덩굴로 뒤덮인 담장 길 반대편 끝에 어떤 여자가 서 있는 것이 보였다. 어디선가 본 듯한데? 그 여자가 내 쪽을 돌아보는 순간 한눈에 알아보았다. 차가운 기운이 번뜩하고 정수리부터 꿰뚫었다. 그 여자였다. 나뭇잎 발자국을 남기고 사라졌던 여자. 머릿속이 아득해졌다. 갑자기 온 세상이 해일처럼 들이닥쳐 나를 또 다른 세상으로 밀어냈다.

나는 밖으로 뛰쳐나갔다. 내가 도착할 때까지 그 여자가 거기 그 자리에 여전히 서 있기를. 가슴이 쿵쾅거렸다. 시간이 내 안에서 쏜살같이 지나가는 소리가 들렸다. 재깍재깍, 재깍재깍.

내가 담쟁이덩굴로 뒤덮인 담장 길 입구에 들어서자 반대편 끝에서 서성이던 여자가 나를 발견하고 내 쪽으로 한 걸음씩 걸어왔다. 바람을 따라 담쟁이덩굴이 파도처럼 술렁거렸다. 여자의 뒤쪽으로 나뭇잎 발자국이 총총히 찍혔다. 내 심장 소리가 나를 어찌나 흔들던지 현기증이 일었다. 뜨거워진 숨을 삼키고 나도 그녀 쪽으로 한 걸음씩 걸어갔다.

길 중간에서 우리는 약속이나 한 듯 걸음을 멈췄다. 그녀가 홍우필의 목소리로 내게 말을 걸었다.

"여우 발자국을 따라왔더니……."

나는 온몸으로 숨이 빠져나가는 듯 아찔해졌다. 가슴 한가운데로 종잇장처럼 얇고 서늘한 기운이 저며 들었다.

"제 발자국이에요."

내가 말했다.

"이번엔 맨발이 아니네요."

여자가 말했다.

"당신도요."

내가 말했다.

모든 대상에는 시간이 존재한다. 과거부터 미래까지 동시에 존재한다. 당신이 보고자 한다면 당신은 석양을 그린 그림 속에서 어둠을 볼 수도 있고 새벽을 볼 수도 있다. 나는 그녀에게서 수수께끼의 해답을 보았다. 그녀가 말했다.

"당신 발자국이 여기서 끊겼어요. 그래서 기다렸죠. 여우 발자국을 따라가면 여우 발자국의 주인을 만날 수 있대요. 나는 당신을 다시 만날 수 있을 줄 알았어요."

"나도 당신 목소리를 따라가면 당신이 어떤 사람인지 볼 수 있을 줄 알았어요."

나는 그녀에게 손을 내밀었다. 그녀도 내게 손을 내밀었다. 우리는 에스허르의 〈손을 그리는 손〉*처럼 상대의 끄트머리를 향해 손을 뻗었다. 그러곤 손을 잡았다. 한번 손이 닿자 다시는 그 손을 놓을 수가 없었다. 그녀의 따뜻한 체온이 내 손바닥에 전해졌다. 심장이 덜컹거린 나머지 나도 모르게 그녀의 손을 꽉 움켜잡았다. 그러

---

* 종이 위에 정밀하게 그려진 오른손이 왼손의 소맷부리를 스케치하고 왼손은 바로 그 오른손의 소맷부리를 스케치하고 있다. 두 손은 반대편 손이 스케치한 덕에 태어나 살아 움직이는 중이다. 1948년 작.

자 그녀도 똑같은 힘으로 내 손을 꼭 쥐며 화답했다. 내가 말했다.

"당신은 내 이야기를 읽었고 나는 당신의 이야기를 들었어요. 당신이 내가 있다고 말해줘서 내가 여기 있는 거예요."

"당신이 있으려면 내가 있어야 하니 나도 당신이 있기 때문에 있는 거예요. 그런데 우리 하필이면 이야기 끝에서 만났네요."

그녀가 아쉬운 듯 말했다.

"이야기 끝이라서 만날 수 있었던 거예요. 당신이 마지막 조각을 맞췄기 때문에 함께 세상도 갖게 된 거고요."

그러므로 그 마지막 조각의 이름은 어쩌면 '영원'일지도 모르겠다.* 눈의 여왕은 그렇게 겨울이 아닌 한여름에 나를 만나러 왔다. 그런데 나, 이제부터 어째 동오 형과 삼각관계에 빠질 것 같은 예감이 든다. 이 여자, 동오 형이 무지하게 좋아하는 여잔데. 뭐야? 그럼 이 이야기는 여기서 끝이 아니라 이제부터 시작되는 건가? 하지만 나와 그녀의 이야기는 여기서 끝이 나야 했다. 새로 시작되는 이야기는 우리가 끌어들인 또 다른 사람의 이야기가 되어야 할 테니까.

---

* 안데르센의 동화 『눈의 여왕』에서 카이는 여왕의 궁전에서 얼음 조각으로 낱말 퍼즐을 맞추고 놀았는데 아무리 애를 써도 맞춰지지 않는 낱말 하나가 있었다. 바로 영원이란 낱말이었다. 여왕은 카이가 그 낱말을 만들면 자유와 온 세상과 새 스케이트를 주겠다고 약속한다.

20

자, 여기 나머지 두 개의 녹음테이프예요. 네? 마지막 하나가 왜 없냐고요? 이 이야기의 결말 부분이 담긴 서른세 번째 녹음테이프는 원래 없어요. 제가 미리 말씀드리지 않았나요? 아, 말씀드리지 않았군요. 제가 요즘 정신이 없어서 깜빡했나 봐요. 정말 미안합니다.

홍우필 씨는 1979년 여름에 행방불명됐대요. 장마 기간이었다니까 6월 말이나 7월 초쯤 되겠네요. 다른 목소리로 대체해 녹음을 끝냈으면 좋았겠지만 『거기 구멍 눈 뒤에』는 당시 이미 절판된 책이라 구할 수가 없었답니다. 당시 녹음 작업을 주관하던 단체에서 소장하고 있던 것이 유일했는데 홍우필 씨가 가져간 뒤로 소식이 끊겼으니 함께 사라진 셈이죠.

저기, 이종희의 다른 작품을 녹음한 게 있는데요. 홍우필 씨의 목소리는 아니지만 들어볼 만해요. 『무당벌레 도착지』하고 『백야의 잘록한 허리 숲』, 그리고…… 네? 홍우필 씨의 목소리가 아니면 싫다고요.

아, 이런, 회원님, 울지 마세요. 그러니까 제가 처음부터 다른 분의 것으로 대여해 가시라고 말씀드렸잖아요. 아, 그리고 여기 등장하는 홍우필은 실존 인물이 아니에요. 녹음자 이름하고 똑같아서 헷갈리시는 모양인데 이건 그냥 이야기일 뿐이에요. 지재곤과 홍우필 모두 허구의 인물이라니까요.

생각해보세요, 홍우필이 아버지 없이 태어나는 부분도 그렇고, 1979년 배경에 1997년도 영화인 〈큐브〉에 대해 말하는 것도 이상하잖아요. 홍우필이 읽었던 『필삼 이야기』도 1991년에 출판된 책이라 당시에는 존재하지 않았던 책인 데다가 여태 우리나라엔 번역되어 나온 적도 없어요. 그냥 이야기니까 그러려니 넘어가는 거라고요. 어떤 이야기들은 허구의 역사가 사실처럼 개입되기도 하고 시간의 흐름이 어긋나기도 하더라고요.

네? 그럼 이종희가 대략 40년 전에 어떻게 나중에 등장할 책과 영화를 미리 알고 자기 작품에 인용했냐고요?

잠깐만요, 음, 분명히 그 점은 이상하네요? 회원님이 지적하기 전까지 전 왜 여태 그런 생각을 해보지 못했을까요? 그 부분은 저도 생각을 좀 해봐야겠네요. 아이 참, 이제 그만 좀 우세요. 여기 티슈요.

그래서 홍우필이 어떻게 되었는지 그 뒷이야기는 상상에 맡기는 수밖에 없어요. 알아요. 저도 열린 결말 싫어해요. 하지만 어쩌겠어요? 결말이 담긴 서른세 번째 녹음테이프가 없으니 우리로서는 등장인물 홍우필이 직접 이야기 속에서 나와 결말을 이야기해주지 않는 이상 알 도리가 없잖아요.

희망을 가져봐요. 어쩌면 이야기 결말에서 홍우필이 그 책을 다 읽었을 수도 있어요. 그랬다면 홍우필은 자기가 읽던 이야기 속으로 들어갔을 테니. 가만, 그럼 우리 이야기가 책 속의 이야기란 소린데?

아무튼 홍우필의 목소리 제품을 사용하고 난 후유증으로 미뤄볼 때 마지막 카세트테이프가 없는 것이 오히려 다행인지도 몰라요. 또 누가 알겠어요? 이 이야기를 끝까지 다 듣고 나면 우리가 이야기 속으로 들어가게 될지 말이에요.

이런, 제가 지금 무슨 소릴 하는 거죠? 이젠 저까지 녹음자 홍우필과 책 속 홍우필을 헷갈리네요. 함께 머리 굴려 정리를 좀 해보자고요? 에이, 아무럼 어때요. 각자 생각하는 대로 가는 거죠 뭐.

작가의 말

어느 쪽이 현실이고 어느 쪽이 허구인지 골라내셨나요?

　제 이야기에 제가 해석을 달기는 좀 뭣한데요, 이 이야기는 다양한 해석이 가능합니다. 예를 들면 어머니가 아들이 사는 세상으로 책 속의 등장인물을 소포처럼 보내주는 동화 같은 일을 벌인 것이 인간이면 누구나 느끼는 외로움을 덜어주려는 환상적인 의도였고, 노라가 말한 '복수'란 말은 다음 이야기를 일으키려는 의지를 상징하는 것이었으며, 태주가 겪는 착각은 정말 중요한 것은 눈에 보이지 않는다는 실존적 함정을 의미한다는 둥, 마구 가져다 붙일 수 있습니다.

　그렇다고 태주의 이야기가 현실이라는 뜻은 절대 아닙니다. 물론 각자의 입장에서는 자신이 사는 세상이 무조건 현실이겠지만 역시 상대가 있어야 나도 존재하는 것이니까요. 아무도 봐주지 않는 나는 없는 것과 같습니다. 세상과 이야기를 현실로 만드는 건 나 혼자가 아니라 나와 관계를 맺는 다른 사람들과 함께여야만 이룰 수 있지요.

사람에게는 누구나 자기만의 발자국이 있고 자기만의 이야기가 있다고 생각합니다. 자신이 남긴 발자국이 다른 사람의 발자국을 불러들일 수도, 쫓아버릴 수도 있죠.

이야기들을 병치해두고 내 이야기 옆으로 다른 사람의 이야기가 지나가면 내 이야기에서 다른 사람의 이야기로 바꿔 타는 환상을 그리고 싶었습니다. 그러니까 다른 세상으로요. 물론 그 교차점은 거기 서른세 번째 구멍 눈 뒤고요.

수많은 책을 읽으며 이야기 속에 나를 집어넣습니다. 하나의 이야기만 살기엔 너무 아쉬우니까요. 낯선 세계로 나가는 것이 엄두가 나지 않지만 누군가 앞서 간 발자국이 있으면 따라갈 용기가 생기곤 하지요. 그 발자국이 진짜 사람의 발자국일 수도 있고, 누군가가 넘긴 책장의 손자국일 때도 있었습니다. 가만히 앉아서 책을 통해 다른 세계로 넘어가는 건 아주 훌륭한 여행방법이라고 생각합니다. 옴짝달싹 못하고 자리를 지켜야 하는 삶을 사는 사람에게는 말입니다. 가끔 반란을 일으켜 자리를 벗어나기도 하지만 결국 돌아와야 하니까요, 라고 이런 식으로 제가 계속 떠들면 여러분이 이 이야기를 읽는 데 틀림없이 방해가 될 겁니다. 무슨 이야기든 이야기가 완성된 후에는 이야기를 읽는 사람이 멋대로 생각하도록 내버려둬야 하는 법이죠.

그저 제 이야기가 여러분 마음속의 어딘가를 붙잡을 수 있기를 바랍니다. 잡혔다면 그냥 끌려들어가 각자의 숨겨진 구멍 눈을 통해 다른 세상을 엿보세요. 저처럼요.

조선희 드림

거기, 여우발자국

ⓒ 조선희, 2011

초판 1쇄 인쇄 2011년 11월 14일
초판 1쇄 발행 2011년 11월 29일

지은이 조선희
펴낸이 강병철
주간 정은영
책임편집 장지희
편집 한승희 황여정 박소이 신주식
제작 장성준 박이수
영업 조광진 안재임 강승덕
마케팅 박제연 전소연
E-사업부 정의범 한설희 이혜미

펴낸곳 자음과모음
출판등록 2001년 5월 8일 제20-222호
주소 121-753 서울시 마포구 동교동 165-1 미래프라자빌딩 7층
전화 편집부 02) 324-2347 경영지원부 02) 325-6047
팩스 편집부 02) 324-2348 경영지원부 02) 2648-1311
이메일 neofiction@jamobook.com
홈페이지 www.jamo21.net

ISBN 978-89-5707-611-8 (03810)